AF287819

Gabriella Gruber

Verchattet

Verliebt in Irland

© Privat

Gabriella Gruber
hatte schon immer eine Leidenschaft für Sprachen und früh wurde ihr klar, dass sie Bücher schreiben möchte. Sie liebt es, neue Welten zu erschaffen und gemeinsam mit den Protagonisten, Antagonisten und Nebendarstellern diese Orte zu erkunden. Schreibt sie nicht gerade an ihren Romanen, sitzt sie oft am Klavier oder Schachbrett und verbringt Zeit in der Natur. Sie lebt mit ihrem Mann und ihrer Familie in Bayern.

www.gabriellagruberautorin.com
Instagram: ellagruberautorin

GABRIELLA GRUBER

VER CH@T TET

VERLIEBT IN IRLAND

Liebesroman

1. Auflage Taschenbuch BoD 2022

Dieses Buch ist auch als eBook und Taschenbuch
bei Amazon KDP erschienen.

Bibliografische Information der Deutschen Nationalbibliothek:
Die Deutsche Nationalbibliothek verzeichnet diese Publikation in der Deutschen
Nationalbibliografie; detaillierte bibliografische Daten sind im
Internet über dnb.dnb.de abrufbar.

Herstellung und Verlag: BoD – Books on Demand, Norderstedt

Satz: Gabriella Gruber
Covergestaltung: Gabriella Gruber
unter der Verwendung von Fotos der Foto-Plattform »Pixabay«
(Hintergrund: Ridderhof | Smartphone: OpenClipart-Vectors | Klee: ViolkaArt |
Keltisches Klee-Symbol: OpenClipart-Vectors | Reiter: mohamed_hassan)

Weitere Informationen zur Autorin und ihren Büchern unter:
www.gabriellagruberautorin.com

ISBN: 978-3-7568-9001-9

Für alle, die ihre große Liebe

über das Internet suchen:

Gebt niemals auf!

Kapitel 1

WILHELMINE

ArtusLöwenherz86: Nun sag schon, was du siehst!
Hermine1001: Dann würde ich mich doch verraten! Bist du wahnsinnig?
ArtusLöwenherz86: Wieso? Wer sagt denn, dass wir das gleiche sehen? Oder weißt du schon was, was ich nicht weiß?
Hermine1001: Ich weiß nicht, ob du was weißt, aber ich weiß nichts.

Der lachende Smiley, den Artus dann schickt, zaubert mir sofort ein Lächeln ins Gesicht.

Zwei Wochen geht das nun schon so. Zwei Wochen, die sich für mich wie eine Ewigkeit anfühlen. Ich vermute mal, dass das an der Intensivität unserer Gespräche liegt oder sagen wir, an der Häufigkeit. Denn, wir albern oft mehr herum, als richtig tiefsinnige Gespräche zu führen. Warum auch? Es ist schön, mal den Kopf frei zu bekommen.

Ich sitze im Bus, auf dem Weg in die Schule. Heute ist so ein Tag, an dem ich lieber blau gemacht hätte: Es ist der erste Tag nach meiner Trennung von David. Er ist der Schulschwarm. Ich hatte ihn gestern beim Fremdgehen erwischt und noch am selben Tag Schluss gemacht.

Ich bin wirklich froh, dass wir nicht in einer Klasse sind und ich ihn nicht ausnahmslos jeden Tag sehen muss.

Was für eine Ironie! Ein paar Stunden zuvor hatte ich noch eine ganz andere Meinung dazu.

ArtusLöwenherz86: Ich hoffe, ich kann dich gut von deinem Kummer ablenken?
Hermine1001: Na ja, ich bin um jede Ablenkung dankbar, aber ehrlich gesagt auch ganz froh, dass die Beziehung ein Ende

6

gefunden hat.

ArtusLöwenherz86: Gestern hast du dich aber noch ganz anders angehört.

Hermine1001: Da war die Wunde auch noch frisch. Jetzt ist sie angetrocknet.

ArtusLöwenherz86: Und das bedeutet?

Hermine1001: Dass sie jederzeit wieder aufbrechen kann, wenn ich ihn sehe. Jederzeit.

ArtusLöwenherz86: Und dann?

Hermine1001: Dann springe ich ihm wahrscheinlich wieder um den Hals, wenn mein schwacher Moment zurückkehrt.

ArtusLöwenherz86: Mach das nicht.

Hermine1001: Wieso nicht?

Es dauert ziemlich lange, bis Artus seine Antwort schreibt. Ich dachte schon fast, er sei eingeschlafen, als das Nachrichtensymbol aufleuchtet.

ArtusLöwenherz86: Weil er ein so cooles Mädel wie dich gar nicht verdient.

Ich werde rot, als ich meine Antwort tippe.

Hermine1001: Oh, danke für das Kompliment. Aber woher willst du das wissen?

ArtusLöwenherz86: Ach Mine, ein Prinz spürt so etwas!

Ich schicke einen kichernden Smiley.

ArtusLöwenherz86: Nein, wirklich im Ernst: Wenn er dir zu nahekommt, dann denk einfach an mich.

Hermine1001: Wieso an dich?

ArtusLöwenherz86: Weil ich wie eine Mischung aus König Artus und Richard Löwenherz auf meinem edlen Ross herbei galoppieren und ihm ordentlich den Hintern versohlen werde.

Ich lache so laut auf, dass sich ein Fahrgast zu mir umdreht. Seine finstere Miene lässt mich sofort verstummen. Nicht mal in Ruhe chatten kann man hier. Ich schnaube.

Hermine1001: Mein edler Held in glitzernder Rüstung! (Stell dir jetzt eine Verbeugung vor.)
ArtusLöwenherz86: Das würde ich echt gern in Realität sehen!
Hermine1001: Träum' weiter!
ArtusLöwenherz86: Warum? Wenn ich vorbeireite, wirst du deinen Blick nicht von mir wenden können!
Hermine1001: Pfff! Weil du mich mit deiner Rüstung blendest?
ArtusLöwenherz86: Nein, weil ich noch nie auf einem Pferd gesessen bin.
Hermine1001: Haha! Also, eine Sache glaube ich dir.
ArtusLöwenherz86: Welche denn?
Hermine1001: Dass du ein Prinz bist. Denn nur Prinzen sind so arrogant auf ihrem hohen Ross!
ArtusLöwenherz86: Dann kennst du mich aber schlecht.
Hermine1001: Das stimmt. Wir kennen uns auch erst seit zwei Wochen.
ArtusLöwenherz86: Spielverderberin.

Mein Bus biegt um die letzte Kurve vor meiner Haltestelle. Zeit zum Aussteigen.

Hermine1001: Sorry, edler Ritter, aber die Maid muss jetzt zum Unterricht.
ArtusLöwenherz86: Mine?
Hermine1001: Artus?

ArtusLöwenherz86: Denk' an mich, ja?

Hermine1001: Wenn es im Geschichtsunterricht heute zufällig um Prinzen geht, kann ich mal sehen, was sich machen lässt.

Ich logge mich aus und stecke mein Handy in meine Tasche. Dass ich mich heute auf den Unterricht konzentrieren kann, bezweifle ich allerdings.

ADRIAN

Ein Gefühl von Traurigkeit kriecht in mir hoch, als sich ihr Status von »online« auf »offline« umstellt. Ich hätte gerne noch länger mit ihr gechattet. Aber wenigstens ist heute schon Donnerstag. Ab Freitagabend werden wir mit dem Schreiben wieder kaum zu bremsen sein, genau wie letzte Woche.

Noch nie in meinem Leben war ich so froh, mich bei einer App angemeldet zu haben, wie jetzt. Mit jedem Wort, das ich mit ihr austausche, fliegen Schmetterlinge in meinem Bauch umher und dass, obwohl ich nicht einmal ihren richtigen Namen, ihr Alter oder ihren Wohnort kenne. Ich weiß nur, dass sie, wie ich, noch zur Schule geht, also wird sie auch ungefähr in meinem Alter sein.

Wir chatten im privaten Chatfenster unserer Lieblingsapp: »MagicTable«. Der Name ist inspiriert von den Rittern der Tafelrunde, denn es ist eine App für Fans von Fantasy-Filmen und -Serien, die von den Machern extra für den Austausch Fantasy-Begeisterter entwickelt worden ist.

Ich liebe diese App. Denn so habe ich auch Hermine kennengelernt. Ab sofort ist der beliebte weibliche Charakter der Harry-Potter-Saga nicht mehr derselbe für mich. Insgeheim stelle ich sie mir optisch auch so vor wie die junge Hexe.

Irgendwie wäre ich auch gerne an ihrer Schule. Ich hatte noch nie eine Schulromanze, so wie ich sie immer in Filmen gesehen habe. Nein, das tu ich mir nicht an. Viel zu viel Drama zwischen einer Menge Prüfungen.

9

Wenn ich Pech hätte, würde ich bestimmt einen viel schlechteren Notenabschluss ergattern, wenn nebenbei noch Gefühle für eine Klassenkameradin im Spiel wären. Und dann darf ich eines Tages meinen Enkeln erklären, dass ich Ingenieur hätte werden können, wenn das geheimnisvolle unnahbare Mädchen mir nicht den Kopf verdreht hätte. Obwohl sie das ja jetzt schon tut.

Ich schüttle meinen Kopf, um die blöden Gedanken loszuwerden. Doch der hoffnungslose Romantiker in mir, der die Herzen der Mädchen im Sturm erobern will, sieht das ein bisschen anders. Vor zwei Wochen wollte ich noch alle Mädchenherzen der Erde erobern. Seit ungefähr einer Woche würde mir auch das eine reichen: Mines Herz.

Ich weiß so gut wie gar nichts über sie, aber gerade das macht die Sache so spannend.

Ich liebe die Art, wie sie mir den Kopf verdreht. Sie lacht über meine Witze, mag die gleichen Filme und Serien wie ich und verbringt am liebsten auch den ganzen Tag mit Lesen und Musik hören. Ich liebe es, wie sie sich über Draco Malfoy aufregt, als würde er sie höchstpersönlich als »Schlammblut« bezeichnen, oder wie sie mir »Möge das Glück stets mit dir sein« schreibt, wenn ich ihr immer von meinem Lebensziel erzähle.

Mein Wunsch, Bestsellerautor zu werden, ist leider eine Tatsache, die mein Vater nicht verstehen will. Schon seit ich ein kleiner Junge war, ist es seine Zielvorstellung, mich als Ingenieur auszubilden und sein Nachfolger zu werden.

Doch ich interessiere mich nicht für seine Welt. Das wird er irgendwann verstehen müssen.

WILHELMINE

»Ich verstehe es nicht.«

»Was denn?«, fragt meine beste Freundin Thea zähneknirschend zurück.

»David! Ich sollte eigentlich am Boden zerstört sein und den ganzen Tag und die ganze Nacht durchweinen!«

»Und? Warum tust du's dann nicht?« Thea sieht mich ernst an.

»Keine Ahnung. Das ist es ja gerade ... Ich weiß nicht, wie ich mich fühlen soll. Da ist nur ein schwarzes Loch«, meine Stimme ebbt ab.

Thea fährt sich elegant durch ihren dicken roten Pferdeschwanz. »Das ist nach einer Trennung ganz normal.«

»Was mache ich denn nun?«

»Finde es heraus«, antwortet sie.

»Und wie?«, frage ich sie verunsichert.

»Na wie schon? Stell' dich ihm gegenüber. Von Angesicht zu Angesicht.«

»Und dann?«

Thea seufzt, als würde ich das Einfachste der Welt nicht verstehen. »Dann spüre in dich hinein und finde heraus, was dir deine Gefühle zuflüstern.« Thea war schon immer eine Gefühlspolizistin.

»Der wird mich ja für total bescheuert halten.«

»Wilhelmine!«

Oh, oh. Da ist Ärger im Busch. So nennt mich meine beste Freundin ganz selten. Nur, wenn ich was ausgefressen habe.

»Was denn? Für dich immer noch Mine!« Ich lache über mich selbst.

»Ich werde dich ewig damit aufziehen, wenn du die zweite Pause dazu nachher nicht nutzt!« Diese Drohung von Thea sollte ich ernst nehmen, denn sie kennt in solchen Belangen tatsächlich keine Gnade.

Ich schaue auf die Uhr und merke, dass ich noch fünf Minuten von meiner jetzigen Pause übrighabe. Schnell öffne ich die App.

Hermine1001: Meine beste Freundin will, dass ich mich dem Ungeheuer stelle.

Es dauert einen Moment, ehe Artus online geht. Ich bin, ehrlich gesagt, richtig froh, dass er aktuell nicht in die Schule geht, denn so ist er viel schneller erreichbar. Er liegt nämlich mit Grippe krank im Bett.

ArtusLöwenherz86: Und was machst du dann? Ihn mit deinem Zauberstab piksen?

Hermine1001: Nicht ganz, im Gegenteil. Ich soll sehen, ob mich meine Gefühle piksen.

ArtusLöwenherz86: Und wenn sie das nicht tun?

Hermine1001: Dann war ich wohl nie richtig in ihn verliebt.

ArtusLöwenherz86: Oh nein, dann war ja das ganze Coaching während der letzten 24 Stunden umsonst gewesen ...

Hermine1001: Ach, deine Flirttipps werde ich dann eben bei einem anderen Jungen anwenden.

ArtusLöwenherz86: Oh. Bei wem denn?

Hermine1001: Ach, in meiner Parallelklasse gibt es noch ein paar andere heiße Kerle.

Ich kichere und bin gespannt, was Artus da kontern wird.

ArtusLöwenherz86: Schade.

Hermine1001: Warum?

ArtusLöwenherz86: Na ja, es zeigt, dass du offenbar nur für Stallburschen zu haben bist, nicht aber für das Herz eines Prinzen.

Hermine1001: Eines Prinzen? Nun, wenn einer an meiner Tür klopft, werde ich ihn mit Sicherheit nicht abweisen.

ArtusLöwenherz86: Perfekt, dann muss ich ja nur noch herausfinden, wo du wohnst.

Unsere Gespräche muntern mich auf, doch lassen mich gleichzeitig mit Reue zurück. Ich bin frisch getrennt, sollte ich da nicht in Gedanken nur bei David sein?

War ich vielleicht schon längst nicht mehr in ihn verliebt, wollte mir das aber nie eingestehen? Bin ich froh, wieder ein Single zu sein? Ich weiß es nicht.

Ich will gerade auf Artus' Antwort reagieren, als unsere Lehrerin das Klassenzimmer betritt. *Mist.* Jetzt muss ich mich ausloggen und bleibe ihm daher leider eine Antwort schuldig.

Kapitel 2

WILHELMINE

Endlich wieder Pause! Ich kann es kaum erwarten, Wochenende zu haben. Doch da ist noch der morgige Freitag. Und zuvor muss ich mich dem Unvermeidlichen stellen: *David*.

Thea geht neben mir her, auf dem Weg zu dem Ort, an dem ich ihn mit dem blonden Mädchen beim Rummachen erwischt habe. Mitten auf dem Schulgang! Das konnte ich nicht einfach so auf mir sitzen lassen.

Je näher wir dem *»Ort des Schreckens«* kommen, desto mehr Erinnerungen daran kommen wieder hoch und desto mehr Tränen bilden sich in meinen Augen.

Thea merkt das sofort und legt mir ihre Hand auf meine Schulter. »Alles gut, Mine. Wir hätten auch den anderen Weg zum Klassenzimmer nehmen können.«

Ich sehe sie an, dankbar, aber zugleich bestürzt. »Nein, schon gut. Ich will das letzte Treffen mit ihm hinter mich bringen.«

Es laufen eine Menge Schüler an uns vorbei, die ich durch meine von Tränen verschleierten Augen kaum richtig wahrnehme.

Wir gehen weiter und ich will mich gerade erneut zu Thea umdrehen, als ich plötzlich mit jemandem zusammenstoße. Natürlich kein Geringerer als David selbst.

»Mine, lass es mich erklären ...«, fleht er sofort.

Erst bin ich noch etwas perplex vom Aufprall, doch dann habe ich meine Gefühle schnell wieder im Griff. »Da gibt es nichts zu erklären, David! Du hast mit ihr rum gemacht! Direkt vor meinen Augen!«

»Nathalie wollte das. Nicht ich.«

»Dein Ernst? Du hast doch fröhlich mitgemacht!«

David schnaubt und wischt sich mit seiner Hand eine braune Haarsträhne aus dem Gesicht. »Was hätte ich denn tun sollen?«

14

»Sie abweisen?«, fauche ich zurück. Wie kann man nur so blöd sein?

»Hör' zu, es tut mir leid, okay? Können wir nochmal von vorne anfangen?«

Mein Herz bebt so heftig in meiner Brust, dass ich das Gefühl habe, es würde sich überschlagen. Soll ich? Soll ich nicht? Meine Gefühle fahren richtig Achterbahn.

Noch vor einem Jahr war ich das glücklichste Mädchen der Welt. Ich wurde von anderen immer nur ausgegrenzt und gehänselt, doch trotzdem stand er eines Tages vor mir und bat mich um ein Date. Der Schulschwarm wollte mit dem Schulopfer – wie ich mich damals fühlte – ausgehen! Es war wie im Märchen. Der schöne Prinz mit dem süßesten Lächeln der Welt, der großen Körperstatur, den lang antrainierten Muskeln und den strahlenden blauen Augen fragte das hässliche Entlein um ein Date. Ich sagte natürlich zu und daraus ergab sich meine erste Beziehung, die - trotz unserer Unterschiede – sehr schön war. Bis vor kurzem. Als ich bemerkt habe, dass er viel zu oft an seinem Handy hing und es sofort wegsteckte, wenn ich ihm zu nahekam. Und dann, als er mich schließlich mit Nathalie betrog.

Kann man so etwas verzeihen?

Werde ich mich jemals wieder verlieben?

Werde ich mich *neu* verlieben? In ihn?

»Nein.«

David sieht mich überrascht an. »Nein?«

»Es ist aus, David! Du hast deine Freiheit zurück! Und ich auch.«

Mit diesen Worten drehe ich mich um und gehe. Thea ziehe ich hinter mir her.

ADRIAN

Mein Herz hüpft, als mein Handy vibriert. Ich lasse es vor Schreck fast die Treppe hinunterfallen.

Verdammt! Warum bin ich nur so zappelig?

15

Hermine1001: Ich hab's getan.

Jetzt macht mein Herz gleich einen zweiten Satz. Wenn das so weitergeht, kommt noch ein Salto.

ArtusLöwenherz86: Was denn?

Ich lasse mir meine Neugier nicht anmerken.

Hermine1001: Ich habe es endgültig beendet. Zwischen meinem Ex-Freund und mir.

ArtusLöwenherz86: Echt? Wie hat er reagiert?

Hermine1001: Er war ziemlich überrascht. Offenbar denkt er immer noch, dass sich ihm kein Mädchen entziehen kann.

ArtusLöwenherz86: Wie geht's dir?

Hermine1001: Geht so.

ArtusLöwenherz86: Mehr nicht?

Hermine1001: Na ja, wie es einem eben so geht, wenn man eine Ex-Freundin ist.

ArtusLöwenherz86: Scheiße.

Hermine1001: Das trifft es nicht mal im Entferntesten.

Ich bin traurig für Mine. Obwohl gleichzeitig mein Herz doch noch einen Salto vollführt.

Sie ist frei. Ich bin frei. Jetzt können wir gemeinsam frei sein!

Hermine1001: Moment, das klang gerade, als hättest du Erfahrung damit?

ArtusLöwenherz86: Ja, vor einem Monat war ich in einer ganz ähnlichen Situation. Glaub mir, das geht irgendwann vorbei.

Ich sinke auf unser weiches dunkelblaues Sofa, schalte den Fernseher ein und zappe durch das Programm. Es kommt nichts. Gar nichts. Trotzdem lasse ich mich von den bunten, teilweise grellen Farben und den Geräuschen berieseln.

Mein einziger Kamerad neben mir, mein Smartphone, vibriert mehrfach innerhalb einer Minute. Es ist bestimmt Mine. Eigentlich muss ich dran gehen, schließlich hat sie eine Antwort von mir verdient, so wie sie mich bezüglich ihres Ex-Freundes informiert hat. Das hätte sie nicht tun müssen, aber es ist, als hätten wir einen gemeinsamen Pakt geschlossen. Daher verdient sie meine Antwort auf ihre Fragen.

Ich aktiviere das Display, dessen helles Licht meine Augen zum Zusammenkneifen zwingt. Es ist viel zu hell für diesen dunklen Raum eingestellt. Die schwarzen Schatten des Zimmers werden nur von den flackernden Bildern des Fernsehers unterbrochen.

Was soll's. Sie kennt mich nicht. Ich kenne sie nicht. Was habe ich schon zu verlieren? Meine innere Stimme flüstert mir die Antwort zu, doch ich ignoriere sie.

Zu meiner Überraschung hat mir nicht nur Mine eine Nachricht geschrieben, sondern auch Patrick, mein bester Freund.

Patrick: Hey, Alter. Bock auf Kino?

Adrian: Ich habe selber einen großen Fernseher und außerdem keine Begleitung.

Patrick: Wer sagt, dass man(n) immer eine Begleitung braucht? Schon mal was von einem Männerabend gehört? Mit viel Bier und schnellen Autos?

Adrian: Nein, danke. Heute nicht.

Patrick: ADRIAN! Vergiss' doch endlich mal diese blöde Jessika!

Adrian: Ich habe sie doch schon vergessen! Nur ihr rosa Schlafanzug, der bis zum heutigen Tag in meinem Kleiderschrank auf sie wartet, erinnert mich noch an sie.

Patrick: Dann hoffen wir mal, dass sie ihn bald abholt.

Adrian: Ja, hoffentlich.

Patrick: Wenn das so weiter geht, komme ich heute doch noch bei dir vorbei.

Adrian: Heute noch? Vergiss es. Meine Eltern schlafen schon und die Haustür ist auch bereits zugesperrt.

Patrick: Na und? Das sind Hindernisse, aber es ist kein einziger Grund dabei, der mich nicht davon abhält.

Ich seufze und will schon in die *MagicTable*-App zu Hermine wechseln, als Patrick erneut schreibt.

Patrick: Bist du wieder gesund?

Adrian: Ich war nie krank.

Patrick: WAS?

Adrian: Ich wollte mich nur vor meinem Test drücken, den wir gestern geschrieben hätten.

Patrick: Du weißt schon, dass du das besser nicht jemandem erzählst, der gerade dabei ist, Lehrer zu werden?

Adrian: Noch bist du keiner.

Patrick: Aber wenn ich einer bin, werde ich schon vor allen anderen die Tricks der Schüler kennen. Dank dir.

Adrian: Hey! So schlimm bin ich jetzt auch wieder nicht.

Patrick: Schlimmer!

Adrian: Aber ja, es geht mir wieder besser, danke der Nachfrage. Nur ein leichter Husten quält mich noch.

Patrick: Also nichts, mit dem ein waschechter Niedermayer nicht fertig werden würde, was?

Ich will gerade antworten, als meine neue Lieblingsapp eine weitere eingehende Nachricht ankündigt.

Hermine1001: Artus? Spann mich doch nicht so auf die Folter! Ich brauche Ablenkung, schon vergessen?

Ich kann unmöglich mein Grinsen unterdrücken.

Adrian: Lass' uns das Gespräch wann anders weiterführen, ja? Ich habe jemanden kennengelernt, die ich nicht warten lassen darf.

Patrick: Hä? Was meinst du mit »kennengelernt«?

Adrian: Wirst du schon sehen. Irgendwann.

Patrick: ADRIAN! Das ist fies!

Adrian: Servus, Patrick!

Patrick: Hmpf. Dann spame ich dich eben so lange zu, bis du mir wieder antwortest.

Adrian: Tu, was du nicht lassen kannst.

Ich schließe Patricks Chat und öffne *MagicTable*.

ArtusLöwenherz86: Sorry, du hast Recht. Ich darf dich nicht so auf die Folter spannen. Erst recht nicht, wenn es dir so geht wie jetzt. Das machen Freunde nicht.

Hermine1001: Gut erkannt. Vielleicht wird ja doch noch ein edler Prinz aus dir. Nun erzähl schon!

ArtusLöwenherz86: Vorher habe ich eine Frage an dich.

Hermine1001: Ja?

ArtusLöwenherz86: Darf ich dich »Mine« nennen? Dann muss ich nicht ständig an Harry Potter denken.

Hermine1001: Haha, okay. Wenn's nur das ist?

ArtusLöwenherz86: Super. Danke, Mine!

Hermine1001: Wäre Hermine so schlimm?

Patrick: Wie heißt sie denn? Ich will alles wissen!

Ich wische Patricks Nachricht zur Seite. Keine Zeit.

ArtusLöwenherz86: Nein, aber ich stelle mir dann ständig vor,

19

wie ich mit ihr schreibe. Du siehst womöglich ganz anders aus als sie. Falls wir uns dann doch eines Tages treffen, will ich nicht enttäuscht sein. Oder sogar den ganzen Platz nach jemandem wie sie absuchen müssen.

Hermine1001: Hmm

ArtusLöwenherz86: Was ist?

Hermine1001: Wie sah denn deine Ex aus? Also, falls du über sie reden willst ...

ArtusLöwenherz86: Da kann jetzt jede Antwort falsch sein.

Hermine1001: Ist Ungewissheit über meine Reaktion nicht aufregend?

ArtusLöwenherz86: Nein, ätzend.

Patrick: Wo hast du sie kennengelernt?

Ich wische seine Frage erneut weg.

Hermine1001: Nun erzähl schon!

ArtusLöwenherz86: Blond. Muss ich dazu noch mehr sagen?

Hermine1001: Boah, bist du gemein! Was machst du jetzt, wenn ich auch blond bin?

ArtusLöwenherz86: Dann bist du eben eine Ausnahme.

Hermine1001: Klingt nicht so, als würdest du gern über sie sprechen.

ArtusLöwenherz86: Was willst du denn wissen?

Hermine1001: Am besten alles! Oder etwas, das mich ablenkt. Oder mir zeigt, dass ich nicht alleine bin. Was Moralisches eben.

ArtusLöwenherz86: Was Moralisches?

Hermine1001: So etwas wie »Lügen haben kurze Beine« oder so. Etwas, woraus ich für die Zukunft lernen kann.

ArtusLöwenherz86: So etwas wie: Putze niemals das Fenster, während dein Partner mit dir Schluss macht?

Hermine1001: Haha, was? Hast du dich mit einem Putzlappen aus dem Fenster gestürzt, als sie Schluss gemacht hat?

ArtusLöwenherz86: Ehrlich gesagt, war ich tatsächlich kurz davor.

Hermine1001: Echt jetzt? ARTUS!

Patrick: Geht sie auf die gleiche Schule?

Ich verdrehe die Augen und wische ihn erneut weg.

ArtusLöwenherz86: Nein, nicht so wie du denkst. Ich habe gerade das Fenster unserer Wohnung geputzt. Meine Eltern hatten es mir aufgetragen, als Jessika reingestürmt kam und mir beichtete, dass sie sich neu verliebt habe. Da bin ich vor Schreck fast seitlich aus dem Fenster gekippt.

Hermine1001: Oh je, das ist bitter ...

ArtusLöwenherz86: Was? Das aus dem Fenster stürzen oder ihre Art, schlusszumachen?

Hermine1001: Beides. Aber immer noch besser, als zu sehen, wie der Freund vor deinen Augen mit jemand anderem rummacht.

ArtusLöwenherz86: Ich weiß ehrlich gesagt nicht, was schlimmer ist: Es selbst zu sehen oder es sich vorzustellen.

Hermine1001: Ich glaube doch eher das Vorstellen. Da spielt die Fantasie verrückt mit dem Gehirn eines gebrochenen Herzens.

ArtusLöwenherz86: Möglich.

Hermine1001: Sie war eben nicht deine echte Prinzessin, diese Jessika.

ArtusLöwenherz86: Woher weißt du, dass sie so heißt?

Hermine1001: Hast du eben geschrieben.

21

ArtusLöwenherz86: Echt? Oh.

Hermine1001: Jep, echt. Jetzt weiß ich wieder ein bisschen mehr über dich.

ArtusLöwenherz86: Unabsichtlich. Gewöhne dich nicht daran.

Hermine1001: Das werden wir ja sehen, hihi.

Patrick: ADRIAN! Raus mit der Sprache! Sonst komme ich heute doch noch bei dir vorbei!

Beste Freunde können wirklich nervig sein. Besonders dieser.

ArtusLöwenherz86: Ich werde gleich schlafen gehen.

Hermine1001: Schade.

ArtusLöwenherz86: Aber eine Weisheit kann ich dir noch mit auf den Weg geben.

Hermine1001: Ja? Welche?

ArtusLöwenherz86: Achte stets gut darauf, welche Geheimnisse du deinen Freunden erzählst.

Kapitel 3

WILHELMINE

Ich konnte fast die ganze Nacht lang nicht schlafen. In meinem Kopf drehte sich alles um David. Unser gemeinsames Jahr ist wie ein Film in meinen Träumen an mir vorübergezogen. Ich weiß nicht, ob es ein schöner Traum oder ein Albtraum war. Spätestens, als die Bilder mit Nathalie im Schulgang und sein Gesicht bei meiner Abfuhr aufgetaucht waren, wusste ich, dass es eher ein Albtraum sein musste, aus dem ich endlich erwacht bin. Ich glaube, tief in meinem Inneren, habe ich schon gewusst, dass unsere Beziehung bald zu Ende gehen wird.

Die Schmetterlinge, die anfangs noch sehr dominant in meinem Bauch umherflatterten, wurden mit der Zeit immer weniger. Es ist, als wäre mein erstes Verliebtsein verschwunden und hat keine noch größere Liebe hinterlassen, sondern einfach nur Leere. Nathalie war nur die Spitze des Eisberges, den ich nicht kommen sehen wollte, der aber unvermeidbar war.

Und dann geht mir auch noch Artus durch den Kopf, der mich ständig mit seinen Nachrichten auf neue Gedanken bringt. Es tut so gut, jemanden zum Reden zu haben, selbst, wenn es nur über den Chat ist.

Und als wäre das Gefühlschaos nicht sowieso schon genug, wäre da auch noch mein Mathetest nächsten Dienstag und ich habe so gut wie gar nichts dafür gelernt.

Ich schäle mich aus dem Bett. Müdigkeit macht sich in mir breit. Kein Wunder, bei dieser Nacht.

Der einzige Trost besteht darin, dass heute bereits Freitag ist. Das heißt, nur noch diesen Schultag überstehen und das Wochenende ist da.

Ich bewege mich eher langsam als schnell ins Badezimmer und bin nicht verwundert, als ich mein Spiegelbild erblicke. Meine schwarzen

23

Haare sehen ziemlich zerzaust aus. Ich habe gestern vergessen, sie zu einem Zopf zu flechten.

Schlechte Idee. Es wird jetzt leider mindestens zehn Minuten dauern, um sie wieder zu entknoten. Dass mir meine Haare inzwischen bis zum Po reichen, erleichtert mein Vorhaben leider nicht besonders.

Ich werde von vielen für mein Aussehen bewundert. Viele meinen, dass es mutig von mir wäre, die Haare so lang wachsen zu lassen. Aber ich liebe sie so. Abschneiden kommt für mich derzeit nicht infrage.

Die wundervolle Haarfarbe ist allerdings ideal geeignet, um meine Nationalität zu verstecken. Ich bin Halb-Irin. Das glaubt mir meistens niemand, aber die Gene von meiner Mum und meinem Großvater haben sich da definitiv durchsetzen können.

Behutsam beginne ich mit dem Kämmen und sehe mir dabei in meine blauen Augen, die sehr müde wirken. Ich habe auch noch ein paar Schlafkrümel, wie ich sie schon immer liebevoll genannt habe.

Dieses Mal dauert es etwas länger, bis ich zufrieden aus dem Bad gehe. Die Zimmertür meines Bruders ist schon längst geöffnet. Er ist ein Frühaufsteher. Das wird ihm später mit Sicherheit zu Gute kommen, wenn er mal Lehrer ist. Dies wäre nicht unbedingt ein Traumjob für mich. Mein komplettes Leben in der Schule verbringen? Nein, danke.

Mein älterer Bruder isst bereits sein tägliches Müsli, als ich mich zu ihm an den Tisch setze und zu meinen Eltern sehe, die sich gerade in der Küche Spiegeleier braten. Sie sind aktuell beide im Homeoffice, daher sind sie morgens nicht so in Eile, zur Arbeit zu kommen. Mein Bus wartet leider nicht auf mich. Mir bleibt daher oft nicht viel Zeit zum Frühstücken und heute sogar noch weniger.

»Guten Morgen, Schwesterherz. Ausgeschlafen?« Mein Bruder mampft genüsslich die letzten Bissen der Cornflakes und mustert mich dabei eindringlich.

»Geht so«, antworte ich nur.

»Guten Morgen, Schatz!«, begrüßt meine Mutter mich mit einem Lächeln und stellt mir ein Toastbrot mit Schokoladencreme auf den Tisch.

Genauso liebe ich es. Jeden Freitag bekomme ich dieses Frühstück, schon seit ich klein war. Mein Großvater hat es mir damals empfohlen.

Diese Tradition wollte meine Mutter nach seinem Tod erst nicht fortführen, aber ich habe mich schlussendlich doch durchsetzen können. Jetzt liebt sie es, weil wir ihn durch diese Gewohnheit - besonders freitags beim Frühstück – nie vergessen. Als ob wir das auch jemals könnten.

»Danke, Mum.«

»Für dich immer, Liebling.«

Artig setze ich mich an den Tisch und beiße das erste Mal für heute vom Toast ab.

»Bist du schon fit für Mathe?«

»Könnte besser sein«, beantworte ich die Frage meines Bruders.

»Schade, dass du kein Mathe unterrichten willst.«

Er grinst. »Ach, die anderen drei Fächer reichen doch vollkommen aus.«

»Bescheiden ist er auch noch«, antworte ich lachend.

»Werde nicht frech, Schwesterchen!«

»Als ob ich das könnte.« Ich verdrehe genervt die Augen.

»Du bist die Frechste von uns beiden, also ja, das kannst du.«

Ich strecke ihm die Zunge raus, so wie jedes Mal, wenn er das letzte Wort hat.

Mein Vater berührt mit seiner Hand behutsam meine Schulter, bevor er sich neben mir auf seinem Platz niederlässt. Er war gestern beim Frisör, daher muss ich mich noch an seine neue Kurzhaarfrisur gewöhnen. Vorher hatte er dichte rote Locken, um die ihn jede Frau beneidet hat, einschließlich Mum und mir. Ihm wurde die Pflege inzwischen zu viel, also mussten sie ab.

»Ich hätte dich fast nicht wiedererkannt«, sage ich belustigt, als er über seine neue Mähne streicht.

»I need to get used to it too«, antwortet er, um mir zu sagen, dass er sich selbst noch an sein neues Aussehen gewöhnen muss.

Es kommt oft vor, dass mein Vater Englisch mit uns spricht. Deswegen sind wir auch zweisprachig erzogen worden. Ich bin meinen Eltern so dankbar dafür, denn dadurch waren meine Noten in Englisch noch nie schlechter als eine Zwei.

Kennengelernt haben sich meine Eltern damals, als meine Mum einen dreiwöchigen Trip nach Irland gemacht hat. Sie studierte Sprachen und die Reise war ein Bestandteil ihrer Ausbildung. Dort haben sie sich im kleinen Örtchen »Riverfall« kennen und lieben gelernt. Ich kenne ihre Kennenlernstory schon auswendig, weil ich aufgehört habe zu zählen, wie oft sie sie schon erzählt haben.

»Alles in Ordnung, Liebes?«, fragt meine Mum plötzlich. Ihr ist wohl aufgefallen, dass ich immer noch einen Teil meines Toasts auf dem Teller liegen habe.

»Ja, alles gut. Ich habe nur gestern mit David Schluss gemacht. Er hat mich betrogen.«

»Oh«, antwortet mein Bruder prompt.

»Das tut mir leid, Sweetheart. Aber dann war er wohl einfach nicht der Richtige.« Er zieht mich von der Seite zu sich heran, so dass sich unsere Wangen berühren. »Your *one and only* wird bestimmt bald kommen.«

»Danke, Dad.«

Als ich aufstehe, umarmt mich meine Mum tröstend. »Wenn wir dir etwas Gutes tun können, Wilhelmine, oder du jemanden zum Reden brauchst, dann sage uns das bitte, ja?«

»Danke.«

Am liebsten möchte ich mich zurück in mein Zimmer verkriechen und dort mit Artus schreiben, bis meine Finger schmerzen. Ihm kann ich alles erzählen. Er hört mir zu und hilft mir, es zu verarbeiten. Bei meinen Eltern ist das etwas anderes. Sie kennen mich. Sie wissen, welche Knöpfe sie drücken müssen, damit es mir besser geht, aber wirklich aussprechen kann ich mich nie, weil sie sich oft in ihrer Arbeit vertiefen. Mein Dad ist Programmierer, meine Mum arbeitet als Assistentin eines internationalen Architektenbüros. Super Jobs, um sich in der Zeit zu verlieren.

Und genau das habe ich auch gerade. Gleich wird mein Bus um die Ecke fahren.

Ich nehme meine Schultasche, die ich zum Glück vorher schon fertig gepackt habe, schiebe mir das letzte Stück Toast in den Mund und winke meiner Familie.

»Danke. Ich schaffe das schon irgendwie. Bis heute Mittag!«

26

Dann verschwinde ich aus der Tür.

ADRIAN

Heute ist mein letzter freier Tag. Nächste Woche darf ich wieder zur Schule. Natürlich war ich wirklich krank. Dass zur gleichen Zeit ein Test war, ist nur ein doofer Zufall gewesen. Obwohl sich die Grippe schon so gut wie verzogen hat, fühle ich sie immer noch in meinen Knochen. Jedoch werde ich mir davon nicht das Wochenende vermiesen lassen.

Ich liege auf dem Sofa und genieße einfach nochmal die Ruhe, die sich seit meiner Krankmeldung in mir ausgebreitet hat. Es ist so viel schöner, nicht in die Schule gehen zu müssen. Schade nur, dass die Zeit nach meiner Rückkehr in die Schule immer *noch* stressiger ist als die davor. Schließlich muss ich dann eine Menge vom verpassten Stoff nachholen und die Tatsache, dass die Abschlussprüfungen immer näher rücken, versucht meine innere Ruhe schon seit Tagen zu besiegen.

Doch alles wirkt so viel einfacher, wenn ich mit Mine schreibe. Bei unseren Gesprächen fühle ich mich leicht wie eine Feder und jedes Hindernis scheint plötzlich nur noch halb so hoch zu sein.

Voller Vorfreude zücke ich mein Smartphone. Ich will ihr eine Frage stellen, deren Antwort ich unbedingt wissen muss.

ArtusLöwenherz86: Guten Morgen, Mine! Jetzt, wo du den Namen meiner Ex kennst, wäre es da nicht angebracht, mir den Namen deines Ex-Freundes zu verraten?
Hermine1001: Guten Morgen! Wieso? Damit wir sie verkuppeln können?
ArtusLöwenherz86: Haha, sozusagen.
Hermine1001: Na gut, ich lasse dich raten.
ArtusLöwenherz86: Na schön.
Hermine1001: Sein Vorname beginnt mit dem vierten Buchstaben des Alphabets.

ArtusLöwenherz86: D?

Hermine1001: Genau.

ArtusLöwenherz86: Nun, das grenzt die Auswahl ja schon enorm ein.

Hermine1001: Na dann, hihi. Viel Spaß beim Raten! Du hast drei Versuche.

ArtusLöwenherz86: Vielleicht ... Daniel?

Hermine1001: Nope.

ArtusLöwenherz86: Oder Dominik?

Hermine1001: Piep! Noch eine falsche Antwort!

ArtusLöwenherz86: David?

Hermine1001 ist offline

WILHELMINE

So ein Mist! Genau jetzt muss ich aussteigen. Genau dann, wenn er den Namen schreibt, von dessen Namensträger ich hoffe, ihn so schnell nicht wiederzusehen. Soll ich mich noch einloggen und ihn aufklären?

Nein, ich bin jetzt erstmal mit Thea verabredet. Ich wollte sie noch schnell die neuen Englischvokabeln abfragen, weil es potentiell möglich ist, dass eine von uns beiden heute abgefragt wird. Die Lehrer entscheiden sich grundsätzlich oft gegen mich, weil ich bei den letzten Ausfragerunden immer null Fehler gemacht habe und mich sowieso mündlich sehr aktiv beteilige. Thea steht eher auf einer Drei in meinem Lieblingsfach. Daher hoffe ich für sie, dass sie bei der nächsten Ausfrage das Klassenzimmer rockt.

»*To stay*?«, frage ich sie.

»*Bleiben*, das haben wir letztes Jahr schon gelernt.«

»In diesem Text kommt es wohl nochmal vor. Gut, dass du es noch weißt.«

»Ich wäre auch echt gern zweisprachig erzogen worden. Kannst du nicht für mich die nächste Prüfung schreiben? Eine Vier zieht deinen

Schnitt mit deinen einhunderttausend Einsern sicher nicht so stark runter.«

Ich klopfe meiner besten Freundin auf die Schulter. »Ach komm, so schlecht bist du auch nicht.«

»Viel schlechter.«

»*To stay at home*?«

»*Zu Hause bleiben* - Kannst du mich nicht mal schwierigere Vokabeln abfragen?«

Ich versuche ihr Mut zu machen. »Na schau, du kannst es doch!«

Thea verschränkt ihre Arme vor der Brust und pustet sich eine ihrer roten Strähnen aus dem Gesicht. »Schön wär's, wenn alle neuen Voks so einfach wären.«

»Übung macht den Meister.« Ich zwinkere ihr zu.

»Danke für deine traumhaften Ratschläge, Mine.«

»Stets zu Diensten«, antworte ich grinsend.

ADRIAN

Ich sitze immer noch auf dem Sofa und klicke mich durch *MagicTable*. Ich muss immer wieder auf ihr Profil gehen und mir jedes Detail genau einprägen. Kein Mädchen, das ich bisher kennengelernt habe, war so cool wie sie. Ihre schlagfertige Art, ihre Interessen ... Sie ist das komplette Gegenteil von Jessika. Mit ihr kann ich wirklich *ich* sein.

Ich muss sie jetzt unterstützen und ihr aus dem Gefühlsdschungel helfen. Am besten mit dem gleichen Pfad, den ich nach dem Beziehungsende mit Jessika gegangen bin. Vielleicht schafft sie es ja auch so schnell wie ich, von ihrem Ex-Freund wieder loszukommen. Dieser Idiot hatte sie überhaupt nicht verdient.

Als hätte ich es geahnt, vibriert mein Handy.

Patrick: Na? Wie wär's? Bock auf Party? Am Samstag? Das Oliver's lädt ein!

Adrian: Ich weiß nicht ...

29

Patrick: Das wird dich und mich super ablenken!

Adrian: Ja, weil du uns dann wieder zu erhöhtem Alkoholkonsum verhilfst und ich am nächsten Tag nicht mehr weiß, wo ich bin. Weißt du noch?

Patrick: Ach komm! Das war eine einmalige Sache.

Adrian: Die ich nicht nochmal wiederholen will.

Patrick: Na los, gib dir 'nen Ruck! Meine Schwester kommt auch mit. Sie hat Liebeskummer, weißt du? Und außerdem bist du mir noch mehr als eine Antwort zu deiner Neuen schuldig. Bring sie doch mit!

Adrian: So einfach ist das nicht ... Echt? Deine Schwester hat Liebeskummer? Wieso?

Patrick: Ihr Ex-Freund, das Arschloch. Noch Fragen?

Adrian: Ich bin wunschlos glücklich.

Patrick: Und Single.

Adrian: Das soll auch so bleiben.

Patrick: Und deine Neue?

Adrian: Das ist etwas anderes.

Patrick: Hmpf. Ich werde schon noch herausfinden, um wen es sich handelt.

Adrian: Wenn du mir dabei helfen willst, gern.

Patrick: Hä? Inwiefern helfen?

Adrian: Ich weiß nicht, wer sie ist.

Patrick: Was? Na dann frag sie doch einfach!

Ich kaue auf meiner Unterlippe. Party. Weggehen. Ich möchte lieber den ganzen Tag und die ganze Nacht mit Mine verbringen. Wenn auch nur mit Worten. Vielleicht kann ich sie ja zum Telefonieren überreden?

Plötzlich ploppt ein neues Chatfenster auf, das mich augenblicklich zusammenzucken lässt.

Jessika.

Jessika: Hey Adrian. Du, ich habe noch einen meiner Pyjamas bei dir im Schrank ... Darf ich ihn am Samstag abholen?

Adrian: Ok

Hmpf. Ich werde Jessika noch einmal sehen. Am Samstag.

Na großartig. Wenigstens wird das unser letztes Treffen werden. Dann bin ich sie für immer los.

Was wäre da besser, als das mit meinem besten Freund bei *Oliver's* zu feiern? Dann kann ich alles Geschehene gleich mit viel Alkohol betäuben.

Adrian: Okay, Samstag bei Oliver's. Ich bin dabei!

Kapitel 4

ADRIAN

Voller Misstrauen betrachte ich meinen Einkaufszettel. Meine Eltern haben mich zu einem Shoppingmarathon geschickt. Mit voller Absicht, als ich sie darauf hingewiesen habe, dass ich morgen mit Patrick ins *Oliver's* gehe.

»Adrian, mein Sohn, du kannst gerne feiern gehen, aber so lange du in unserem Herrschaftsbereich lebst, kannst du uns auch etwas zum Essen kaufen.« Das waren die Worte meines Vaters, bevor meine Mutter mir den Zettel in die Hand drückte.

Etwas *»zum Essen«* kaufen. Die Liste hat zwei Seiten in einer ziemlich kleinen Schriftgröße, aber hey, ich komme so wenigstens mal vom Sofa runter.

Da es erst 13:00 Uhr ist, ist hier auch relativ wenig los. Gut, ich gebe zu, dass ich nicht im größten Einkaufsladen Münchens bin, sondern eher in einem kleinen Laden um die Ecke, der sozusagen als Geheimtipp gehandelt wird.

Aber wer braucht schon die große Auswahl? Hauptsache, ich kann hinter jeden Punkt auf dem Zettel ein dickes fettes Kreuz machen.

Ich zücke mein Smartphone.

ArtusLöwenherz86: Und? Schon aus?

Hermine1001: Wie kommst du da drauf?

ArtusLöwenherz86: Ich bin auch ein Schüler. Ich weiß, dass die meisten Schulen freitags spätestens gegen 13:00 Uhr die Pforten schließen.

Hermine1001: Vielleicht bin ich ja gar nicht auf einer üblichen Schule?

32

ArtusLöwenherz86: Ach so, stimmt. In Hogwarts sind die Zeiten ja komplett anders.

Hermine1001: Exakt. Und du? Machst du einen Ausritt mit deinen Rittern der Tafelrunde, um *den einen Ring* zu finden?

ArtusLöwenherz86: Kann man so sagen. Nur leider ohne Ritter und Pferde, aber dafür mit einem Einkaufswagen. Und statt dem einem Ring als Begierde, habe ich eher eine ewig lange Einkaufsliste abzuarbeiten.

Hermine1001: Ach wie schön und was für ein Zufall, meine Mum hat mich auch gerade zum Einkaufen geschickt.

ArtusLöwenherz86: Echt?

Plötzlich macht sich ein komisches Gefühl in mir breit. Ist es Adrenalin? Aber wieso?

Sofort stütze ich mich an meinem Einkaufswagen ab und strecke meinen Kopf in die Höhe. Die Regale hier sind alle ziemlich niedrig gehalten. Vermutlich, weil die Ladenbesitzerin auch nur 1,60 Meter groß ist. Mit meinen 1,80 Metern überrage ich dadurch fast sämtliche Regale in dieser Abteilung. Doch es hat gar keinen Sinn, nach *ihr* Ausschau zu halten. Schließlich weiß ich gar nicht, wie sie aussieht.

ArtusLöwenherz86: Das wäre echt witzig, wenn wir gerade im selben Supermarkt wären.

Hermine1001: Das glaube ich wohl kaum.

ArtusLöwenherz86: Warum? Möglich wäre es doch. Du kommst doch auch aus Bayern?

Hermine1001: Ja, aber Bayern ist groß. Wir haben sieben Regierungsbezirke und mehrere Großstädte ... Es muss schon ein riesiger ZUFALL sein, wenn wir uns REIN ZUFÄLLIG begegnen würden.

ArtusLöwenherz86: Wir könnten es doch herausfinden?

Hermine1001: Ungern. Ich genieße meine Anonymität.

33

ArtusLöwenherz86: Warum? Weil du hässlich bist?

Hermine1001: Hässlichkeit ist relativ. Außer, du bist so ein Typ wie David, dem das Aussehen und die Kurven wichtiger sind, als die inneren Werte.

ArtusLöwenherz86: HA! Ertappt! Also heißt er doch David!

Hermine1001: Ich dachte, das wüsstest du schon?

ArtusLöwenherz86: Offiziell bestätigt hast du es nicht, da du plötzlich offline warst.

Hermine1001: Sorry nochmal. Mein Bus war angekommen und meine Freundin verzweifelt mit Englisch.

ArtusLöwenherz86: Und da hast du ihr geholfen, hm?

Hermine1001: Natürlich! Das erwartest du doch von mir. Oder nicht?

ArtusLöwenherz86: Vielleicht?

Hermine1001: Moment! Sind diese »Vielleicht«-Sätze mit dieser Betonung nicht eher Frauen vorbehalten?

ArtusLöwenherz86: Und wovon träumst du nachts so?

Hermine1001: Von dir!

ArtusLöwenherz86: Echt jetzt?

Hermine1001: Nein, ich wollte nur dein Ego noch ein wenig pushen, falls du laut lachend aufschreist und ich dich doch zwischen den Regalen entdecke. Hat es geklappt?

ArtusLöwenherz86: Ich bin mucksmäuschenstill.

Hermine1001: Schade. Hätte funktionieren können.

ArtusLöwenherz86: Im Ernst jetzt, Mine, du bist klasse. Du bist das coolste Mädchen, dem ich je begegnet bin.

Hermine1001: Danke.

ArtusLöwenherz86: Doch dafür nicht!

ArtusLöwenherz86: Mine?

Hermine1001: Ja?

ArtusLöwenherz86: Bitte verrate mir, in welcher Stadt du wohnst. Ich würde dich gerne lachen hören.

Hermine1001: Wenn du mein Lachen hören willst, kann ich auch eine Sprachnachricht aufnehmen.

ArtusLöwenherz86: Au ja! Die stelle ich mir dann als Klingelton ein!

Mine schickt lachende Smileys, die in mir einmal mehr den Wunsch auslösen, ihr Lachen wirklich zu hören. Wenigstens ein Mal. Dennoch plagen mich Schuldgefühle. Bin ich zu aufdringlich mit all meinen Fragen? Ist es zu aufdringlich, mehr über die Person wissen zu wollen, die einem nicht mehr aus dem Kopf gehen will?

Ich bleibe an einem Regal stehen und lausche. Vielleicht höre ich ja doch das Lachen eines Mädchens irgendwo in meiner Umgebung. Doch es ist ziemlich ruhig im Laden. Man könnte fast glauben, dass ich doch nicht in München bin, sondern in irgendeinem Vorort, wo sich Fuchs und Hase *»Gute Nacht«* sagen.

ArtusLöwenherz86: Sorry, wenn ich zu aufdringlich bin ... Vielleicht wenigstens den Regierungsbezirk?

Hermine1001: Ist schon okay. Na gut. Oberbayern. Und jetzt ist Ruhe, ich muss weiter einkaufen.

Oberbayern.

Oberbayern! München ist die Hauptstadt von Oberbayern.

Mein Herz beginnt zu schlagen, als hätte es die ganze Zeit davor nur geschlafen.

Könnte es sein, dass wir gerade tatsächlich im selben Supermarkt sind? Ein paar Regale und Produkte voneinander entfernt? Vielleicht ist sie gerade in der Obstabteilung? Oder sie sucht im Kühlregal nach einer Pizza?

ArtusLöwenherz86: Wo bist du gerade?

Hermine1001: Wolltest du nicht eben noch nicht aufdringlich sein?

ArtusLöwenherz86: Hmpf.

Hermine1001: Im Supermarkt.

ArtusLöwenherz86: Und wo da?

Hermine1001: Dort, wo es die Sachen gibt, die auf meiner Liste stehen.

ArtusLöwenherz86: Du bist ein Scherzkeks.

Hermine1001: Und du ein Stalker.

Gemeinheit! Ich will sie doch nur kennenlernen und ihr Lachen hören.

WILHELMINE

Ein wenig Kribbeln löst es in mir schon aus, zu wissen, dass Artus vielleicht gar nicht so weit entfernt ist. Was, wenn wir tatsächlich im selben Supermarkt sind?

Ehrlich gesagt, habe ich Angst davor. Generell auch Angst, mich gleich in eine neue Beziehung zu stürzen und ihm Hoffnungen zu machen. Das wäre ihm gegenüber nicht fair.

Hermine1001: Artus?

ArtusLöwenherz86: Ja?

Hermine1001: Ich wollte dir nur sagen, dass du dir nicht allzu große Hoffnungen machen sollst. Wegen mir, meine ich.

ArtusLöwenherz86: Inwiefern Hoffnungen?

Hermine1001: Na ja, vielleicht kommst du auch aus Oberbayern, bist vielleicht auch gerade im selben Supermarkt und siehst mich und dann muss ich dir das gleiche sagen, wie jetzt.

ArtusLöwenherz86: Was denn?

Hermine1001: Ich bin jetzt noch nicht bereit für eine neue Beziehung. Die Wunde mit David ist noch viel zu frisch.

ArtusLöwenherz86: Das weiß ich doch. Mir ging es damals mit

Jessika genauso. Wenn du magst, helfe ich dir aus diesem Gefühlsdschungel raus, okay? Du musst nur meine Hand nehmen.

Hermine1001: Okay. Ich wollte es nur vorher mit dir geklärt haben. Ich will keine Herzen brechen. Und deine Hand nehme ich gerne.

ArtusLöwenherz86: Deal! Wir boxen dich da wieder raus. Ach, und meine Burg steht tatsächlich auch in Oberbayern.

Hermine1001: Ha ha, was für ein Zufall! Ich wette mit dir, dass wir jetzt bestimmt am selben Regal stehen.

Ich stecke mein Handy weg und schiebe meinen Wagen ins nächste Regal, um zwei Packungen Mehl zu besorgen. Das ist uns nach unserem letzten Kuchenbacken ausgegangen.

Als ich den Wagen um die Ecke schiebe und mich gleich zum Dinkelmehl hinunterbeuge, erschrecke ich mich, als ich merke, dass ich in diesem Regal wirklich nicht alleine bin.

Ein junger Mann mit braunen Locken steht neben mir. Er trägt weiße Sneakers und ein einfarbiges schwarzes Shirt, durch das sich muskulöse Arme abzeichnen. Es ist Adrian, der beste Freund meines Bruders Patrick. Ich kenne ihn kaum, höchstens vom Sehen, wenn er mal bei Patrick zu Besuch ist. Aber meistens zocken sie nur und da er eine Freundin hat, kam ich auch zu der Zeit vor David nie auf die Idee, ihn näher kennenzulernen.

»Oh, hey Adrian.« Der Angesprochene hält sein Handy in der Hand, in das er hineingrinst.

Er erschreckt sich, als er mich plötzlich erkennt. »Oh hi! Wilhelmine, richtig?«

»Genau. Bist du auch hier einkaufen?«

»Ja, haha. Was man in einem Supermarkt so macht.«

»Du hast Recht, das war eine blöde Frage von mir.« Ich schäme mich ein bisschen dafür.

Adrian grinst mich an.

»Ich gehe dann mal weiter. Bis bald!«, antworte ich und schiebe meinen Wagen in die nächste Abteilung.

ArtusLöwenherz86: Was hältst du davon, wenn du mir verrätst, in welcher Abteilung du jetzt bist?

Hermine1001: Das würde dir so passen, was?

ArtusLöwenherz86: Ich gehe jetzt offline, sonst brauche ich noch ein paar Stunden mehr mit diesem ewig langen Zettel.

Hermine1001: Okay, aber versprich mir, dass wir das öfters machen!

ArtusLöwenherz86: Was denn?

Hermine1001: Na, gemeinsam einkaufen!

ArtusLöwenherz86: Also von mir aus gerne.

Hermine1001: Perfekt! Ich schreibe dir, sobald ich wieder zu Hause bin.

ArtusLöwenherz86: Alles klar. Bis nachher, Mine.

Kapitel 5

ADRIAN

Erschöpft lasse ich mich auf einen Stuhl im Esszimmer fallen, nachdem beide Taschen mit den gekauften Sachen ihren Platz in der Küche gefunden haben.

»Und was machen diese Tüten jetzt hier?«, fragt meine Mutter genervt.

Ich lache laut. »Darauf warten, dass du die Sachen einräumst.«

»Adrian! Was soll dieser freche Ton?«, fragt meine Mutter etwas zornig.

»Tut mir leid, aber du sagst doch immer, dass du die Sachen ausräumst, damit du auch gleich weißt, ob ich das Richtige gekauft habe.«

Meine Mutter lässt sich seufzend auf den Sessel neben dem Sofa fallen und sieht mich traurig an. »Entschuldige, Schatz, das weiß ich doch. Es ist nur ... Ich bin zurzeit ein wenig durch den Wind.«

»Wieso das?«, frage ich sie angespannt.

»Na ja, ich weiß nicht mehr, was ich glauben soll. Es geht um deinen Vater.«

»Um Paps? Was hat er denn angestellt?«

»Marion behauptet, dass sie ihn gesehen habe. Zusammen mit einer anderen Frau.«

Ich sehe in die traurigen Augen meiner Mutter. »Und das glaubst du ihr?«

»Was sollte sie für einen Grund haben, mich anzulügen?«

»Nun ja, besonders dicke Freunde wart ihr ja in letzter Zeit nicht unbedingt ...«

»Ja, das schon. Aber wenn es um so etwas geht, stehen wir trotzdem immer zueinander«, antwortet meine Mutter prompt.

Ich stehe auf und stelle mich neben sie. »Komm her, lass dich umarmen. Vielleicht geht es dir dann besser.«

39

Ohne zu zögern steht meine Mutter auf und umarmt mich fest. Ihre dunkelblonden Haare kitzeln dabei meine Wange und ich atme den fast verblassten Duft ihres Parfums ein, das mein Vater ihr zum Hochzeitstag vor ein paar Wochen geschenkt hatte.

»Danke, dass du für mich da bist«, schluchzt sie leise.

»Mum, für dich bin ich doch immer da. Du hast mich doch auch wieder aus meinem Loch gezogen, als mit Jessika Schluss war.«

»Ich bin froh, dass ihr euch getrennt habt. Ihr habt euch auseinandergelebt. Es ging vielleicht drei Jahre gut, aber während der letzten zwei Jahre hat sich dann die Richtung gedreht. Als Außenstehender sieht man das leider oft besser.«

Ich seufze. Meine Mum hat so Recht. Jessika hat immer mehr ihr eigenes Ding abgezogen. Hat sich mit ihrer Freundin in einer Bar verabredet und die Hintern der anderen Jungs mit einem Punkteranking bewertet. Davon hat sie mir dann anschließend ausführlich erzählt. Wenn ich mal etwas mit Patrick unternehmen wollte, hat sie gleich sofort die Eifersuchtsnummer abgezogen und mir vorgeworfen, mit anderen Frauen abzuhängen, was so gut wie nie der Fall war. Wieso auch? Ich war doch glücklich mit ihr. Dachte ich jedenfalls.

Dass sie Schluss macht, kam trotzdem irgendwie aus dem Nichts. Ich bin inzwischen froh, kein unfaires, eifersüchtiges und egoistisches Mädchen mehr an meiner Seite haben zu müssen.

Jetzt spüre ich gerade das Verlangen, ihren rosa Pyjama einfach aus dem Fenster zu werfen. Eigentlich eine gute Idee, weil sie ihn dann einfach draußen auf der Straße abholen kann und ich sie gar nicht mehr sehen muss.

Meine Mutter ist inzwischen in der Küche und räumt die eingekauften Sachen in die Schränke.

Ohne zu fragen, helfe ich ihr.

»Danke, Adrian.«

»Gerne. Jessika will übrigens nochmal vorbeikommen und ihr letztes Zeug abholen.«

»Kann sie gerne machen. Danach sehen wir sie hoffentlich nie wieder.«

Ich seufze. »Hoffentlich.«

Meine Mum kneift mir in die Wange, so dass meine Lachfalten automatisch sichtbar werden. »Wie wär's, wenn du deine vergangene Beziehung mit Jessika einfach aufschreibst? Zumindest das, was dich noch bewegt? Wäre das nicht ein super Stoff für deine geplanten Bücher?«

Meine Mutter ahnt ja gar nicht, wie glücklich sie mich mit dieser Frage macht. Sie ist – neben Mine und Patrick – die Einzige, die an mich glaubt. Die das Gefühl hat, dass ich tatsächlich mal ein Autor werden könnte. Mein Vater denkt immer nur an seine Firma und dass ich Ingenieur werden soll, so wie er, um später sein Unternehmen zu übernehmen.

»Du hast Recht, danke.« Ich halte kurz inne. »Ach, und Mum?«

»Ja, Adrian?«

»Wenn du jemanden zum Reden brauchst, wegen Papa mein ich, dann komm einfach jederzeit zu mir, okay?«

»Okay. Danke, mein Schatz.«

Ich laufe die Treppe nach oben, auf dem Weg in mein Zimmer.

WILHELMINE

Thea: Ernsthaft, Mine! Du kannst dir die Party bei Oliver's morgen nicht einfach entgehen lassen!

Wilhelmine: Doch, kann ich. Ich muss noch für Dienstag lernen. Und was soll ich überhaupt auf der Party? Bei meinem Glück läuft mir noch David über den Weg. Und dann?

Thea: Dann sieht er, wie viel Spaß man mit dir haben kann! Besonders jetzt, nachdem du wieder Single bist.

Wilhelmine: Ich weiß nicht ...

Thea: Ach komm schon! Was hält dich davon ab?

Wilhelmine: Mathe. Und ich habe nichts zum Anziehen.

Thea: Mathe kann ich dir am Montag nochmal erklären. Und wegen der Klamotten: Na und? Dann gehen wir eben morgen noch schnell einkaufen!

41

Wilhelmine: Ich habe kein Geld.

Thea: Aber eine Menge Ausreden.

Ich schnaube. Meine beste Freundin kann es echt nicht lassen! Was soll ich denn auf einer Party? Ich muss tatsächlich noch etwas für Mathe tun. Wenn ich feiern gehe und Spaß haben will, wird mir das Engelchen auf meiner Schulter die ganze Zeit ein schlechtes Gewissen einreden, während mich der Teufel auf der anderen Seite ständig auf die Tanzfläche schicken wird. Noch mehr Gefühlschaos kann ich jetzt ganz schlecht gebrauchen.

Mein Handy vibriert erneut, aber es ist bestimmt nur Thea. Als es aber wieder vibriert, werde ich dann doch etwas stutzig und werfe einen kurzen Blick auf den Sperrbildschirm.

ArtusLöwenherz86: Hat die holde Maid schon Pläne fürs Wochenende?

Bei seiner Frage muss ich grinsen. Er schafft es wirklich in Rekordzeit, meine Stimmung zu verbessern.

Hermine1001: Also für Samstagabend schon. Heute Abend ist noch frei.

ArtusLöwenherz86: Was für ein Zufall! Bei mir auch. Was machst du am Samstag?

Hermine1001: Meine beste Freundin versucht mich gerade zu überreden, mit ihr auf eine Party zu gehen.

ArtusLöwenherz86: Wie witzig, mein bester Freund hat genau den gleichen Plan gehabt. Sicher, dass wir nicht von derselben Person sprechen?

Hermine1001: Da sie ein unterschiedliches Geschlecht haben, vermute ich mal nein. Aber sie würden sich bestimmt super verstehen, wenn sie den gleichen Plan haben, wie sie ihre besten Freunde fürs Wochenende verplanen.

ArtusLöwenherz86: Wie wär's, wenn wir das gleiche machen?

Hermine1001: Was meinst du?

ArtusLöwenherz86: Na ja, miteinander den Abend verbringen. Das Gleiche gleichzeitig machen. So etwas eben.

Hermine1001: Und was schlägst du genau vor?

ArtusLöwenherz86: Was hältst du von Kino?

Hermine1001: Sehr witzig! Wir wohnen zwar in derselben Region, aber da das richtige Kino zu finden, wird dann doch etwas schwer, meinst du nicht?

ArtusLöwenherz86: Noch nie etwas von »Home-Kino« gehört?

Hermine1001: Ach so, du meinst, dass wir uns gemeinsam einen Film ansehen und darüber diskutieren?

ArtusLöwenherz86: Ganz genau. Ich sehe schon, dass wir uns verstehen.

Hermine1001: Und welcher Film schwebt dir vor? Verloren im Supermarkt?

ArtusLöwenherz86: Den kenne ich noch nicht. Aber ganz verloren war ich im Supermarkt gar nicht. Mir sind schon ein paar hübsche Mädels begegnet.

Hermine1001: So, so. Ein paar gleich? Ich habe einen hübschen Jungen getroffen.

ArtusLöwenherz86: Echt? Wie sah er aus? War er dein Typ?

Ich merke, wie ich rot anlaufe. Wenn ich so darüber nachdenke, war Adrian tatsächlich schon immer mein Typ. Aber das würde ich nie zugeben! Schließlich ist er der beste Freund meines Bruders, über ein Jahr älter als ich, eine Jahrgangsstufe über mir, hat eine Freundin und ist ganz bestimmt nicht an mir interessiert.

Hermine1001: Ich glaube, er sieht ein wenig aus wie ... Ach nein, das ist viel zu langweilig, wenn ich das jetzt sage.

ArtusLöwenherz86: Och Mine! Du kannst mich jetzt nicht so

43

neugierig im Regen stehen lassen!

Hermine1001: Keine Sorge, ich schicke dir einen virtuellen Regenschirm vorbei.

Ich drücke auf einen Smiley, der die Form eines Schirms hat und schicke noch ein paar Wassertropfen hinterher.

ArtusLöwenherz86: Ha ha, sehr witzig.

Ich schicke einen lachenden Smiley. Artus antwortet mit einem Kuss-Mund-Smiley.

Erst erstarre ich vor Überraschung. Dann reagieren meine Finger wie von selbst. Ich habe sie nicht mehr unter Kontrolle. Ehe ich sie stoppen kann, habe ich ihm einen Smiley mit Kuss-Mund zurückgeschickt. Daraufhin schickt er gleich noch einen.

ArtusLöwenherz86: Irgendwie fühlt sich das gut an.

ArtusLöwenherz86: UPS! Habe ich das jetzt wirklich geschrieben? Kann ich das nochmal löschen?

ArtusLöwenherz86: MINE!

Hermine1001: Macht es mich zu einem schlechten Menschen, wenn ich dir sage, dass sich das wirklich gut anfühlt?

ArtusLöwenherz86: Nicht, dass ich wüsste. Dann lass uns einfach nicht mehr damit aufhören. Es sind Freundschafts-Symbole.

Hermine1001: Das musst du dir erst verdienen. *Kuss-Mund*

ArtusLöwenherz86: Und wie? *Kuss-Mund*

Hermine1001: Indem du den richtigen Film für heute Abend auswählst. *Kuss-Mund*

ArtusLöwenherz86: Okay, einen Moment. Ich durchforste mal meine Regale. *Kuss-Mund*

Hermine1001: Du hast fünf Minuten. Die Zeit läuft! *Kuss-Mund*

ADRIAN

Irgendwie fühle ich mich gerade nervöser als vor meinem ersten Date mit Jessika. In gewisser Weise, ist das gerade sogar wie ein Date, nur dass es viel aufregender ist: Ich sehe mir gemeinsam mit einem Mädchen, das ich kaum kenne, einen Film an, den ich aussuchen darf.

Alles kribbelt in mir vor Aufregung. Wie soll der Film sein? Actionreich? Romantisch? Soll ich sie damit überraschen? Oder ein allgemeines Klischee über den Geschmack von Männern unterstreichen? Will sie am Ende des Films weinen? Oder lachen? Eigentlich ist das doch vollkommen irrelevant, schließlich werde ich keine ihrer Emotionen hören können. Oder doch? Was wäre, wenn wir währenddessen einfach telefonieren würden? Was hindert uns denn daran, uns näher kennenzulernen?

Wir chatten zwar erst seit fast drei Wochen, aber es fühlt sich inzwischen schon so an, als wäre das eine Ewigkeit. Ich kann mir schon gar nicht mehr vorstellen, wie es ohne sie war.

Ich schlendere zu meinen Regalen und betrachte Film für Film. So kann ich mich unmöglich entscheiden.

Dann kommt mir eine Idee.

Schnell greife ich zum Telefon und klicke auf die App. Nach dem Laden der App gehe ich auf das Profil von *Hermine1001* und stöbere durch ihr virtuelles Filmeregal. Eine Menge Fantasy-Klassiker sind dabei, die ich nur teilweise selbst besitze. Ich denke, sie wird ihre Lieblingsfilme bestimmt als DVD zu Hause haben. Wenn nicht, leihe ich ihn ihr einfach über eines der gängigen Streaming-Portale. Irgendeine Lösung werden wir schon finden. Doch richtig fündig werde ich dadurch auch nicht.

Als ihr Name wieder auf meinem Display aufleuchtet, da sie mir eine Nachricht geschrieben hat, dass meine Zeit abgelaufen sei, fällt mir ihr Username ins Auge. Hexen. Wie wär's damit?

45

Hermine1001: Tick tack.

ArtusLöwenherz86: »Die Hexe mit dem goldenen Stein«?

Hermine1001: Der Titel sagt mir gar nichts.

ArtusLöwenherz86: Wir könnten auch Filme über König Artus und den Zauberer Merlin ansehen, wenn du magst.

Hermine1001: Ach, nein. Der Titel mit der Hexe macht mich irgendwie neugierig. Aber es ist auch eine gute Taktik von dir, wenn du ihn schon kennst.

ArtusLöwenherz86: Inwiefern?

Hermine1001: Du kannst mich den ganzen Abend über spoilern, hihi.

ArtusLöwenherz86: Die Wette gilt! *Kuss-Mund* Kannst du ihn dir denn überhaupt ansehen?

Hermine1001: Ja. Bei meinem Streaming-Portal ist er kostenlos verfügbar. Wie kommt's, dass ich ihn dann noch nicht kenne?

ArtusLöwenherz86: Keine Ahnung. Er ist wohl irgendwie an dir vorbeigezogen.

Hermine1001: Sieht ganz so aus.

ArtusLöwenherz86: Drücken wir gleichzeitig auf Play?

Hermine1001: 3!

ArtusLöwenherz86: 2!

Hermine1001: 1!

ArtusLöwenherz86: Play!

Es erscheinen die Logos der Produktionsfirmen und ich höre schon die vertraute Musik im Hintergrund.

Unglaublich. Ich sehe mir jetzt einen Fantasy-Film mit einem anderen Mädchen als Jessika an. Dass mir das in nächster Zeit so schnell passieren wird, hätte ich nicht für möglich gehalten.

Hermine1001: Urgh. Das ist ja eklig.

Man sieht eine alte runzlige und gebuckelte Frau an einem Hexenkessel stehen. Sie braut etwas zusammen, was sich später als goldener Stein entpuppen wird. Aber ich werde Mine jetzt selbstverständlich nicht spoilern.

ArtusLöwenherz86: Wenn es dir zu gruselig wird, gib Bescheid, ja? Dann kannst du dich virtuell an mich lehnen.

Hermine1001: Danke für das nette Angebot, aber ich habe hier schon meine Ron-Kuscheldecke, die mich beschützt.

Eine Ron-Kuscheldecke! Steht sie etwa auf Männer wie Ronald? Das muss ich genauer analysieren.

ArtusLöwenherz86: Und du glaubst, Ron kann dich besser beschützen als ich?

Hermine1001: Eifersüchtig?

ArtusLöwenherz86: Pfff.

Hermine1001: HA! Erwischt!

ArtusLöwenherz86: Ich sehe genau, dass du rot wirst.

Hermine1001: Kann nicht sein.

ArtusLöwenherz86: Wieso nicht?

Hermine1001: Weil du dann in meinem Zimmer eine Kamera installiert haben müsstest. Und das würde gegen die Privatsphäre verstoßen, mein Freund.

ArtusLöwenherz86: Hast du mich gerade »Freund« genannt?

Hermine1001: Ups. Ich meinte Freund. Also Freund-Freund. Nicht Beziehungs-Freund.

ArtusLöwenherz86: Hab schon verstanden. Keine Sorge.

Hermine1001: Gut, dann bin ich ja beruhigt.

WILHELMINE

Der Film gefällt mir von Minute zu Minute besser. Das witzige an unserem Filmabend ist, dass ich mein Talent im Multitasking unter Beweis stellen kann. Denn während ich beim Film aufpasse, schreibe ich mit ihm über das eben Erlebte.

Hermine1001: Warum hat sie das gemacht?

ArtusLöwenherz86: Was?

Hermine1001: Na, dem Jungen den Stein weggenommen. Was will sie denn damit?

ArtusLöwenherz86: Die Hexe? Na ja, was wohl?

Hermine1001: Nein, verrate es mir nicht! Sonst spoilerst du noch.

ArtusLöwenherz86: Das würde ich nie machen.

Hermine1001: Also, was will sie mit dem Stein?

ArtusLöwenherz86: Das sagte ich doch bereits: Ich spoilere nicht.

Hermine1001: Warum wird der Stein jetzt rot?

ArtusLöwenherz86: Entspanne dich und sieh dir den Film einfach an. Als würdest du ihn ohne mich schauen.

Hermine1001: Ach so. Sie benutzt ihn als eine Art Liebestrank.

ArtusLöwenherz86: Liebeszauber.

Hermine1001: Nicht spoilern!

Artus schickt einen lachenden Smiley. Ob er weiß, dass ich ihn nur aufziehen will? Ich finde es auf jeden Fall mega witzig.

ArtusLöwenherz86: Langsam schmerzen meine Finger.

Hermine1001: Echt? Jetzt schon?

ArtusLöwenherz86: Ja

Hermine1001: Dann würde ich an deiner Stelle nochmal über deine Berufung nachdenken.

ArtusLöwenherz86: Wieso das?

Hermine1001: Na ja, als Autor tippst und schreibst du sehr viel. Wenn es gut läuft, dann den ganzen Tag. Und wenn es richtig gut läuft, dann dein ganzes restliches Leben.

ArtusLöwenherz86: Wieso? Das Autorendasein besteht doch auch aus Lesungen und dem Besuchen von Buchläden und Messen.

Hermine1001: Und was macht man da so als Autor?

ArtusLöwenherz86: Vorlesen und den Fans winken.

Hermine1001: Und Autogramme schreiben! Verstehst du? Du schreibst wieder.

ArtusLöwenherz86: Aber das ist ja nicht das gleiche. Ich tippe ja nicht, sondern schreibe mit der Hand.

Hermine1001: Jetzt küsst sie ihn! Warum merkt der Prinz nicht, dass sie eine Hexe ist?

ArtusLöwenherz86: Er ist eben blind vor Liebe. Und verzaubert.

Hermine1001: Wegen des goldenen Steines, oder?

ArtusLöwenherz86: Exakt, Sherlock.

Hermine1001: Oh je. Hoffentlich merkt er noch, wer seine wahre Liebe ist und holt sie aus dem Kerker raus ...

ArtusLöwenherz86: Das wirst du schon sehen.

Hermine1001: Der Film trifft wirklich meinen Geschmack.

ArtusLöwenhezr86: Das freut mich. Hey, wenn du magst, könnten wir doch auch während des Filmes telefonieren?

Hermine1001: Wer ruft an?

ArtusLöwenherz86: Echt jetzt?

Hermine1001: Klar. Warum nicht?

Als mein Smartphone zu vibrieren beginnt, lasse ich es vor Schreck fallen. Er ruft tatsächlich an. Soll ich dran gehen?

Wenn ich jetzt auf »*Annehmen*« drücke, höre ich seine Stimme und er hört meine. Will ich das? Was mache ich, wenn es die ganze Situation nur noch verschlimmert?

Doch es fühlt sich richtig an. Seit ich mit Artus chatte, denke ich nicht mehr an David. Es ist, als würde mein Chatpartner das vergangene Beziehungsjahr Stück für Stück aus meinem Gedächtnis radieren. Dafür bin ich ihm wirklich sehr dankbar. Denn so kann ich endlich richtig loslassen.

Und mit Artus zu schreiben fühlt sich wirklich verdammt richtig an.

Gerade als ich im integrierten Telefonfenster von *MagicTable* den Anruf annehmen will, wird dieser von Artus beendet.

ArtusLöwenherz86: Schade.
Hermine1001: Du hast zu früh aufgelegt.
ArtusLöwenherz86: Vielleicht bei Teil 2?
Hermine1001: Es gibt noch einen zweiten Teil? Und was machen die Schlangen da? Iiiih! Ich hasse Schlangen.

Jetzt klingelt mein Telefon wieder und ich gehe einfach dran, ohne auf den Anrufer zu sehen. Das hemmt meine Aufregung ein wenig.

»Warum hast du mir nicht gesagt, dass da Schlangen sind?«, rufe ich in den Hörer.

»Was? Wo sind Schlangen?«

Eine Gänsehaut breitet sich auf meinem Rücken aus. Ist das ... Artus' Stimme?

Ich nehme mein Handy vom Ohr und erhasche einen Blick aufs Display. Es ist die Nummer von David. Warum zum Teufel ruft er mich an?

»Was willst du?«, zische ich wütend.

»Ich will dir alles erklären!«

»Was erklären?«

»Warum ich dich zurück will.«

»Lass mich in Ruhe!«, brülle ich in den Hörer und lege auf.

50

Hermine1001: Artus, tut mir leid, aber ich muss beim Film etwas zurückspulen.

ArtusLöwenherz86: Was? Warum? Und wie weit?

Hermine1001: Mein Ex hat mich gerade angerufen und ich dachte, das wärst du.

ArtusLöwenherz86: Oh. *Kuss-Mund* Ich hoffe, du hast nichts Peinliches zu ihm gesagt.

Hermine1001: Tja, er weiß jetzt von den Schlangen.

Mein Handy klingelt erneut. Dieses Mal sehe ich aufs Display und es ist tatsächlich Artus.

Ich nehme an.

»Sag mir, dass das dieses Mal wirklich du bist.«

»Hey, ich bin's, die Stimme vom anderen Ende des Telefons.«

»Wow! Also so tief habe ich mir deine Stimme nun wirklich nicht vorgestellt!«

»Echt? Bist du überrascht?«, fragt er mit seiner sexy Stimme.

»Und wenn es so wäre?«

»Dann freut es mich.«

Ich gluckse. Wie konnte ich nur so lange auf jemanden wie David stehen, wenn es da draußen wirklich noch viel coolere Kerle gibt, als ihn?

»Also, holde Maid. Wohin soll ich zurückspulen?«

»Auf meinem Standbild sieht man gerade den Kopf einer Schlange. Nicht gerade das beste Bild für meine Ängste.«

»Kuschle dich doch in deine Ron-Decke. Dann wird dir nichts passieren.«

»Oho, ich höre, dass du immer noch eifersüchtig bist.«

»Siehst du die blaue, die rote oder die grüne Schlange?«

»Die haben unterschiedliche Farben?«

Artus Lachen ist wie Balsam für meine Ohren. Wie kann jemand mit einer so tiefen Stimme ein so schönes Lachen haben? Wahrscheinlich gerade deswegen.

»Die grüne Schlange.«

»Perfekt. Dann drücke ich jetzt wieder auf Play.«

»Ich auch.«

Dann reden wir einige Minuten lang nichts mehr. Meine Hand zittert ein wenig, weil ich mein Smartphone verkrampft an mein Ohr halte. Soll ich etwas sagen? Was denn? Ich bekomme vom Film fast nichts mehr mit, weil sich meine Gedanken ständig um Artus drehen.

Was er jetzt gerade wohl denkt?

Ich höre ein Rauschen in meinem rechten Ohr und stelle schnell fest, dass es sich dabei um seinen Atem handeln muss, denn er kommt in regelmäßigen Abständen immer wieder bei mir an.

»Alles gut?«, frage ich ihn schließlich.

»Ja. Es ist schön, deine Stimme zu hören.«

»Danke, gleichfalls.«

»Ja! Er geht in den Kerker und befreit sie! Juhu!«

»Oh, da freut sich aber jemand«, bemerkt Artus mit einem Grinsen in der Stimme.

»Wenn der Prinz die Prinzessin bekommt, freue ich mich immer.«

Artus hält inne. Das spüre ich sogar bis zum anderen Ende der Telefonverbindung.

»Was ist?«

»Na ja, wenn du jetzt schon komplett durch den Gefühlsdschungel wärst, würde ich jetzt etwas Passendes dazu sagen, aber ich halte mich lieber zurück. Ich will unsere Abmachung nicht verletzen.«

»Du bist lieb, Artus.«

»Ich gebe mein Bestes«, erwidert dieser.

Dann ist der Film zu Ende.

»Das müssen wir unbedingt mit Teil 2 auch machen!«, sage ich voller Freude.

»Das war gelogen.«

»Was denn?«

»Es gibt gar keinen zweiten Teil.«

»Ach menno. Ich habe mich schon so gefreut.«

»Sollen wir noch so weitertelefonieren?«, fragt mich Artus nach ein paar Sekunden Atempause.

»Würde ich gerne, aber ich muss morgen früh raus. Meine beste Freundin will noch mit mir für die Party shoppen gehen. Außerdem muss ich noch Mathe lernen.«

»Uh. Shopping klingt gut. Habt ihr was Bestimmtes im Blick?«

»Ein Kleid. Allerdings weiß ich nicht so recht, ob es mir steht. Ich trage selten Kleider«, gebe ich ehrlich zu.

»Ach, ihr werdet bestimmt ein Schönes finden. Wenn du dir unsicher bist, kannst du mich ja anrufen. Dann berate ich dich«, schlägt Artus vor.

»Über das Telefon? Ohne Fotos?«

»Na ja, mit Fotos wäre es schon leichter, aber wenn du es so bildhaft wie möglich beschreibst, geht es bestimmt auch nur mit Text oder Stimme.«

»Okay. Wenn ich mir unsicher bin, melde ich mich. Hast du um 10:00 Uhr schon was vor? Nicht, dass ich dich beim Duschen störe.«

»Ha, ha. Beim Duschen nicht. Eher beim Training mit meinen Rittern der Tafelrunde.«

»Trainierst du schon so früh?«

»Würde ich manchmal gerne. Geht aber nicht. Leider. Ich war schon lange in keinem Fitnessstudio mehr. Wenn du meine Muskeln sehen würdest, denkst du bestimmt, dass ich dort Stammkunde bin.«

»Aha. Also bist du ein Muskelprotz.«

»Nein, eher ein Muskeltier.«

Ich kichere. »Genau das habe ich früher auch immer zu denen gesagt. Sehr zur Verzweiflung meiner Eltern.«

»Hehe. Lustig.«

Ich lache.

»Hey, Mine, wegen Mathe: Wenn du Hilfe brauchst, kannst du mir gerne Bescheid geben, ja? Vielleicht kann ich dir sogar helfen. Ich bin in Mathematik gar nicht schlecht, weißt du?«

»Interessant. Aber danke für dein Angebot! Vielleicht komme ich demnächst darauf zurück.«

»Schreibst du eine Prüfung?«

»Ja, am Dienstag. Wird interessant.«

»Wie gesagt, das Angebot steht.«

»Danke, mein edler Held!« Ich kichere bei dem Satz.

Dann herrscht kurz Stille zwischen uns, ehe Artus sie wieder unterbricht. »Wir telefonieren ganz bald wieder, versprochen?«

»Versprochen.«

Kapitel 6

WILHELMINE

Als ich am nächsten Tag wach werde, habe ich ein Lächeln auf den Lippen. Artus. Er versüßt mir den Tag ... und die Nacht.

Am liebsten möchte ich ihm ständig Kuss-Mund-Smileys schicken, denn der gemeinsame Filmabend hat uns irgendwie auf eine gewisse Art verzaubert. Ich kann plötzlich nicht mehr aufhören, an ihn zu denken. Ich werde auch irgendwie das Gefühl nicht los, dass ich seine Stimme kenne. Sie kam mir so bekannt vor. Aber woher?

Er ist nicht wie jeder andere Junge. Gleichzeitig spüre ich, dass er mehr von mir will. Und ich? Ich weiß, dass ich schon lange nicht mehr an David denken muss. Und das tut unendlich gut!

Ob Artus wirklich mein Held in glänzender Rüstung ist? Der Mann meiner Träume? Oder finde ich ihn nur so süß, weil er komplett anders als David ist? Weil er auf die inneren Werte achtet und nicht auf das Aussehen? Verdreht er mir so den Kopf, weil wir uns dieselben Interessen teilen und er den gleichen Humor hat?

Ich weiß es nicht. Aber bei ihm fühle ich mich gut.

Ich atme einmal tief durch, bevor ich die Bettdecke zur Seite schiebe. Ich muss mich fertigmachen, denn bald kommt Thea, um mit mir eine kleine Shoppingtour zu machen. Sie will mir unbedingt ein Kleid besorgen, das farblich zu ihrem passt. Ich trage sehr selten Kleider, daher begegne ich ihrem Vorhaben mit einer gewissen Skepsis.

Thea: Wilhelmine! Drücken ist verboten!

Wilhelmine: Habe ich doch gar nicht vor. Dir entkomme ich doch sowieso nicht.

55

Thea: Gut erkannt, Schätzchen.

Ich schiebe grinsend mein Telefon zur Seite und gehe ins Bad, um mich herzurichten.

ADRIAN

Was ziehe ich heute Abend nur an? Muss ich wirklich ausgehen? Wenn Mine dabei wäre, hätte ich eine ganz andere Motivation. Ich wüsste zu gerne, auf welche Party sie geht. Ich habe auch schon in der Suchmaschine eingegeben, welche möglichen Partys in Oberbayern gerade so angesagt sind, aber das sind viel zu viele, um alle an einem Abend abzuklappern. Und selbst, wenn ich die richtige Party finden würde, woher weiß ich dann, dass Mine vor mir steht? Ich habe keine Ahnung, wie sie aussieht, habe aber aufgrund ihres Namens eine gewisse Vorstellung. Und ich kenne ihre Stimme. Allerdings habe ich mir vorgenommen, dieses Bild nicht zu sehr an mich heranzulassen. Sollte ich ihr doch eines Tages begegnen, will ich über ihr tatsächliches Aussehen nicht enttäuscht sein. Insgeheim hoffe ich jedoch, dass sie nicht blond ist, denn blond war Jessika schon und ich will sie nicht ständig mit ihr vergleichen müssen. Auf meine Frage zu ihrer Haarfarbe vor ein paar Tagen, habe ich auf jeden Fall keine Antwort bekommen. Sie macht es spannend.

Ich hoffe ja darauf, dass sie mich doch wegen der Auswahl ihres Kleides anrufen wird. Ich ertappe mich schon ständig dabei, wie ich auf mein Smartphone starre. Bei jedem Klingelton – und sei es auch nur eine E-Mail – zucke ich sofort zusammen.

Verdammt. Es hat mich so erwischt!

Wer meldet sich nach unserem Filmabend eigentlich zuerst? Ich habe so etwas schon so lange nicht mehr gemacht oder sagen wir, eigentlich nie gemacht, denn ich war 13 Jahre alt, als Jessika und ich ein Paar wurden. Sandkastenliebe sozusagen. Vielleicht haben wir uns deswegen auch auseinandergelebt, weil wir uns noch gar nicht richtig entwickelt hatten.

56

Wie es scheint, haben wir uns nicht miteinander entwickelt, sondern voneinander entfernt.

Ich lege mir die Klamotten für heute Abend auf meinem Bett zurecht und begnüge mich für jetzt mit einfachen Alltagsklamotten. Dann greife ich zu meinem Handy.

ArtusLöwenherz86: Guten Morgen, Mine! Viel Erfolg bei deiner Kleidersuche! Ich hoffe, ich darf dich beraten.

Ich hoffe, dass sie sofort online geht und meine Nachricht liest. Insgeheim hoffe ich sogar noch mehr, dass sie das schnell tut. Sonst liest sie es vielleicht auch gar nicht mehr, bevor sie zur Shopping-Tour aufbricht.

Sie ist mir sehr ans Herz gewachsen. Mehr noch, als ich mir vor ein paar Wochen je hätte zugestehen können. Sie geht mir nicht mehr aus dem Kopf.

Jessika ist weit entfernt.

Jedoch ahne ich gar nicht, wie sehr man sich täuschen kann, als es an der Haustür klingelt.

WILHELMINE

»Und du bist der Meinung, dass ich in diesem Kleid wirklich schick aussehe?«, frage ich Thea nicht ganz überzeugt.

»Ja, schon. Du müsstest nur etwas abnehmen.«

»Bis heute Abend?! Aber danke für deine Ehrlichkeit.« Für so etwas war meine beste Freundin schon immer bekannt.

»Bitte, gern geschehen. Aber im Ernst, die Farbe steht dir.«

Ich lasse meine Arme nach unten sinken. »Toll. Soll heißen, dass die Jungs mich ansprechen werden mit Sätzen wie: *Hey, die Farbe deines Kleides bringt deine Augenfarbe super zur Geltung, aber den Kartoffeln hättest du keine Konkurrenz machen müssen!*«

Thea kichert. Ich grinse gespielt verärgert und verschwinde wieder in der Umkleidekabine.

Soll ich doch Artus anrufen und ihn um seine Meinung bitten? Nein, lieber nicht. Immerhin habe ich mich in diesen Stoffstücken gerade selbst als »Kartoffel« bezeichnet. Soll er mich so zum ersten Mal sehen? Ich glaube kaum. Also verwerfe ich den Gedanken schnell wieder.

Das Kleid lässt sich zum Glück leicht ausziehen und ehe ich erneut zu meiner Hose greifen kann, fliegt schon das nächste Kleidungsstück über die Kabinentür in den Bereich meiner Privatsphäre.

»Thea!«

»Nur dieses eine noch! Dann höre ich auf! Versprochen!«

Es ist ein dunkelblaues Cocktailkleid mit einer edlen silbernen Verzierung am Ausschnitt. Schick. Aber ob es zu mir passt?

Ich ziehe es halb interessiert, halb trotzig über meinen Körper.

An manchen Tagen, wenn ich mit meinem Leben nicht zufrieden bin, möchte ich am liebsten zu einer Schere greifen und mir meine Haare selbst kürzen. Doch an Tagen wie heute, bin ich froh, dass sie so lange sind.

Ich sehe in den Spiegel. Meine offenen Haare fallen über meine Schultern bis zur Taille, als wären sie es schon gewohnt, zu diesem Kleid zu gehören. Ich betrachte die Person vor mir und staune nicht schlecht über ihr Aussehen.

Mein Aussehen.

Auch bei diesem Outfit muss ich Artus nicht anrufen. Denn dieses Mal bin ich mir ziemlich sicher, dass auch er es lieben würde.

Thea lugt zur Kabine rein. Ehe ich sie ausschimpfen kann, werden ihre Augen doppelt so groß und sie strahlt. »Wow, Mine! *Das* ist es!«

ADRIAN

»Was willst du hier, Jessika?«

»Na meinen Pyjama abholen, was sonst?«

Ich weigere mich, sie ins Haus zu lassen. Ich will einfach nicht, dass sie nochmal in mein Leben eindringt. Das fühlt sich vollkommen falsch an.

Sie geht einige Schritte auf mich zu und will mich somit vom Türrahmen meines eigenen Hauses verdrängen, um sich an mir vorbei in mein Zimmer zu verdrücken.

Ehe ich darauf reagieren kann, hat sie auch schon gewonnen und eilt die Stufen hoch, als wäre es ihr Zuhause. War es auch. Fünf Jahre lang.

Ich laufe ihr hinterher wie ein Schoßhündchen seinem Frauchen, aber nicht, weil ich von ihr gestreichelt werden will, sondern ganz im Gegenteil: Ich jage sie aus meinem Leben und besonders aus meinem Zimmer!

»Ach, da ist er ja!« Sie hat meinen Schrank weit geöffnet und begutachtet aufmerksam fast jedes Kleidungsstück darin.

»Dein Kleidungsstil ist immer noch der alte«, bemerkt sie schließlich.

»Ich ändere meinen Style eben nicht so oft wie du«, antworte ich nur genervt und verschränke meine Arme vor der Brust.

»Und andere Frauenklamotten sind bei dir wohl auch nicht eingezogen.«

Ich starre sie entsetzt an. »Es geht dich nichts an, wann wer und was bei mir einzieht!«

»Was ist denn mit dir los? Vor ein paar Wochen hast du dich noch gefreut, mich zu sehen. Du hast anfangs gefleht, dass ich zurückkommen soll und jetzt bist du so kalt zu mir?«

»Das hätte ich schon längst sein sollen. Du hast in meinem Leben nichts mehr zu suchen, Jessika.«

Sie sieht mich angewidert an. Etwa so, wie sie auch einen ekligen Käfer ansehen würde. Sie hat jetzt ihren doofen Pyjama, warum zischt sie dann nicht einfach ab?

»Ja, das hättest du wohl. Aber, Adrian, soll ich dir was verraten?«

Ich verdrehe die Augen. »Jetzt bin ich aber gespannt.«

»Eine Frau wie mich wirst du nie wieder finden.«

Ich schließe meine Schranktür und schubse sie, mit dem rosa Schlafanzug in ihrer Hand, aus meinem Zimmer. »Darüber bin ich auch echt froh. Du weißt ja, wo die Tür ist, oder?«

So schnell habe ich noch nie in meinem Leben meine Zimmertür geschlossen.

Nachdem ich ihre trotzigen Schritte die Treppe hinunterstapfen höre, greife ich sofort nach meinem Smartphone.

Hermine1001: Guten Morgen, Kinochef. Danke dir! Sorry, aber ich hatte gar keine Beratung gebraucht. Ich bin auch so fündig geworden.

ArtusLöwenherz86: Schade. Dann sehe ich ja gar nicht, in welchem Outfit du heute aufkreuzt.

Hermine1001: Wer sagt das? Das wirst du heute Abend schon sehen.

Mein Herz bleibt stehen. Heute Abend? Werde ich sie sehen? Träume ich gerade?

ArtusLöwenherz86: Wie meinst du das?

Mein Herz pocht so laut, dass es einen Basketball während eines Spiels komplett übertönen würde.

Hermine1001: Na ja, wir könnten uns doch heute Abend ein paar Details unserer Kleidung schicken, was meinst du? Wir sind doch bestimmt nicht die einzigen, die diese Klamotten tragen.

ArtusLöwenherz86: Du willst wissen, wer ich bin, oder?

Hermine1001: Nein, das will ich nicht. Zumindest jetzt noch nicht. Auch, wenn ich vor Neugier fast platze. Das würde alles durcheinanderbringen. Ich will nur wissen, ob du bei mir bist.

ArtusLöwenherz86: Ich bin immer bei dir. Du musst nur dein Smartphone eingeschaltet lassen.

Hermine1001: Ich denke, das lässt sich einrichten.

Kapitel 7

Wilhelmine

Wir gehen nur auf eine Party. Ich bin früher schon auf viele Partys gegangen. Aber heute fühlt es sich irgendwie anders an. Als würde diese Feier heute alles verändern.

Lasse ich mich darauf ein?

Nun, wenn ich so in Theas strahlendes Gesicht schaue, bleibt mir wohl keine andere Wahl.

Für Mathe habe ich auch schon gelernt. Für eine Vier wird es bestimmt reichen. Vielleicht kann mir Thea morgen, wenn sie bei mir übernachtet, nochmal alles erklären. Gesagt hat sie es jedenfalls.

»Mine, lächle doch mal!«, fordert Thea mich auf.

Wir sitzen in meinem Zimmer und warten darauf, dass Patrick mit seinem Auto zurückkommt. Er meinte, dass er noch seinen besten Freund abholt. Sie wollen uns ins *Oliver's* begleiten.

Party zu viert. Seit Thea das weiß, ist sie nicht mehr zu bremsen. »Ich finde es so cool, dass die Jungs auch mitkommen!«

»Ach ja? Wenn du meinst.«

»Mensch, Mine! Sei doch mal ein bisschen ... na ja ... besser gelaunt!«

»Ich versuche es, ehrlich! Aber ich will gar niemanden dort kennenlernen.«

»Wieso nicht? Vielleicht lernst du heute ja jemanden kennen, der dich David vergessen lässt.«

»Ich habe David längst vergessen.« Ich seufze, ehe ich fortfahre. »Aber eigentlich geht es gar nicht um David, sondern ...«, doch weiterreden kann ich nicht, denn es klingelt an der Haustür.

Patrick ist zurück und mit ihm sein bester Freund Adrian. Ich werde Thea ein anderes Mal erzählen, dass ich mich insgeheim neu verguckt habe und nicht mehr aufhören kann, an ihn zu denken.

61

Schnell greife ich zum Handy.

Hermine1001: Und? Ist deine Kutsche schon vorgefahren?

ArtusLöwenherz86: Natürlich. Ein Prinz reist doch immer in seiner Kutsche zu den Bällen.

Hermine1001: Im Ernst? Sitzt du schon in einer?

ArtusLöwenherz86: Natürlich. Ich bin sogar schon vor Ort.

Hermine1001: Und? Wie ist es dort so?

ArtusLöwenherz86: Ruhig. Alle warten schon auf das schönste Mädchen des Abends.

Hermine1001: Na dann viel Spaß beim Warten. Meine beste Freundin und ich gehen nun zu unserer Kutsche.

ArtusLöwenherz86: Na dann wird es ja nicht mehr lange dauern, bis sie ankommt.

Hermine1001: Wer?

ArtusLöwenherz86: Na das schönste Mädchen des Abends.

Hermine1001: Artus?

ArtusLöwenherz86: Ja, Mine?

Hermine1001: Ich wünschte mir echt, dass wir heute auf der gleichen Party wären. Das wäre echt ein Traum.

ArtusLöwenherz86: Aber das sind wir doch. Wenn auch nur virtuell über das Handy.

Hermine1001: Aber das ist nicht das gleiche.

Ich logge mich aus, stecke mein Smartphone in meine Handtasche, richte mein Kleid zurecht und gehe mit Thea nach unten zur Haustür.

ADRIAN

Irgendwie habe ich ein wenig Schuldgefühle, dass ich sie über meinen Aufenthaltsort angelogen habe. Ich bin noch gar nicht vor Ort, sondern sitze auf dem Beifahrersitz im Auto meines besten Freundes und warte auf dessen Schwester und ihre Freundin.

Alles in mir kribbelt. Jetzt gerade in diesem Augenblick gibt es irgendwo in Oberbayern auch ein Mädchen, das gerade in ein Auto steigt und zu einer Party fährt. Mine kann sich gar nicht vorstellen, wie sehr auch ich mir wünschen würde, auf die gleiche Party zu gehen wie sie.

ArtusLöwenherz86: Welche Farbe hat das Auto in das du gerade steigst?

Hermine1001: Wird das jetzt ein Verhör?

ArtusLöwenherz86: Ich will dir näher sein. Das kann ich nur, wenn ich mir besser vorstellen kann, wie du zur Party kommst.

Hermine1001: Das Auto ist schwarz.

ArtusLöwenherz86: Was für ein Zufall! Meins auch!

ArtusLöwenherz86: Also das, mit dem ich zur Party gefahren bin.

Hermine1001: Ich will ja nichts sagen, aber es gibt viele schwarze Autos auf den deutschen Straßen ...

ArtusLöwenherz86: Auch viele schwarze Nissans?

Hermine1001: Keine Ahnung. Darauf habe ich noch nicht so geachtet. Aber mein Bruder fährt auch einen Nissan in schwarz.

Mein Herz pocht. Ihr Bruder fährt auch einen schwarzen Nissan. Genau so einen, in dem ich gerade sitze.

Mit zitternden Händen schreibe ich den nächsten Satz.

ArtusLöwenherz86: Welches Modell?

Hermine1001: Ufff, da fragst du die Falsche. Ich interessiere mich zwar für Autos, aber so genau kann ich dir das jetzt auch nicht sagen. Der Wagen ist neu. Er hat ihn erst vor kurzem gekauft und da habe ich noch nicht so drauf geachtet.

ArtusLöwenherz86: Alles klar.

63

Ich atme ein. Ich atme wieder aus.

Patrick hat den Wagen erst vor kurzem gekauft. Allerdings ist er nicht neu, sondern gebraucht gewesen. Sind das wirklich alles Zufälle? Ich bin mir langsam nicht mehr sicher. Oder bilde ich mir das alles nur ein, weil ich mir mehr als alles andere wünsche, meiner Mine näher zu sein? Sie kennenzulernen? Sie zu riechen? Sie – vielleicht sogar – zu küssen?

Ich schlucke den Kloß im Hals hinunter und schaue skeptisch in den Seitenspiegel, in dem Patrick mit seiner Schwester Wilhelmine und ihrer Begleitung auftaucht.

Wilhelmine. Irgendwie gefällt mir der Name. Er erinnert mich an ... Hermine?

Mein Herz setzt einen Schlag aus, ehe es wieder wie verrückt zu schlagen beginnt.

Schnell öffne ich die Tür des Autos, um frische Luft zu mir herein zu lassen, ehe sich alle hinter und neben mir niederlassen.

Kann es denn sein? Ist Wilhelmine *meine Mine*?

Unmöglich.

Mein Handy vibriert.

Hermine1001: Wir sehen uns auf der Party, ja?

Schnell sehe ich zu Wilhelmine, um nachzusehen, ob sie ihr Handy in der Hand hält. Doch ich sehe kein Smartphone, nur ihre Handtasche. Sie bespricht gerade mit ihrer Freundin, wer sich wo hinsetzt und entscheidet sich schließlich für den Platz hinter mir.

ArtusLöwenherz86: Ich kann es kaum erwarten.

Doch auch nachdem meine Nachricht angekommen ist, blickt sie nicht auf ihr Handy. Vielleicht habe ich mich auch nur getäuscht.

Kapitel 8

WILHELMINE

Im Auto ist die Luft ziemlich stickig, obwohl gerade noch die Beifahrertür geöffnet war. Liegt es vielleicht an der Parfümwolke, die von Thea ausgeht? Oder ist es Schweißgeruch? Voller Panik hebe ich meinen Arm und rieche an meiner Achsel. Falscher Alarm. Alles gut. Hätte mich auch gewundert.

Dennoch habe ich das Gefühl, zu schwitzen. Warum wohl? Vielleicht sehen Artus und ich uns ja wirklich? Und wir wissen nichts davon?

Adrian beobachtet meinen Bruder, wie er den Zündschlüssel umdreht. »Um welches Modell handelt es sich bei deinem Nissan eigentlich, Patrick?«

»Ach, das habe ich zu Hause auf meinem Kaufvertrag stehen. Ich habe einfach nur schnell ein neues Auto gebraucht. Da war mir fast egal, welches Modell es wird.«

Adrian schüttelt mit dem Kopf. »Damit werde ich dich ewig aufziehen, wenn wir wieder Auto-Quartett spielen.«

»Ich weiß. Ich überlege mir jetzt schon gute Konter.«

Adrians Lachen ist süß.

Kenne ich es nicht irgendwoher?

Es ist so niedlich, dass ich automatisch mitlachen muss. Warum hat er ihn nach dem Modell gefragt? Das war auch Artus' Frage. Aber ich vermute mal, dass das bei Autoverrückten normal ist. Allerdings ist Patrick bei weitem nicht so vernarrt nach Autos wie Adrian. Zumindest habe ich das schon öfters bemerkt, als sie auf der Konsole ihre Rennspiele gezockt oder in jungen Jahren Karten mit Auto-Motiven getauscht haben.

Insgeheim hatte ich schon immer ein Auge auf Adrian geworfen, aber ich habe es mir nie anmerken lassen. Wieso auch? Er hat eine Freundin und ich hatte ... David.

65

»Ist deine Freundin heute auch dabei?«, fragt Thea plötzlich Adrian wie aus der Pistole geschossen.

»Oh nein, die Frage ist gefährlich«, antwortet Patrick für ihn.

Adrian lacht verlegen. »Nein, sie kommt nicht. Es ist aus zwischen uns.«

»Oh«, entgegne ich plötzlich. Es kam einfach so aus meinem Mund, ich konnte gar nichts dagegen machen.

Adrian dreht sich um und lugt mit einem Auge hinter der Kopflehne seines Sitzes zu mir nach hinten. Sein Blick strahlt eine Wärme aus, die mir augenblicklich die Sprache verschlägt.

»Halb so wild«, antwortet er schließlich. Seine Mundwinkel bilden ein flüchtiges Lächeln, ehe er sich wieder nach vorne dreht. Seine Stimme ist so ... angenehm tief.

Ich schlucke einen Frosch im Hals hinunter und sehe aus dem Fenster. Dann vibriert mein Handy.

> **ArtusLöwenherz86:** Und? Wie weit ist es noch zur Party?
>
> **Hermine1001:** Unser Chauffeur hält sich an die Verkehrsregeln und die Ampeln haben heute bevorzugt rot auf ihrem Tagesplan, daher kann es noch ein paar Minuten dauern.
>
> **ArtusLöwenherz86:** Witzig. Ich stehe auch gerade an einer roten Ampel.

Ich schaue von meinem Smartphone auf und bemerke, dass wir stehen. Mein Blick nach vorne zeigt eine rote Ampel, die just in diesem Moment auf gelb umspringt. Patrick gibt schon langsam Gas.

Etwas perplex sehe ich, dass Artus etwas tippt, doch ich komme ihm zuvor.

> **Hermine1001:** Inwiefern rote Ampel? Ich dachte, du bist schon vor Ort?
>
> **ArtusLöwenherz86:** Ich meine, ich stehe hier, am Eingang zum Club, der direkt bei einer Kreuzung ist. Da ist eben eine rote

Ampel.

Hermine1001: Aha.

ArtusLöwenherz86: Du glaubst mir kein Wort, oder?

Hermine1001: Doch! Aber das schränkt die zur Auswahl stehenden Clubs enorm ein.

»Warum grinst du denn so lustig in dein Handy, Adrian? Habe ich was verpasst?«, fragt Patrick plötzlich.

Als wäre Adrian bei etwas ertappt worden, zuckt er erstmal zurück, ehe er antwortet. »Ach, nichts. Nur wieder ein paar lustige Bilder, die von einer Gruppe zur nächsten geschickt werden. Kann ich dir nachher zeigen. Solltest du dich nicht lieber auf den Verkehr konzentrieren, hm?«

»Wieso? Wir sind doch schon da.«

Patrick hat Recht. Er hat gerade einen Parkplatz gefunden und stellt den Motor ab.

Thea haut mir ihren Ellenbogen in die Seite. »Hey, Mine. Steck' dein Handy weg! Partytime!«

ADRIAN

Ich staune nicht schlecht, als wir tatsächlich über eine Kreuzung gehen, uns gegenüber ist der Eingang zum *Oliver's*. Ich war dort schon so lange nicht mehr, dass ich auch nicht mehr in Erinnerung hatte, wie es vor dem Schuppen aussieht. Und wenn ich *»Schuppen«* sage, meine ich das liebevoll.

Ich war früher gern dort. Zu den Zeiten, als mit Jessika noch alles in Ordnung war. Wir waren oft sogar gemeinsam oder mit Patrick feiern, als er seine erste kurze Beziehung hatte. Seitdem ist er glücklicher Single und hat mir zu den Krisenzeiten mit Jessika auch oft vorgeschwärmt, wie schön es ist, solo zu sein.

Inzwischen kann ich ihm nur zustimmen. Denn seit Jessikas Besuch heute Vormittag, bin ich froh, sie endgültig los zu sein. Ich muss mich nicht mehr rechtfertigen, wenn ich mal Spaß habe und kann mich neu verlieben.

Wie Gentlemen es so machen, hält Patrick den beiden Mädels die erste Tür zum Vorraum auf, wo uns ein Mann in einem schicken Anzug sofort das Eintrittsgeld abnimmt. Jeder zahlt für sich. Ist eine gute Lösung.

Das Besondere am heutigen Abend ist, dass die Getränke frei sind. Dadurch kann jeder so viel trinken wie er will, was bestimmt auch zu einigen Alkoholeskapaden führen wird. Allerdings nicht bei mir. Ich meide dieses Zeugs seit ich damals diesen krassen Hangover mit Patrick hatte. So etwas will ich nie wieder erleben.

»Wo setzen wir uns hin?«, fragt Wilhelmine ihre Freundin, während Patrick mich bereits in eine Ecke schleppt.

Überall ist es so dunkel, dass ich immer noch nicht erkennen kann, welches Outfit die beiden Mädels tragen. Da wir Ende März haben und es schon finster draußen ist, war es auch da nicht möglich.

Die Tanzfläche ist der einzige Ort, der ab und zu mal hell beleuchtet wird, überall sonst sind nur schwache Scheinwerfer. Eine große Discokugel schwebt über dem Parkett und die Musik ist ziemlich laut.

Ich hatte ganz vergessen, wie genervt ich nach unserem letzten Clubbesuch war. Das war damals in einem anderen Club und der DJ war der festen Überzeugung, dass er die Musik so laut aufdrehen müsse, wie es sein Pult erlaubte. Meine Ohren ließen mich das noch eine ganze Zeit lang spüren.

»Und was machen wir jetzt hier?«, frage ich Patrick, der sich durch seine kurzen roten Haare streicht.

»Ich könnte uns zwei Cocktails holen?«, schlägt er vor.

»Gern, aber bitte mit Schirmchen!«, antworte ich lachend.

Kaum ist er aufgestanden, hole ich mein Handy aus der Hosentasche, das bereits vibriert hat.

Hermine1001: Jetzt bin ich auch auf meiner Party. Gibt es bei euch auch Freigetränke?

ArtusLöwenherz86: Ja. Das scheint heute eine Aktion in ganz Oberbayern zu sein.

68

Hermine1001: Sieht wohl so aus. Schränkt die Auswahl ja dann nicht wirklich ein.

ArtusLöwenherz86: Leider nicht.

Hermine1001: *Kuss-Mund*

ArtusLöwenherz86: Habt ihr auch eine Tanzfläche? *Kuss-Mund*

Hermine1001: Ja, wieso?

ArtusLöwenherz86: Lass uns doch nachher gemeinsam tanzen!

Hermine1001: Lieber nicht, ich habe zwei linke Füße.

ArtusLöwenherz86: Ach komm schon! Jeder kann tanzen! Ich bin mir sicher, dass du auch mit zwei linken Füßen das Tanzparkett verzauberst.

Hermine1001: Wie stellst du dir das vor? Sollen wir nebenbei am Handy schreiben?

ArtusLöwenherz86: Warum nicht?

Hermine1001: *Lachender Smiley* Und wenn uns jemand antanzt?

ArtusLöwenherz86: Dann tanzen wir mit demjenigen und stellen uns einfach vor, dass wir mit dem jeweils anderen tanzen.

Hermine1001: Guter Plan ...

ArtusLöwenherz86: Bist du dabei?

»So, hier dein Cocktail. Mit Schirmchen, wie versprochen.« Patrick ist zurück und stellt mein oranges Getränk vor mir ab.

»Passt zu deinen Haaren«, antworte ich.

»Ha, ha. Ich hatte leider keine so große Auswahl. Ich bin der Chauffeur und muss nüchtern bleiben, weißt du?«, antwortet Patrick, doch ich gehe gar nicht auf seine Stichelei ein.

ArtusLöwenherz86: Mine?

Hermine1001: Bin schnell Cocktails holen.

Jetzt hat sie sich verraten.

»Warum starrst du eigentlich ständig wie ein Süchtiger auf dein Handy? Hoffst du, dass sich Jessika bei dir meldet?«

Ich ignoriere Patricks Frage. »Ich gehe mir schnell einen Cocktail holen.«

»Was? Adrian! Du hast doch bereits einen!«

»Einer reicht mir nicht.«

»Wolltest du ursprünglich nicht frei von Alkohol bleiben?«

»Nicht heute.«

»Adrian!«

»Ich komme gleich wieder, okay?«

Ehe Patrick mich nochmal zurückhalten kann, bin ich aufgestanden und auf dem Weg zur Cocktailbar.

Er hat Recht. Ich wollte eigentlich wirklich keinen Alkohol mehr trinken. Aber wer sagt denn, dass ich mir noch ein zweites Freigetränk hole?

WILHELMINE

Die Auswahl ist so groß, dass ich eine Weile brauche, bis ich mich entschieden habe. Thea wollte irgendetwas, was sie noch nicht so oft ausprobiert hat. Ich soll kreativ sein. Na toll.

»Was ist der exotischste Cocktail, den Sie in Ihrem Sortiment haben?«, frage ich den Barkeeper.

»Das wäre dann wohl der Zombie«, bemerkt der nette Herr.

Bei dem Gedanken daran, dieses Zeug zu trinken, dreht sich mir der Magen um, aber Thea wird ihn mit Sicherheit lieben.

»Dann nehme ich einen Zombie und ein Glas Cola, bitte.«

»Kommt sofort, die Dame.«

Nur wenige Augenblicke später, halte ich die gewünschten Getränke in meinen beiden Händen und mache mich auf den Weg zurück zu Thea.

»Die Farbe der Cola passt zu deinen Haaren«, sagt plötzlich jemand neben mir, den ich durch das schwache Licht kaum wahrgenommen hatte.

Ich zucke dabei so sehr zusammen, dass meine Cola fast über den Glasrand springen will. »Adrian! Erschreck' mich doch nicht so!«

»Sorry, ich konnte gerade nicht anders.«

Ich werfe ihm einen grimmigen Blick zu, den er sofort mit einem Lächeln erwidert.

»Hättest du ...«, er räuspert sich.

»Ja?«

»Hättest du nachher Lust zu tanzen?«

»Oh, nein, sorry. Ich habe das heute schon jemandem versprochen.«

»Ach so, okay. Kein Problem.«

Ich sehe kurz Traurigkeit in seinen Augen aufblitzen. Kein Wunder, ich habe ihm gerade einen Korb gegeben. Wegen jemandem aus dem Internet, den ich gar nicht kenne.

Adrian dreht sich gerade um, vermutlich will er zurück zu Patrick, als ich ihm nachrufe: »Außer, wir sind zufällig gleichzeitig auf der Tanzfläche!«

Adrians Mundwinkel wandern nach oben und erzeugen so zuckersüße Grübchen. Sein kantiges Gesicht erscheint durch seine dunkelbraunen Locken richtig lieblich und ich könnte dahinschmelzen, wäre mein Herz nicht schon vergeben.

An einen Fremden.

Aus dem Internet.

Vielleicht sollte ich mein Handy ausschalten, damit ich Artus vergessen kann. Denn wenn das so weitergeht, verliebe ich mich noch in eine Illusion und verpasse damit echte heiße Jungs zum Anfassen.

Ich schüttle meinen Kopf, um die merkwürdigen Gedanken zu verjagen. Dabei will meine Cola erneut aus ihrem Glas flüchten und ich entscheide mich, schnell zu Thea zurückzugehen.

Adrian ist auch bereits bei Patrick angekommen.

Kapitel 9

Adrian

Ich kann's nicht glauben! Mine hat mir schon seit einer halben Stunde nicht mehr geschrieben. Dabei möchte ich jetzt so gern mit ihr tanzen. Am besten frage ich sie einfach nochmal.

ArtusLöwenherz86: Bist du jetzt bereit für unser Tänzchen?

Hermine1001: Artus, ich weiß nicht, ob das, was wir tun, richtig ist.

ArtusLöwenherz86: Inwiefern?

Hermine1001: Ich kann keine anderen Jungs kennenlernen, wenn du ständig in meinem Kopf umherspukst.

ArtusLöwenherz86: Augenblick, warst du nicht das Mädchen im Supermarkt, das mir gestanden hat, dass es noch nicht für eine neue Beziehung bereit ist?

Hermine1001: Ja, das schon. Aber du hast mir ganz schön den Kopf verdreht, weißt du?

ArtusLöwenherz86: Ich weiß dank dir leider auch nicht mehr, wo oben und wo unten ist.

Hermine1001: Dann stimmst du mir zu, dass wir uns am besten gegenseitig vergessen?

ArtusLöwenherz86: Nein.

Hermine1001: Warum nicht? Wir verlieben uns in eine Illusion des anderen!

ArtusLöwenherz86: Wer sagt, dass es eine Illusion bleiben muss? Wir könnten uns doch einfach treffen?

Hermine1001: Nein, das würde ja erst recht die Illusion

zerstören. Dann sind wir vielleicht hinterher beide enttäuscht und haben beide ein gebrochenes Herz und können uns nicht mehr für einen anderen öffnen.

ArtusLöwenherz86: Das glaube ich nicht.

Hermine1001: Ich aber.

ArtusLöwenherz86: Mine, du hast mich doch schon längst verzaubert! Du könntest eine alte Hexe mit ekligen Warzen sein und ich würde dich trotzdem lieben. Weil ich mich in deinen Charakter verliebt habe und nicht in dein Aussehen!

Hermine1001: Du bist in mich verliebt?

ArtusLöwenherz86: Wenn ich so darüber nachdenke ... Nein. Höchstens ein bisschen.

Hermine1001: Wenn ich könnte, würde ich dir jetzt mehrere Gläser an den Kopf werfen.

ArtusLöwenherz86: Das wäre doch zu schade um die Freigetränke, oder nicht?

Hermine1001: Spinner.

ArtusLöwenherz86: *Kuss-Mund*

Hermine1001: Ich gehe jetzt tanzen. Kommst du mit?

ArtusLöwenherz86: Ich bin schon so gut wie auf der Tanzfläche.

Dadurch, dass Patrick sich seit bestimmt einer halben Stunde mit einem ehemaligen Klassenkameraden von ihm unterhält, bin ich froh, ihm nicht sagen zu müssen, was ich jetzt vorhabe. Selbst wenn, hätte er mich wohl kaum aufhalten können.

Ich stecke mein Handy zurück in die Hosentasche, zupfe mein dunkelblaues Hemd zurecht, und steige aufs Tanzparkett. Passend dazu läuft gerade auch eine Musik, die zum Tanzen prima geeignet ist.

WILHELMINE

Ohne zu zögern, zieht Thea mich auf die Tanzfläche und ich weiß zunächst nicht, wie mir geschieht, als das Licht des Scheinwerfers auf mein Kleid fällt und es in seiner vollsten Schönheit erstrahlt.

»Wow, Mine! Da haben wir aber wirklich ein Schnäppchen gemacht!«, jubelt Thea entzückt.

»Ja, da hast du Recht. Ich fühle mich wie eine zweite Discokugel.« Thea lacht sofort laut los und ich stimme mit ein. Währenddessen nimmt sie meine Hand und macht ein paar typische Tanzbewegungen. Ich versuche es, ihr gleichzutun, schließlich habe ich wirklich zwei linke Füße, was das Tanzen betrifft. Sie dreht sich mehrfach um sich selbst und ich fange sie wieder auf, als wäre ich ihr männlicher Tanzpartner. Thea lacht dabei so viel, dass ich mir nicht sicher bin, ob sie jemals wieder zu Atem kommt. Es ist schön, sie so glücklich zu sehen. So frei und unbeschwert.

Mein Handy vibriert. Das spüre ich sogar durch das schwarze Leder meiner Handtasche hindurch. Aber es ist nicht das typische Vibrieren der *MagicTable*-App, sondern das einer eingehenden E-Mail.

Doch dieses Vibrieren holt mich auf den Boden der Tatsachen zurück. Ich werde heute Abend nur mit Thea tanzen, weil Artus nicht hier ist. Ich werde mir vorstellen müssen, dass Thea mein Artus ist. Auch, wenn mir das extrem schwerfällt und es mir irgendwie ... seltsam vorkommt.

Thea nimmt erneut meine Hand, dreht sich ein wenig anders als sonst und wird von einem anderen Tanzpartner wieder aufgefangen. Er lächelt sie an, zwinkert mir zu und verschwindet mit ihr auf der anderen Seite des Parketts.

»Bin gleich zurück!«, ruft Thea mir nur nach.

Ich komme gar nicht richtig zum Lachen, als mich von hinten jemand an der Hand nimmt. Sofort beginnt diese zu Kribbeln.

Ich drehe mich um und sehe in die tiefbraunen Augen von Adrian, der mich verträumt anlächelt.

»Wow, du strahlst heute mit der Discokugel um die Wette! Dass ich dein Kleid vorher nicht richtig gesehen habe, macht mich ganz traurig.«

74

»Jetzt siehst du es ja«, antworte ich nur kurz und knapp. »Aber danke für dein Kompliment.«

»Gerne. Darf ich um diesen Tanz bitten?« Er macht eine Verbeugung.

»Ich bin nicht gut im Tanzen.«

»Aber wenigstens ein Tanz kann doch einem Prinzen nicht verwehrt werden, oder?«

Ich schlucke. Hat er gerade *Prinz* gesagt?

Zögerlich nicke ich und ehe ich weiter darüber nachdenken kann, bin ich jetzt an Theas Stelle mit den Tanzfiguren. Dafür, dass ich letztes Jahr mal einen Tanzkurs hatte, ist echt nicht viel übriggeblieben, aber es reicht für einen kurzen Tanz, ohne auf Adrians Füße treten zu müssen.

»Du bist aber gar nicht eingebildet, oder?«

»Ich muss doch irgendwie in deiner Erinnerung bleiben«, antwortet Adrian prompt.

»Das hast du auf jeden Fall geschafft«, entgegne ich.

Plötzlich wechselt das Lied von rockig auf sanfte Klänge und Adrian zieht mich sofort zu sich, so dass sich unsere Oberschenkel berühren und ich seinen Atem an meiner Wange spüre.

»Du siehst umwerfend aus«, sagt er plötzlich.

Ich spüre richtig, dass ich rot anlaufe.

Würde Artus das auch sagen? Würde er mich auch umwerfend finden, wenn er mich sehen würde? Würde er mich auch so sehr an seinen Körper ziehen, dass ihm die Luft zum Atmen wegbleibt? Dass mir die Luft wegbleibt?

Oh man, was passiert hier gerade? Warum fühle ich mich von Adrian so magisch angezogen und gleichzeitig abgeneigt, weil doch Artus durch meinen Kopf geistert?

»Es tut mir leid, Adrian. Ich kann das nicht.«

»Was denn? Ich finde, dein Tanzstil ist ziemlich gut.«

»Nein, das meine ich nicht. Ich bin nicht bereit zum Flirten. Nicht heute. Nicht jetzt.«

Ich reiße mich halb widerwillig von seiner romantischen Umarmung los und stürme zurück zum Tisch, wo noch der Rest meiner Cola auf mich wartet.

Genau das brauche ich jetzt: einen großen Schluck Cola.

ADRIAN

Ich sehe ihr verdutzt hinterher. Wow. Sie ist wirklich umwerfend. Allerdings war ich wohl etwas zu voreilig mit meinen Komplimenten. Was kann ich dafür, wenn sie mit der Sonne um die Wette strahlt?

ArtusLöwenherz86: Bei mir ist gerade die Sonne aufgegangen.

Hermine1001: Hast du in deiner Region Oberbayerns eine andere Zeitzone?

ArtusLöwenherz86: Nein, ich habe gerade mit dem schönsten Mädchen des ganzen Saals getanzt. Und dann ist sie weggelaufen. Wie Cinderella.

Hermine1001: Dann bist du wohl doch ein Prinz. Hast du wenigstens den Schuh aufgehoben?

ArtusLöwenherz86: Den hat sie leider nicht liegen lassen.

Hermine1001: Oh, schade. Dann war es doch kein Aschenputtel.

ArtusLöwenherz86: Nein. Allerdings gehört diese Figur auch in ein Märchen. *Dieser Prinz* ist echt.

Hermine1001: Du meinst damit dich?

ArtusLöwenherz86: Aber natürlich. Wen sonst?

Hermine1001: Ich habe auch gerade mit einem Prinzen getanzt.

ArtusLöwenherz86: Wieso bist du dann schon zurück?

Hermine1001: Er hat sich als Frosch entpuppt.

Diese Antwort sitzt tief. Ahnt sie etwas? Ich bin mir selbst nicht zu hundert Prozent sicher. Nur zu 99,99 %.

Solange sie aber nicht bereit ist, sich zu öffnen, werde ich meine Vermutung auch nicht äußern. Ich werde sie nur beobachten. Ich will meine Beziehung zu ihr nicht aufs Spiel setzen.

Aber wohin nur mit meinen Gefühlen? Vielleicht hat meine Mutter Recht und ich sollte alles aufschreiben. Das ist für mich die beste Art, es zu verarbeiten.

Plötzlich fällt mir etwas ein, was Mine mir noch versprochen hatte. Ich bin gespannt, ob sie sich nach unserem letzten Gespräch jetzt noch darauf einlässt.

ArtusLöwenherz86: Wirst du mir wenigstens noch einen Teil deines Outfits zeigen? Darüber haben wir vorhin doch geschrieben.
Hermine1001: Was interessiert dich am meisten?
ArtusLöwenherz86: Alles.

Plötzlich wird ein Foto im Chat angezeigt. Ich atme erleichtert aus und klicke es an. Auf ihm ist ein dunkelblauer Schuh mit leichten Absätzen abgelichtet worden. Das Foto muss sie unter einem Tisch aufgenommen haben, denn der Hintergrund ist ziemlich dunkel. Ist das nicht auch einer der Schuhe, den Wilhelmine heute trägt? Dummer Weise, habe ich beim Tanzen tatsächlich nicht auf ihre Füße geachtet, ich war abgelenkt.

Hermine1001: Darf ich vorstellen? Mein Cinderella-Schuh. Leider nicht aus Glas, aber trotzdem sehr bequem.
ArtusLöwenherz86: Sehr schick. Deinem Fuß steht er auf jeden Fall.
Hermine1001: Danke. Ich werde es ihm ausrichten. Jetzt du.

Ich zögere einen Moment. Dann mache ich ein Foto und stelle es in den Chat.

Hermine1001: Was ist das?

ArtusLöwenherz86: Mein dunkelblaues Hemd. Passend zu deinem Schuh.

Hermine1001: Schick. Das Muster sieht interessant aus.

ArtusLöwenherz86: Das ist das Stoffstück, das meine Brust abdeckt.

Hermine1001: Deine Brust?

ArtusLöwenherz86: Den Fleck an meinem Herzen, sozusagen.

Hermine1001: Sehr romantisch.

ArtusLöwenherz86: Ja, nicht wahr?

Hermine1001: Du bist ein Spinner.

ArtusLöwenherz86: Und du bist eine Spinnerin.

Hermine1001: Ich wünsche dir weiterhin einen schönen Abend auf der Party.

ArtusLöwenherz86: Wie? Du willst nicht weiter chatten?

Hermine1001: Nein, nicht jetzt. Ich muss den Kopf frei bekommen.

ArtusLöwenherz86: Von mir?

Hermine1001: Auch. Ich brauche einfach mal eine Smartphone-Pause.

ArtusLöwenherz86: Verstehe ich. Schade.

Hermine1001: Nimm' es mir bitte nicht übel, ja? Wir schreiben uns morgen.

ArtusLöwenherz86: Okay. Ich kann's kaum erwarten. Ich wünsche dir noch einen schönen Abend.

Hermine1001: Danke. Ich dir auch!

ArtusLöwenherz86: Viel Spaß mit deinen Fröschen! *Kuss-Mund*

Hermine1001: Ha, ha. Hebe ja keine fremden Schuhe auf, okay? *Kuss-Mund*

ArtusLöwenherz86: Mal sehen, was sich machen lässt.

Etwas traurig stecke ich mein Smartphone weg. Ich dachte, ich werde den gesamten Abend mit Mine verbringen, doch dem scheint nicht so.

Ich werde ein wenig von der Sorge geplagt, dass sie meine Gefühle nicht erwidert. Andererseits ist das vollkommen normal. Sie hat den kompletten Gefühlsdschungel noch nicht durchquert und weigert sich gerade, meinem vorgefertigten Pfad zu folgen. Allerdings frage ich mich, warum sie dennoch mit mir flirtet. Als würde sie schon längst Gefühle für mich hegen, wäre aber nicht in der Lage, sich diese jetzt schon einzugestehen.

Ich sehe rüber zum Tisch von Thea und Wilhelmine. Sie unterhalten sich gerade. Neben Thea sitzt ein anderer Junge, der ihre Hand hält. Sind die beiden ein Paar? Oder ist das vielleicht sogar David? Das beschriebene Aussehen passt nicht unbedingt zu ihm und warum sollte er mit der besten Freundin seiner Ex-Freundin vor ihren Augen Händchen halten? Das macht doch alles keinen Sinn.

»Hey Adrian! Alles gut?« Patrick ist zurück. Er setzt sich mir gegenüber und mustert mich besorgt. »Du hast ja noch fast nichts von deinem Drink getrunken.«

»Ja, mir war noch nicht so nach trinken. Allerdings, wenn ich jetzt so darüber nachdenke ...« Ohne meinen Satz zu beenden, trinke ich einen großen Schluck meines Getränks.

»Ich mache mit. Sorry, dass ich dich so lange alleine gelassen habe.«

»Kein Stress, alles gut. Ich hatte sowieso zu tun.«

»Gut. Ich habe nämlich Moritz getroffen. Er war in meiner Parallelklasse, weißt du?«

»Ach so. Gar kein direkter Klassenkamerad?«

»Nein, aber wir hatten öfters miteinander zu tun, weil er ebenfalls Lehramt studieren wollte und wir uns ausgetauscht haben.«

»Ah, okay. Und? Was macht er jetzt?«, frage ich halb interessiert, denn ich beobachte nebenbei immer noch den Tisch der Mädels.

»Ach, er wird wohl doch lieber Kfz-Mechatroniker. Das Schrauben an Autos hatte er schon immer als Hobby betrieben und erst spät gemerkt, dass es ihm mehr liegt, als irgendetwas anderes zu machen.«

»Das hat er erst nach dem Abitur gemerkt?«, frage ich überrascht nochmal bei Patrick nach.

»Ja, offenbar schon. Manchmal müssen wir eben erst einige Umwege gehen, bis wir erkennen, was uns schon immer wichtig war.«

Dieser Satz bleibt in meinem Kopf hängen. Patrick hat Recht. Manchmal muss man erst ein paar Umwege gehen, bis man weiß, was man eigentlich will. Vielleicht geht es Mine gerade ähnlich. Vielleicht spürt sie das magische Band zwischen uns, will aber vorher noch einige Umwege gehen. Mein falscher Weg war Jessika. Das weiß ich jetzt auch.

»Sieh' mal, ist das da drüben nicht Jessika?«, fragt Patrick plötzlich, als hätte er meine Gedanken gelesen.

Ich zucke zusammen. »Wo? Hat sie mich entdeckt?«

Patrick zuckt mit den Schultern. »Nein. Sie flirtet mit dem Barkeeper. Und wenn schon, es ist aus zwischen euch.«

»Genau«, erwidere ich.

WILHELMINE

Während sich Thea und Max ständig beim Flirten in die Augen sehen und sich fast schon gegenseitig ansabbern, lasse ich meinen Blick über die Tanzfläche schweifen.

Artus. Wie sehr wünsche ich mir gerade, dass er wirklich da wäre. Dass ich ihn genauso kennenlernen kann, wie Thea gerade Max kennenlernt. Vielleicht sollte ich jetzt einfach mein Smartphone aus der Handtasche fischen und ihn sofort um ein Treffen bitten? Richtig. In echt. Und wenn ich dafür ein paar Kilometer fahren muss. Oberbayern ist ja nicht so groß und wenn wir uns einen zentralen Ort aussuchen, ist er bestimmt auch mit Bus oder Bahn zu erreichen. Oder ich leihe mir einfach Patricks Nissan aus.

Ich seufze, als ich mehrere Liebespaare sehe, wie sie beim aktuellen ruhigen Liebessong, eng umschlungen auf der Tanzfläche stehen. Ich kann das nicht länger mit ansehen, also lasse ich meinen Blick über den Rest des Raumes schweifen. Als ich bei dem Augenpaar eines Jungen aus der Ferne hängen bleibe, bekomme ich eine Gänsehaut am gesamten Rücken.

Adrian. Er beobachtet mich. Wie lange schon? Und warum? Warum fühle ich mich in seiner Anwesenheit immer wohl, aber gleichzeitig so zerrissen? Was ist nur los mit mir?

Ich schaue schnell weg, damit er nicht denkt, dass ich ihn ebenfalls mustere. Doch dafür ist es bereits zu spät.

Ich sehe wieder zu ihm und fange dabei sein Lächeln auf.

Ohne es wirklich kontrollieren zu können, lächle ich zurück.

Kapitel 10

WILHELMINE

Als ich aufwache, brummt mein Schädel ein wenig. Ich habe doch gar keinen Alkohol getrunken, wie kann es dann sein, dass ich so fertig bin?

»Guten Morgen Schlafmütze!«, kommt es plötzlich von der anderen Zimmerecke.

Es ist Thea. Sie und Adrian haben heute Nacht bei Patrick und mir übernachtet, weil wir sowieso so selten Zeit haben, uns zu treffen. Also haben meine Eltern das netter Weise vorgeschlagen. Sie sind echt die Besten! Unsere Freunde bleiben bis heute Abend, an dem wir dann, vor ihrer Abreise, noch gemeinsam Pizza essen werden.

Na toll. Ich hoffe, dass ich Adrian aus dem Weg gehen kann. Ich will ihm nicht erklären, was gestern mit mir los war. Ich habe ihm zwei Mal einen Korb gegeben und trotzdem lächelt er noch, wenn er mich sieht. Oder hat er das vor lauter Cocktails gar nicht bemerkt?

»Morgen, Thea«, antworte ich schließlich.

»Ich habe die ganze Nacht kein Auge zugedrückt«, sagt sie aufgeregt und starrt wie ein süchtiger Zombie auf ihr Handy.

»Wieso das denn?«

»Wegen Max. Er hat mir vollkommen den Kopf verdreht!«

»Wer ist Max?«, frage ich etwas abwesend und reibe mir die Augen.

»Na der Typ, der mich gestern Abend angetanzt hat und an unserem Tisch saß!«

»Ach so, der.«

»Er ist so ... heiß! Und man kann sich mit ihm über alles unterhalten. Ein Jackpot, oder?«

»Ja, total«, antworte ich nur und streiche mir durch meine langen Haare, die ich gestern vor dem Schlafengehen zum Glück noch zu einem Zopf geflochten habe. Manchmal mache ich das auch im Trancezustand, weil es schon eine überlebenswichtige Angewohnheit geworden ist.

Ich stehe auf, gehe zum Wandspiegel, öffne meinen Zopf und fahre mir mit den Fingern durch die Haare, um sie vor dem Kämmen schon mal zu entknoten.

»Er will mich nochmal treffen. Hihihi.«

»Thea ist verliebt! Ich glaube es nicht!« Ich grinse das Spiegelbild meiner besten Freundin an, die mir sofort ein Kissen entgegenwirft.

»Hey, ich kann doch auch mal Glück haben!«

»Wieso auch?«, frage ich prompt zurück.

»Schau mal richtig in den Spiegel! Seit gestern strahlst du über beide Ohren. Wer ist denn der Glückliche? Hoffentlich nicht schon wieder David!«

Ich drehe mich um und schaue sie streng an. »Spinnst du?«

»Na ja, ich habe ihn gestern gesehen. Mit Nathalie. Zumindest glaube ich, dass sie es war.«

»Echt? Er war da?«

»Ja, ungefähr zwei Tische weiter. Hast du ihn nicht gesehen?«

»Nein.«

»Gut, das war auch besser so. Du hättest dich bestimmt nur über sein Aussehen und das des Mädchens neben ihm beschwert.«

Ich räuspere mich.

»Nun sag schon! Wer ist es?«

Ich drehe mich um und gehe wieder zu meinem Bett. Dabei weiche ich meinen zwei Koffern aus, die ich sehr ungünstig platziert habe. Sie sind bereits voll mit Sachen, die ich für unsere jährliche Reise nach Irland nächstes Wochenende brauche.

»Ich wollte dir das gestern bereits sagen, aber dann kam ich nicht mehr dazu.«

»Oh, okay.«

»Du musst mir versprechen, dass du mich nicht auslachen wirst.«

»Wieso sollte ich? Ist er so unattraktiv?«

»Thea!«

83

»War doch nur ein Scherz. Na klar, ich behalte es für mich und lache dich nicht aus. Nun sag schon!« Ihre roten Locken wippen aufgeregt auf ihrem Kopf auf und ab, als sie mich mustert.

Ich setze mich an meine Bettkante. »Ich habe ihn online kennengelernt.«

»Ja?«

»Was ja?«

»Und weiter?«

»Das war's schon. Ich kenne ihn aus dem Internet. Und *nur* aus dem Internet. Wir haben uns noch nie gesehen.«

»Oh.«

»Ja, genau. Und trotzdem hat er mir den Kopf verdreht. Wir schreiben schon seit über drei Wochen ununterbrochen, haben auch schon gemeinsam einen Film angesehen und telefoniert und ...«

»STOPP! Soll heißen, du bist in jemanden verliebt, den du noch nie in echt gesehen hast?«

»Ja.«

»So ging es mir früher auch mit Schauspielern.«

»Thea! Ich meine es ernst!«

»Sorry, ja klar. Alles gut. Ich finde das toll! Er muss dich ziemlich beeindruckt haben, wenn er das schafft. Wann willst du ihn treffen?«

»Das ist es ja gerade ...«

»Oh nein, er wohnt in den USA!«

»Wie kommst du jetzt da drauf? Er wohnt sogar hier in Oberbayern und war auch gestern auf einer Party.«

Theas Gesicht wird breiter und sie lächelt. »Also kann es sein, dass wir gestern auf der gleichen Party waren? Wie romantisch!«

»Ach was, nein. Oberbayern, selbst München, ist doch riesig! Warum sollten wir ausgerechnet auf der gleichen Party sein?«

»Weil es Schicksal ist«, beantwortet Thea meine Frage, als wäre es das Selbstverständlichste auf der ganzen Welt.

Ich seufze. Dann schalte ich meinen Radiowecker ein, um mich wach zu bekommen.

»Wie bringst du das nur Adrian bei?«, fragt sie plötzlich nach ein paar Sekunden, in denen ein neuer Song angespielt wurde.

»Wieso?«

»Na ja, seit gestern Abend sieht er dich an, als wäre er der Hund und du das Leckerli. Ist dir das nicht aufgefallen?«

»Doch. Er hat mich auch angetanzt und ich habe ihm zwei Körbe gegeben.«

»*Zwei* Körbe?! Er ist ganz schön hartnäckig, wenn er dich selbst dann noch anlächelt. Mensch, Mine, er wäre eine super Partie für dich! Er ist nur ein paar Monate älter, ihr passt optisch super zueinander und er ist der beste Freund von Patrick, der ihn schon seit seiner Kindheit kennt. Was Besseres gibt es doch quasi gar nicht, oder?«

»Doch. Vielleicht scheitert unsere potentielle Beziehung und dann verliert Patrick möglicherweise seinen besten Freund.«

»Ihr hattet doch auch bisher kaum miteinander zu tun, obwohl die beiden befreundet sind. Was würde das ändern?«

»Wenn wir Liebeskummer hätten ...«

»Das eine schließt doch das andere nicht aus«, bemerkt Thea.

»Ja gut, du hast Recht. Ich spüre ein tierisches Kribbeln in mir, wenn ich in seiner Nähe bin. Aber das gleiche passiert auch, wenn ich mit Artus schreibe. Ich fühle mich komplett zerrissen.«

»Dann gibt es nur eine Möglichkeit, um dich wieder ganz zu machen.«

»Und die wäre?«, frage ich Thea.

»Du musst herausfinden, wer Artus ist.«

ADRIAN

Ich bin bereits vor Patrick wach und betrete das Bad. Dabei höre ich Mädchenstimmen im Zimmer nebenan.

Ein Lächeln huscht über meine Lippen, als ich an gestern zurückdenke. Ich habe mit Wilhelmine getanzt. Dem schönsten Mädchen des ganzen Saals, was sag' ich, dem schönsten Mädchen der ganzen Schule!

Eigentlich habe ich insgeheim schon immer Gefallen an ihr gefunden, aber durch Jessikas Beziehung waren mir die Hände gebunden.

Ich freue mich, dass ich heute den ganzen Tag bei Familie O'Brian bleiben darf. Und heute Abend gibt es Pizza. Vielleicht komme ich ihr dabei auch nochmal etwas näher?

Ich wasche mir mein Gesicht und putze meine Zähne, ehe ich mich in Patricks Zimmer zurückschleiche, wo meine Klamotten schon auf mich warten. Ich habe gestern extra eine kleine Sporttasche mit den wichtigsten Sachen gepackt, weil Patrick schon so eine Übernachtungsaktion angekündigt hatte.

Wilhelmine hat bei der Heimfahrt gestern kein Wort mehr mit mir gewechselt, nicht mal einen Blick ausgetauscht.

Schnell logge ich mich bei *MagicTable* ein. Ich werde das Gefühl nicht los, dass meine Mine tatsächlich auch die gleiche Mine wie die im Zimmer nebenan ist.

ArtusLöwenherz86: Guten Morgen, Prinzessin. Gut geschlafen?

Hermine1001: Guten Morgen! Seit wann bin ich eine Prinzessin?

ArtusLöwenherz86: Seitdem du gestern mit einem Prinzen getanzt hast.

Hermine1001: Er war aber gar kein richtiger Prinz.

ArtusLöwenherz86: Woher willst du das wissen?

Hermine1001: Ich spüre sowas.

ArtusLöwenherz86: Aha.

Hermine1001: Ich meins ernst! Ich habe da einen siebten Sinn.

ArtusLöwenherz86: Ja ne, ist klar.

Hermine1001 ist offline

Und wieder einmal flüchtet sie, wenn ich am neugierigsten bin. Ich möchte so gern wissen, ob sie etwas vermutet. Oder ob sie meinem wahren Ich, Adrian, noch eine Chance gibt. Vielleicht lässt sie sich ja auch irgendwann auf ein Treffen mit Artus ein. Wer weiß das schon?

Meine Gefühle für dieses Mädchen werden von Tag zu Tag stärker. Daher hoffe ich so sehr, dass die Online-Mine tatsächlich auch die Offline-Mine ist. Dann wäre alles perfekt.

Ich muss mir irgendetwas einfallen lassen, um ihr näherzukommen. Um mir zu hundert Prozent sicher zu sein, dass ich mich nicht täusche. Erst dann will ich mich zu erkennen geben.

WILHELMINE

»Also wenn du *so* mit ihm schreibst, wirst du dich nie mit ihm treffen«, bemerkt Thea etwas enttäuscht.

»Er geht schon wieder auf den gestrigen Tanz ein. Ich habe ihm doch gesagt, dass es nicht das gleiche ist, als wenn ich mit *ihm* tanzen würde.«

»Äh, nein, Mine. Hast du nicht.«

»Nicht direkt.«

»Jungs brauchen aber direkte Ansagen. Sie können nicht einfach zwischen den Zeilen lesen, weil man zwischen unseren Zeilen so viel hineininterpretieren kann, dass sie mit Sicherheit falsch liegen.«

»Seit wann verteidigst du Jungs?«

»Seit ich Max kenne.«

»Oh je, da hat es aber Eine erwischt.«

Thea wickelt eine ihrer Strähnen um ihren Finger. »Ein Junge, der die Initiative ergreift und mich anspricht, mich den ganzen Abend über anlächelt und auch noch den gleichen Musikgeschmack hat wie ich, der hat definitiv gute Karten!«

»Heavy Metal?«

»Yeah, Baby!«

»Oh man. Ich verstecke mal meinen CD-Player, bevor das noch eskaliert.«

»Vorher gehen wir frühstücken. Und dabei musst du mir einen Gefallen tun. Nein, zwei!«

»Schieß los.«

Thea steht auf und nimmt die Position eines Lehrers ein, einschließlich dessen Handbewegungen. »Wir gehen jetzt gemeinsam ins Bad, stylen dich auf und beim Frühstück versuchst du dann Adrian den Kopf zu verdrehen.«

»Bist du verrückt?«

»Nein, ich denke nur logisch.«

»Hilf' mir auf die Sprünge«, sage ich skeptisch.

»Na ja, wenn du mit Adrian ins Gespräch kommst, dann kannst du ihn ja unauffällig über seine Interessen ausfragen. Er ist dann so hypnotisiert von dir, dass er vielleicht direkt aus dem Nähkästchen plaudert und dir erzählt, dass er mit jemandem schreibt.«

»Thea, ich glaube, du hast zu viele Schnulzen gesehen. Das klingt ja, als würde ich ihn mit einem Liebestrank abschütten. Außerdem, glaubst du ernsthaft, dass Adrian Artus ist?«

»Warum nicht? Er scheint dich ja Bestes zu kennen, Prinzessin.«

»Er weiß gar nicht, wie ich aussehe.«

»Wenn *Artiboy* wirklich so auf dich steht, wie du auf ihn und unser Adrian dein Online-Prinz ist, dann wird es ihm doch genauso gehen wie dir.«

»Ich weiß nicht ...«

»MINE! Was hast du schon zu verlieren?«

»Zwei Jungs, in die ich mich verknallt habe?«

»Wie heißt es so schön?«, fragt Thea und verdreht die Augen. »Wenn du dich in zwei Jungs verliebst, nimm' den zweiten. Denn wenn der erste Junge wirklich die große Liebe gewesen wäre, würde es den zweiten gar nicht geben.«

»Danke für deine und Johnny Depps Weisheiten, Thea, aber das zählt nicht, wenn man Junge Nr. 1 nur aus dem Internet kennt. Streng genommen weiß ich gar nicht, welchen der Jungs ich zuerst kannte. Adrian kenne ich ja schon länger vom Sehen. Richtigen Wortwechsel mit ihm gab es erst, nachdem Artus in mein Leben trat.«

Ich lasse den Kopf hängen, um zu Grübeln.

»Komm' jetzt, Mine, ich hübsche dich ein wenig auf.«

ADRIAN

Der Frühstückstisch – oder soll ich sagen Brunchtisch – ist reichlich gedeckt mit vielen deutschen und irischen Köstlichkeiten. Ich finde es total aufregend, dass Patrick irische Wurzeln hat! Das Land fand ich schon immer interessant, aber ich bin leider noch nie dort gewesen.

»Will jemand einen irischen Schwarztee?«, fragt Patricks Mutter Sophie in die Runde.

»Ja, ich möchte gerne einen probieren, wenn es keine Umstände macht«, beantworte ich ihre Frage.

Sophie schüttelt mit dem Kopf. »Ich wollte mir auch gerade einen machen«, sagt sie und ich nicke zufrieden.

Patrick hat bereits Speck und ein Spiegelei auf seinem Teller.

»Wie kann man nur sowas essen?«

»Indem man Halb-Ire ist.«

»Mit einem oder zwei *R*?«, frage ich ihn lachend.

Patrick rammt mir seinen rechten Ellenbogen in die Seite, woraufhin ich laut stöhne. »Den hast du dir verdient.«

»Vielen Dank.« Ich nutze meine vor Schmerz gekrümmte Haltung, um nach meinem Handy zu fischen.

ArtusLöwenherz86: Und? Schon gefrühstückt?

Doch ich achte gar nicht mehr auf mein Handy, als ich zwei weibliche Stimmen höre, die ich sofort mit Wilhelmine und Thea gleichsetze. Sie kommen die offene weiße Treppe nach unten und plaudern über Lipgloss.

»Mine, im Ernst, Lipgloss steht dir! Und er pflegt deine Lippen.«

»Aber jetzt beim Frühstück geht er mir doch nur im Weg um.«

»Nichts da, er ist gut verträglich! Du kannst ihn in Seelenruhe mitessen.«

Ich muss grinsen, als ich Wilhelmines Seufzen höre.

Nach einer gefühlten Ewigkeit hat Patrick bereits sein Ei verspeist und die Mädels stehen uns gegenüber.

89

»Good morning all together!«, begrüßt uns Liam, der auch gerade ins Esszimmer kommt.

»Morning!«, antworte ich mit den anderen im Chor und fühle mich sofort und zum ersten Mal seit langem wieder mit der englischen Sprache verbunden.

»Habt ihr gut geschlafen?«, fragt Liam mit englischem Akzent.

Selbst nach all den Jahren, in denen ich hier schon zu Besuch war, muss ich immer noch grinsen, wenn ich die schiefen Töne höre. Sie machen ihn und seine Familie so sympathisch, dass ich am liebsten nie wieder von hier wegwill.

Wenn Mine wirklich meine Mine ist, werde ich sie nie wieder loslassen. Alleine schon wegen ihrer irisch-deutschen Familie.

»Wilhelmine, you look amazing!«, wendet sich ihr Vater schließlich an sie.

Sie sitzt mir direkt gegenüber und ich habe endlich die Gelegenheit, sie genauer zu betrachten. Ihre kristallklaren blauen Augen funkeln mir schüchtern entgegen. Von der Entschlossenheit, die gestern in ihnen aufblitzte, fehlt jetzt jede Spur. Ihre Lippen bilden ein Lächeln, als sie sich bei ihrem Vater bedankt. Ihre langen schwarzen Haare sind zu einem erhöhten Pferdeschwanz hochgebunden, ihre Lippen mit dunkelrotem Lippenstift überzogen und ihre Wimpern wurden mit Wimperntusche ausgestattet. Ihr sonst so blasses Gesicht kommt jetzt noch viel besser zur Geltung und jetzt sehe ich erst, wie gut ihr die erhöhten Wangenknochen stehen. Sie ist einfach ein Mädchen zum Anbeißen.

Was mache ich nur, wenn die Offline-Mine nicht dieselbe ist, mit der ich jeden Tag chatte? Was mache ich, wenn mein Herz sich für eine von beiden entscheiden muss?

Ich brauche Gewissheit. Ich muss herausfinden, ob ich mich in dieselbe Mine verliebt habe oder nicht. Am besten heute. Sonst wird mein Herz ein Scherbenhaufen.

Er mustert mich. Nicht auf eine eindringliche Art, aber sehr intensiv. Ich tue es ihm gleich. Seine dunkelbraunen Korkenzieherlocken umrunden sein Gesicht in einer solchen Perfektion, dass man das Gefühl bekommt, er sei ein Gemälde. Seine tiefbraunen Augen sind an mich geheftet, als würde er etwas verpassen, wenn er auch nur einen kurzen Moment abschweifen würde. Es raubt mir fast den Atem, bringt aber gleichzeitig mein Herz so zum Schlagen, dass ich am liebsten alle Fenster im Raum aufreißen möchte, um an genug Luft zu kommen.

»Adrian ...« Ich halte mir die Hand vor den Mund. Habe ich das gerade wirklich gesagt?

»Ja, Wilhelmine?«

Ich sehe hilfesuchend zu Thea, die mir einen leichten Schubs von der Seite gibt und anschließend meine Mutter anlächelt, als sie ihr auch vom irischen Schwarztee einschenkt.

Was sage ich ihm jetzt? Ich muss mir etwas einfallen lassen. Nervös beiße ich mir auf meine Unterlippe.

Adrians Blick bleibt fragend an mir haften, was meine Aufregung nicht gerade verjagt.

»Du kannst mich gerne Mine nennen«, sage ich schließlich.

Ein Lächeln umspielt Adrians Lippen, das seine Grübchen wieder zum Vorschein bringt.

»Gern.« Er nimmt einen Schluck von der rotbraunen Flüssigkeit. »Der Tee schmeckt ausgezeichnet, Sophie«, ergänzt er an meine Mutter gewandt.

»Oh, danke, Adrian. Aber sage das lieber Liam, denn seine Schwester Claire bereitet diesen immer selbst zu. Sie ist eine Meisterin ihres Handwerks.«

»Oh wow, das klingt interessant«, entgegnet Adrian und es hört sich tatsächlich ehrlich an. Interessiert er sich etwa für die irische Kultur?

Thea zwinkert mir zu, was meinen Magen augenblicklich zum Zusammenziehen zwingt, denn ihre Geste verheißt in den meisten Fällen nichts Gutes.

91

Ich beschließe, den Rest des Frühstücks über, brav mein Essen zu verspeisen, ohne mich weiter an den Gesprächen zu beteiligen. Ist besser so. Und gesünder.

Kapitel 11

ADRIAN

Inzwischen ist Nachmittag und ich sitze mit Patrick im Wohnzimmer vor der Konsole. Mein Smartphone hat in der Zwischenzeit schon etwa zwei Mal vibriert, doch ich bin gerade zu beschäftigt, um ranzugehen.

»Du bist aktuell aber sehr beliebt, wenn dein Smartphone so oft klingelt«, bemerkt Patrick.

»Patrick, ich muss mit dir reden.«

»Klar, nur keine Scheu. Meine Eltern sind gerade für heute Abend einkaufen und die Mädchen sind oben. Uns wird niemand hören.«

»Okay, gut.« Ich werfe einen unsicheren Blick zur Treppe.

Die Räumlichkeiten hier sind so großzügig offen, dass man bestimmt vom Flur des ersten Stocks aus, ein Gespräch im Wohnzimmer belauschen könnte. Aber was habe ich zu verlieren, wenn die Mädchen das Offensichtlichste schließlich wissen? Ich kann doch nur gewinnen, denn entweder erwidert sie meine Gefühle oder eben nicht.

»Ich stehe auf jemanden«, lasse ich schließlich die Bombe platzen.

Patrick drückt auf Pause bei unserem Lieblingsrennspiel.

»Oh, wer ist es? Lass' mich raten! Thea, stimmt's?«

Ich schüttle fast unmerklich mit dem Kopf und lasse anschließend ihn und meine Augen kurz nach oben kreisen.

Patrick versteht meine Geste. »Oh.«

»Genau. Wäre das ein Problem für dich?«

»Adrian, Mensch, du bist doch mein bester Kumpel! Es gäbe nichts Schöneres für mich, als dich meinen Schwager zu nennen! Dann bist du noch mehr ein Teil der Familie und wir sehen uns öfters.«

»Mensch, Patrick! Nicht so laut! Was, wenn die Mädels mithören?«

»Na und? Dann wissen wir wenigstens, wie es um die Gefühle von meiner Schwester steht. Soll ich sie mal fragen?«

»*PATRICK!*« Ich möchte am liebsten meinen Controller nach ihm werfen.

»Unauffällig natürlich. Du kennst mich doch.«

»Eben.«

Patrick verschränkt seine Arme vor der Brust. »Was soll denn das jetzt wieder heißen?«

»Du weißt genau, was ich meine«, antworte ich und hebe eine Augenbraue.

»Was hat es dann eigentlich mit deinem Handy auf sich, wenn du eigentlich doch in Mine verliebt bist?«

»Du hast mit deiner Frage ins Schwarze getroffen.«

»Inwiefern?«

»Ich habe über die App *MagicTable* ein Mädchen kennengelernt, das genauso wie Mine ist. Sie hat sogar einen ähnlichen Namen, besser gesagt, den gleichen Spitznamen! Sie wohnt ebenfalls in Oberbayern, vielleicht sogar München, und war gestern auch auf einer Party. Ich habe auch schon mit ihr telefoniert. Am Telefon klingt die Stimme ja oft anders, aber wenn ich Wilhelmine sprechen höre und die Augen schließe, könnte es tatsächlich die gleiche Stimme sein.«

»Ah, daher weht der Wind. Und du glaubst jetzt, dass die Fremde unsere Mine ist?«, kombiniert Patrick meine Aussagen.

»Genau.«

»Finde ich heraus.«

»Vielleicht auch ohne auf ihr Handy zu schauen?«, bemerke ich ein wenig ängstlich.

»Das wird schwierig.«

»*Nein*, du wirst nicht deine Schwester ausspionieren!«

»Und wie willst du es dann herausfinden?«

»Der springende Punkt ist, dass ich Angst habe«, gebe ich zu und lege meinen schwarzen Controller zur Seite.

»Warum Angst? Vor was denn? Dass sie deine Gefühle nicht erwidert?«

»Sie hat mir mal im Chat erzählt, dass sie sich vor kurzem getrennt hat und vorerst keine neue Beziehung will. Da könnte ich ganz schön ins Fettnäpfchen treten.«

»Das passt definitiv auch zu Mine. Aber weißt du was? Die Sache mit David ist längst abgehakt. Das hat sie mir selbst erzählt. Ihre Gefühle waren schon *davor* fast weg.«

»Moment, David? Und *wovor*?«

»Ja, der Muskelprotz David. Er geht in ihre Parallelklasse und sie hat ihn beim Rummachen mit einer anderen erwischt. Diese Entdeckung war für sie nichts anderes, als endlich einen Grund zu haben, um ohne Erklärung Schluss machen zu können.«

Wenn ich nicht sitzen würde, wäre ich jetzt umgefallen.

»Adrian, alles gut mit dir?«

»Mine ist Mine ...«

»Natürlich ist Mine Mine.«

»Nein, du verstehst nicht – So viele Zufälle können unmöglich sein! Meine Online-Mine ist auch meine Offline-Mine.«

Patrick schlägt mir anerkennend auf meine rechte Schulter. »Ich gehe schonmal die Dekoration für eure Hochzeit aussuchen.«

Ich sehe ihn entsetzt an. »Ich glaub's nicht ...«

»Was? Dass ich dein Trauzeuge werden will?«

»Nein, dass Mine tatsächlich Mine ist.«

»Also wenn deine Sätze so bleiben, werde ich mal ein paar Fenster öffnen. Ich glaube, die stickige Luft hier steigt dir langsam zu Kopf.« Patrick steht auf und macht seine Ankündigung wahr.

»Verstehst du nicht, Pat? Ich kann jetzt ganz anders handeln, weil ich mir zu hundert Prozent sicher sein kann, dass ich mich in ein und das selbe Mädchen verliebt habe!«

»Okay. Wie gehen wir vor?«

WILHELMINE

Ich konnte mich durchsetzen! Gegen Theas Willen, habe ich meine Lieblings CD von *Ed Sheeran* in den CD-Player gelegt und wir lauschen seinen sanften Klängen. Thea kann mit seiner Musik nicht so viel anfangen. Bei ihr muss immer alles laut und rockig sein. Daher gefällt ihr höchstens der Song »River«, den mein Lieblingssänger mit Eminem aufgenommen hat. Doch heute akzeptiert sie meine Musikwahl. Ausnahmsweise.

»Also, bei welchem Thema in Mathe kann ich dir helfen?«, fragt sie mich schließlich.

»Am besten bei allem. Ich blicke einfach gar nicht mehr durch.«

Thea blättert durch ihre Hefte. »Na schön. Dann suchen wir uns mal eine Rechnung raus, die relativ einfach ist und die ich gut erklären kann. Bereit?«

Ich nicke und schreibe genau das auf, was mir meine beste Freundin diktiert. Vielleicht verstehe ich die Aufgaben jetzt endlich besser und habe eine realistische Chance auf eine gute Note in der kommenden Prüfung.

Es vergehen zwei Stunden, in denen Thea mit mir alle potentiellen Aufgaben durcharbeitet. Tatsächlich kommt es zwischendrin auch mal vor, dass ich Thea verbessere und dabei über mich selbst staune.

»Hier haben wir den offiziellen Beweis.«

»Für was?«, frage ich Thea neugierig.

»Dafür, dass unsere Lehrerin keine Ahnung hat, wie man richtig unterrichtet und erklärt.«

»Warum studierst du eigentlich kein Lehramt?«

»Ach ne, lass mal. Das ist nicht meine Welt. Ich bin für den Heavy Metal geboren.«

»Aber Angst, mit deiner E-Gitarre mal zu einem Vorspiel zu gehen, hast du trotzdem«, bemerke ich.

»Das ist was vollkommen anderes.«

Ich verdrehe die Augen. »Danke trotzdem für deine Hilfe, Thea. Du bist meine Rettung.«

»Gerne, Liebes. Dafür sind Freundinnen doch da.«

Ich lächle sie dankbar an.

Plötzlich vibriert mein Handy. Ich nehme es von meinem Nachtkästchen und aktiviere das Display.

David: Hallo Mine

Ich schnaube. Was will er denn noch? Ich lasse Thea auf mein Smartphone schauen.

»Der eingebildete Gockel will tatsächlich wieder Kontakt mit dir?«, fragt sie grinsend.

»Sieht ganz so aus.«

»Und du?«

»Du kennst meine Antwort.«

»Zum Glück! Reagiere am besten gar nicht drauf.«

Als stumme Antwort lösche ich den Chat.

»Das reicht nicht, Mine.«

Ich sehe Thea an und weiß, dass sie Recht hat.

Dann wechsle ich in mein Kontaktbuch und lösche seinen kompletten Eintrag. »Jetzt ist endgültig Schluss.«

»Gut gemacht!«

»Danke«, sage ich und lege mein Handy zur Seite.

Ich beobachte meine Freundin dabei, wie sie ihre Schulsachen zurück in ihren Rucksack packt und zufrieden dessen Reißverschluss schließt.

»Thea, diese Situation macht mich noch ganz wahnsinnig. Mach bitte, dass es aufhört.«

»Ich glaube ja immer noch an meine Theorie.«

»Dass Artus Adrian ist?«

»Ja, verdammt! Sieh dir doch an, wie er sabbert, wenn er dich sieht. Du hast noch Zeit bis heute Abend, um es herauszufinden. Das Frühstück ging ja schon mal daneben.«

»Wieso? Hat doch gut geklappt.«

»Deine Eltern und er haben sich über irische Traditionen unterhalten. Eigentlich wolltest du doch seine Interessen kennenlernen, oder nicht?«

»Habe ich doch. Er interessiert sich für Irland. Und für Autos.«

»Na prima. Dann frag doch Artus, ob er sich auch für Autos interessiert.«

»Ja, das tut er.«

Thea seufzt und geht in meinem Zimmer auf und ab. »Gut. So kommen wir der Sache schon etwas näher. Zwar langsam, aber mühsam ernährt sich das Eichhörnchen.« Dann streicht sich Thea über ihre Haare. »Aber eigentlich interessieren sich die meisten Jungs für Autos. Das ist nichts Besonderes.«

Jetzt seufze ich auch. »Ich schreibe ihn mal an. Ich habe ihm sowieso noch nicht auf seine Frage geantwortet.«

Kaum ausgesprochen, springt Thea auf mein Bett und lugt auf mein Handydisplay.

»Na, na. Schon mal was von Privatsphäre gehört?«

»Hey, ich dachte doch, dass ich dir helfen soll?«

»Das bedeutet aber trotzdem, dass unsere Gespräche dich nichts angehen.«

Thea gibt nach und verdreht die Augen. »Sturkopf.«

Hermine1001: Ja, ich habe das Frühstück schon hinter mir. Und du?

ArtusLöwenherz86: Witzig, gerade habe ich an dich gedacht.

Hermine1001: Echt? Nur gerade? Ich denke schon die ganze Zeit an dich.

ArtusLöwenherz86: Ich doch auch. Aber wenn ich dir das sage, werde ich gleich als Stalker und hoffnungslos Verliebter abgestempelt.

Hermine1001: Wer sagt denn sowas?

ArtusLöwenherz86: Alle Mädchen, mit denen ich vorher Kontakt hatte.

Hermine1001: Klingt nach einer Mehrzahl.

ArtusLöwenherz86: Nein, glaub mir, ich hatte bisher nur eine Beziehung. Und sie hielt fünf Jahre. Ich war dreizehn, als wir ein Paar wurden.

Hermine1001: Also bist du jetzt 18 Jahre alt?

ArtusLöwenherz86: Ja, ist das ein Problem für dich?

Hermine1001: Nein, wieso sollte es? Ich dachte nur immer, dass deine »86« im Namen vielleicht von »1986« abstammt.

ArtusLöwenherz86: Nein, knapp daneben. Ich habe am 06.08.

Geburtstag. Daher die Zahlen.

Hermine1001: Uiii, ein Löwe.

ArtusLöwenherz86: Glaubst du etwa auch an Sternzeichen?

Hermine1001: Ja, total!

ArtusLöwenherz86: Was bist du dann? Passt du zu meinem Löwen?

Hermine1001: Ob wir zueinander passen weiß ich nicht, aber ich bin eine Waage.

ArtusLöwenherz86: Freut mich sehr, deine Bekanntschaft zu machen, Justizia.

Hermine1001: Ha, ha. *Kuss-Mund*

ArtusLöwenherz86: Könntest du mir der Gerechtigkeit zu Liebe auch noch verraten, wie alt du bist? *Kuss-Mund*

Hermine1001: Was bekomme ich dafür?

ArtusLöwenherz86: Einen Kuss, sobald wir uns sehen.

Hermine1001: Oh. So einen? *Kuss-Mund*

ArtusLöwenherz86: Nein, keinen virtuellen Kuss, sondern einen richtigen, Lippen auf Lippen.

Hermine1001: Iiiihhh.

ArtusLöwenherz86: Wie jetzt? Willst du mir erzählen, dass du David nie geküsst hast?

Hermine1001: Und wenn es so wäre?

ArtusLöwenherz86: Dann hat er sich definitiv ein Traummädchen entgehen lassen. Ich bin mir sicher, dass du toll küssen kannst.

Hermine1001: Was macht dich da so sicher?

ArtusLöwenherz86: Also? Wie alt bist du?

Hermine1001: Ziehe bei deinem Alter ein Jahr ab.

ArtusLöwenherz86: 17?

Hermine1001: *Kuss-Mund*

ArtusLöwenherz86: Das passt doch perfekt. *Kuss-Mund*

Hermine1001: Für was?

ArtusLöwenherz86: Sollen wir es auf uns zukommen lassen?

Hermine1001: Ehrlich gesagt, weiß ich meine Antwort auf deine Frage. Aber es ist verrückt.

ArtusLöwenherz86: Was denn?

Hermine1001: Dass ... nicht so wichtig. Es gibt bald Abendessen. Ich muss noch in der Küche helfen. Bis später, mein Prinz. *Kuss-Mund*

ArtusLöwenherz86: Ich kann es kaum erwarten, meine Traumfrau. *Kuss-Mund*

ADRIAN

»Wow, Adrian! Jetzt legst du aber los!«, sagt Patrick etwas überrascht von meiner Wortwahl.

»Wir müssen langsam Nägel mit Köpfen machen, bevor wir uns da in was verrennen, aus dem wir nicht mehr fliehen können.«

»Recht hast du. Du kannst nur gewinnen. Entweder deine Traumfrau oder dein weiteres Single-Dasein.«

»Danke, Patrick.«

»Aber eins wirst du nie verlieren.«

»Ja? Was denn?«

»Deinen besten Freund«, antwortet er und schaltet das Spiel so schnell vom Pausenmodus frei, dass ich gar nicht schnell genug an meinen Controller komme, um der nächsten Wand im Spiel auszuweichen.

Ein paar Runden später, wird die Haustür geöffnet und Sophie und Liam kommen zurück. In ihren Armen sind zwei Einkaufstaschen, die unter anderem randvoll mit Zutaten für unsere Pizzen sind. »Essen ist da!«

Erst dachte ich, dass ich mich verhört hätte, doch ich nehme tatsächlich eine laute Elefantenherde wahr, die vom ersten Stock in das Erdgeschoss stürmt.

Thea und Mine reißen den beiden die Tüten aus der Hand und laufen damit schneller in die Küche, als wir *»Italien«* hätten sagen können.

»Wow, da ist aber jemand hungrig«, bemerkt Sophie belustigt.

Patrick und ich wechseln Blicke und ehe wir das aussprechen, was wir vorhaben, machen wir es einfach.

Mein bester Freund schaltet die Konsole aus und wir gehen miteinander in Richtung Küche, um den Mädels zu helfen.

Kaum dort angekommen, fällt mein Blick sofort wieder auf Mine. Sie wirkt viel jünger als zarte 17 Jahre. Ich bin froh, dass ich endlich ihr genaues Alter kenne. Ich kam noch nie auf die Idee, Patrick danach zu fragen. Warum auch?

»Wollt ihr euch nützlich machen?«, sagt Thea plötzlich an uns gewandt.

»Wenn wir dürfen«, beantworte ich ihre Frage.

»Helfende Hände sind immer gern gesehen«, bemerkt Mine.

Sie hat sich zu mir umgedreht und lehnt an der Küchentheke. Ihre Schminke ist ab, so dass ich ihre natürliche Schönheit bewundern kann.

Am liebsten möchte ich zu ihr gehen, sie, wie beim Tanzen gestern, an mich ziehen und nie wieder loslassen. Ihr Lächeln lässt mein Herz aufgehen, in einer Weise, die ich so noch nie erlebt habe. Jessika hat mich nie so angesehen. Zumindest kann ich mich nicht daran erinnern.

»Wie kann ich helfen?«, frage ich also, nachdem ich meinen Kloß im Hals hinuntergeschluckt habe.

»Magst du mit mir den Teig auf dem Backblech verteilen?«, fragt Thea mich stattdessen und ich nicke widerwillig.

Eine Aufgabe mit Mine wäre mir lieber gewesen. Auch jetzt, beim Verteilen des Teiges, kann ich meinen Blick nicht von ihr abwenden.

Gemeinsam mit Patrick bereitet Mine die Zutaten für den Pizzabelag auf der Küchentheke vor. Alle möglichen Variationen sind sorgfältig in Schüsseln aufgeteilt, so dass jeder nur das auf seine Pizzafläche legen muss, was er essen will.

Patrick hat mich vorher schon genau eingeweiht, wie das Pizzaessen bei den O'Brians so abläuft. Ich finde es großartig, dass jeder einen großen Teil Pizza abbekommt. Und dass wir sie nicht einfach so beim Italiener bestellen, sondern selber machen.

Nachdem der Teig verteilt ist und sich alle bereit machen, ihr Pizzastück mit bevorzugten Zutaten zu belegen, nutze ich die Gelegenheit charmelos

101

aus und stelle mich direkt neben Mine, so dass sich unsere Hüften zärtlich berühren.

Das löst in mir eine Gänsehaut aus, die sich auf meinem gesamten Körper ausbreitet und ich weiß kurzzeitig nicht, was ich außer Tomaten noch auf meine Pizza legen will.

Mine scheint es nicht anders zu gehen, denn sie hat ein genauso rotes Gesicht wie die Tomaten in der Schüssel, die sie mir gerade abgenommen hat.

Sie ist so süß, wenn sie errötet. Warum kann ich sie jetzt nicht einfach in den Arm nehmen? Warum kann ich ihr jetzt nicht einfach sagen, wie es um meine Gefühlslage steht, wenn ich sie sehe? Dass in mir Schmetterlinge um die Wette fliegen, wenn sie mir in die Augen sieht? Ich muss mich zusammenreißen und greife nach der Schüssel mit den Champignons.

»Bist du fertig?«, fragt Thea Patrick und lacht dabei, als er eine Salamischeibe zu einem Röhrchen macht und in den Mund steckt.

»Patrick, mit dem Essen spielt man nicht!«, stellt Thea laut fest, doch Patrick ist das egal.

Kaum hat er die Salamischeibe gegessen, holt er auch schon zum Gegenschlag aus. »Wie jetzt? Du hast noch nie Salamiröhrchen gegessen?«

»Nein? Sollte ich das?«

»Unbedingt!«

Thea kann kaum reagieren, da steckt Patrick ihr auch schon das frisch gemachte Salamiröhrchen in den Mund.

Thea kann sich vor Lachen nicht mehr beruhigen und spuckt fast die Salami wieder aus.

Ich bin so abgelenkt von dem Spektakel, das die zwei da gerade veranstalten, dass ich jetzt erst bemerke, dass Mine meine Hand genommen hat. Vor Schreck zucke ich zurück und entreiße sie ihr dabei.

»Sorry, Adrian. Ich wollte das nicht«, sagt Mine schnell und läuft aus der Küche.

Ohne zu zögern, laufe ich ihr hinterher. »Mine, warte!«

Doch sie ist bereits im ersten Stock, als ich die erste Stufe erreiche.

Jetzt ist es also amtlich. Sie empfindet auch so für mich wie ich für sie. Mein Handy vibriert.

Hermine1001: Artus?

ArtusLöwenherz86: Ja?

Hermine1001: Können wir uns treffen? Bald? Ich halte es langsam nicht mehr aus.

Ich muss mich erstmal auf die Stufe setzen, um das Geschriebene zu verarbeiten. Sie will sich mit mir treffen? Bald. Was soll das bedeuten?

ArtusLöwenherz86: Woher der Sinneswandel?

Hermine1001: Ich sehe schon lange das Licht am Ende des Gefühlsdschungels, wie du ihn immer beschreibst.

ArtusLöwenherz86: Das heißt, du bist über David hinweg?

Hermine1001: Er hat mich heute wieder angeschrieben, doch da war nichts, kein Gefühl des Kummers, gar nichts. Stattdessen gehst *du* mir nicht mehr aus dem Kopf. Ich will dich sehen, damit ich weiß, ob ich einer Illusion hinterherjage oder nicht.

ArtusLöwenherz86: Das wünsche ich mir auch.

Hermine1001: Also steht unser Date? Nächstes Wochenende?

ArtusLöwenherz86: Und wo treffen wir uns?

Hermine1001: In München. Vielleicht im Olympiapark? Auf dem großen Hügel?

ArtusLöwenherz86: Dort gibt es mehrere Hügel.

Hermine1001: Also bist du doch aus München.

ArtusLöwenherz86: Du wohl auch, wie es scheint. *Kuss-Mund*

Hermine1001: Ja. Vielleicht sind wir uns ja gar nicht so fern, wie wir immer denken. *Kuss-Mund*

ArtusLöwenherz86: Was meinst du damit?

Hermine1001: Also kommenden Samstag, im Olympiapark. Abgemacht?

Mein Herz pocht laut in meiner Brust, während ich meine Antwort tippe. Ich bekomme ein wenig Angst, dass die anderen es auch hören und ich mich dann erklären muss. Aber was soll's? Ich kann ja nur gewinnen.

ArtusLöwenherz86: Abgemacht. Ich freue mich!

»Mine! Adrian! Essen!«, ruft Sophie aus der Küche.

Ich muss widerwillig mein Handy wegstecken, denn ich hätte am liebsten noch ihre Antwort abgewartet.

Träume ich gerade? Kann mich bitte jemand kneifen?

Ehe ich zur Seite gehen kann, läuft Mine an mir vorbei Richtung Esszimmer.

Wenn sie nur wüsste, dass sie gerade an Artus vorbeigerauscht ist. Wenn sie nur wüsste, dass sie mit ihm jetzt eine Pizza essen wird.

Insgeheim bin ich froh darüber, dass dieses Versteckspiel, in das wir uns inzwischen verrannt haben, nächste Woche ein Ende finden wird.

Aber ich habe gleichzeitig auch Angst, ihr meine echte Identität zu verraten. Ja, sie wollte eben noch meine Hand halten, aber vielleicht fühlt sie sich in ihrem Inneren gerade genauso zerrissen wie ich.

Kapitel 12

WILHELMINE

Wir werden uns treffen. Kommende Woche schon. Ich kann kaum etwas essen vor lauter Aufregung.

Adrian sitzt mir erneut gegenüber. Ihm scheint es ähnlich zu ergehen wie mir. Denn obwohl die Pizza vor uns nicht schmackhafter aussehen könnte, bekommen wir beide kaum einen Bissen hinunter. Könnte Thea Recht haben und Adrian ist wirklich mein Artus?

Ich beiße schließlich doch in meine Pizza und genieße den Geschmack auf meiner Zunge. Ich hatte schon lange keine »*Funghi*« mehr.

Ich staune nicht schlecht, als ich sehe, dass Adrian sich die exakt gleiche Pizza gebastelt hat. Wir haben nicht nur ein Auge aufeinander geworfen, sondern auch noch den gleichen Geschmack.

Ohne vorher darüber nachzudenken, platzt es einfach aus mir heraus. »Für was für Filme und Serien interessierst du dich, Adrian?«

Als der Angesprochene meine Frage hört, zuckt er zusammen und verschluckt sich fast an seinem Pizzastück. »Hauptsächlich Fantasy und SciFi«, antwortet er schließlich. »Und du?«

»Ich auch«, sage ich etwas verlegen und überrascht zugleich.

Ist eigentlich auch nichts Besonderes. Es gibt mit Sicherheit viele Jungs auf dieser Welt, die sich für Autos interessieren, auch Fantasy- und SciFi-Filme schauen und gerne die gleiche Pizza essen wie ich. Was soll mir das beweisen?

Ich sehe unsicher zu Thea, die mich anerkennend anlächelt und den Daumen nach oben zeigt.

Sofort schaue ich zu Adrian, ob er etwas bemerkt hat, doch er schneidet sich gerade ein neues Pizzastück zurecht.

Dann beginnen meine Eltern mit einem neuen Gesprächsthema. »Wir haben euch einen Vorschlag zu machen«, sagt mein Vater in fast akzentfreiem Deutsch.

»Ja? Was denn?«, fragt Patrick neugierig, den ich für einen kurzen Augenblick schon wieder beim Flirten mit Thea erwischt habe. Ich habe ihm noch vor ein paar Tagen versprechen müssen, dass ich Thea gegenüber, kein Wort verliere. Aber meine beste Freundin ist doch nicht doof. Sie wird Patricks Gefühle schon längst bemerkt haben. Dennoch lässt sie sich nicht so sehr darauf ein, wie Patrick es sich erhofft. Sie hat ja jetzt Max, der gestern ihr Herz im Sturm eroberte.

»Nächstes Wochenende sind doch Osterferien und da dachten wir, besonders da Adrian sich so für die irische Kultur interessiert, dass wir doch alle gemeinsam nach Irland fahren könnten«, verkündet meine Mutter.

Die Reise! Ich habe den Verwandtschaftsbesuch bei Tante Claire vergessen! Und das obwohl oben schon meine Koffer bereitstehen. Oh nein!

Thea und Patrick neben mir jubeln laut, doch mir ist gerade gar nicht danach.

Ich war das letzte Mal gemeinsam mit David dort. Meine Cousine Adeen hatte ein Auge auf ihn geworfen und schmachtete ihn die ganze Zeit über an.

Ich werde also glücklicherweise ohne David zurückkehren, aber ... Was wird jetzt aus dem Date, das ich mit Artus ausgemacht habe? Wie sage ich ihm das am besten?

»Wann geht der Flug? Was müssen wir bezahlen?«, fragt Thea sofort für Adrian und sie mit.

»Der Flug geht bereits am Samstag. Es wäre höchstens super, wenn ihr euch beim Flug beteiligen könntet, sofern es für euch möglich ist. Für die Unterkunft ist allerdings gesorgt. Tante Claires Haus ist groß genug für uns alle.«

Thea ist vor Freude kaum zu bremsen. Sie hat mir schon so oft gesagt, dass sie gerne mal mit nach Irland möchte. Damals war sie auch kurz davor, aber sie musste mir überraschend absagen. So kam es, dass David mitkam.

Adrian, mir gegenüber, sieht nicht so begeistert aus.

»Hey, Kumpel. Alles halb so wild. Du wirst Irland lieben!«

»Daran liegt es nicht. Ich hatte für Samstag eigentlich schon etwas anderes vor.«

»Oh«, entfährt es mir überrascht.

Ich sehe einen Funken in Adrians Augen aufblitzen, den ich nicht richtig deuten kann.

»Aber vielleicht lässt es sich auch verschieben«, sagt er schließlich und zwinkert mir zu.

Dieses. Zwinkern. Es bringt mich um den Verstand.

ADRIAN

Wie schreibe ich ihr das jetzt am besten? Irgendwann wird sie doch auch Verdacht schöpfen, dass so viele Zufälle um uns herum passieren.

Inzwischen bin ich wieder zu Hause in meinem Zimmer. Ich habe bereits meine Mutter und meinen Vater gefragt, ob sie mit meiner Reise in den Osterferien einverstanden sind. Sie haben es mir natürlich nicht verboten. Immerhin bin ich schon erwachsen und kann selber entscheiden, wo ich meine Ferien verbringen will, solange ich weiterhin für meine Abschlussprüfungen dieses Jahr lerne.

Abschlussprüfungen. Die sind ja auch noch. Sogar knapp nach den Osterferien. Aber da ich bisher immer noch Jahrgangsbester bin, habe ich nicht das Gefühl, es zu vergeigen. Allerdings haben meine Leistungen in letzter Zeit ein klein wenig nachgelassen, nachdem das ganze Gefühlschaos mit Jessika wie eine Lawine über mir einstürzte.

Ich greife zu meinem Smartphone.

ArtusLöwenherz86: Mine, ich muss dir etwas sagen.

Hermine1001: Ich dir auch.

ArtusLöwenherz86: Du zuerst.

Hermine1001: Ich möchte dich wirklich gerne treffen. Wirklich. WIRKLICH. Aber es geht nicht. Zumindest nicht am Samstag.

Ich sehe meine Chance, ihr nicht gestehen zu müssen, dass ich im gleichen Boot sitze. Also lasse ich sie weiterreden.

ArtusLöwenherz86: Was ist mit Sonntag?

Hermine1001: Auch nicht. Ich fahre weg. Wir fahren weg. Über Ostern. Zu meiner Verwandtschaft.

Spätestens jetzt kann ich mir sicher sein, dass es sich bei Mine um dieselbe Person handelt. *Endlich.*

ArtusLöwenherz86: Oh, schade. Aber kein Problem. Das verstehe ich natürlich.

Hermine1001: Danke. Das ist lieb von dir.

ArtusLöwenherz86: Wann wirst du wieder zurückkommen?

Hermine1001: Am sechsten April ist unser Rückflug gebucht.

ArtusLöwenherz86: Oh wow! Du fliegst weg? Wohin?

Hermine1001: Wenn ich dir das jetzt verrate, dann weißt du ein ganz schönes Stück mehr über mich.

ArtusLöwenherz86: Du hast meine volle Aufmerksamkeit.

Hermine1001: Das Land neben Großbritannien.

ArtusLöwenherz86: Irland?

Hermine1001: Genau. Ich habe irische Wurzeln, väterlicherseits. Hat dich das jetzt abgeschreckt?

ArtusLöwenherz86: Wieso sollte es? Ich finde das sehr spannend! *Kuss-Mund*

Hermine1001: Das freut mich. *Kuss-Mund*

ArtusLöwenherz86: Werden wir dann trotzdem Kontakt halten können?

Hermine1001: Von meiner Seite aus spricht nichts dagegen, ganz im Gegenteil.

ArtusLöwenherz86: Wirst du mir Fotos schicken? Ich wollte schon immer mal nach Irland!

Hermine1001: Kann ich gerne machen. Aber nur von der Landschaft.

ArtusLöwenherz86: Besser als nichts. Ich wünsche mir trotzdem ein Foto von dir mit den Cliffs im Hintergrund.

Hermine1001: Cliffs kann ich gerne fotografieren, aber ohne den gewünschten Vordergrund.

ArtusLöwenherz86: Manno. Warum nicht?

Hermine1001: Sorry. Mädchensache.

ArtusLöwenherz86: Wenn wir uns aber näher kennenlernen sollen, wären da Fotos nicht ein guter Anfang?

Hermine1001: Irgendwann bekommst du schon noch eins. Keine Sorge.

ArtusLöwenherz86: Bist du denn gar nicht gespannt, wie ich aussehe?

Hermine1001: Ich platze vor Aufregung, aber ich halte mich zurück.

ArtusLöwenherz86: Wieso?

Hermine1001: Wo bleibt sonst die Spannung? Außerdem sagtest du mal, dass du mich auch mit Warzen lieben würdest. Also ist es doch egal, wie ich aussehe.

ArtusLöwenherz86: Ich wünschte, du könntest mein Seufzen jetzt hören.

Hermine1001: Anderes Thema: Du gehst doch auch zur Schule, oder? Du hast doch auch Ferien, richtig? Was ist, wenn wir uns dann gleich am siebten April im Olympiapark treffen, mein Prinz? *Kuss-Mund*

ArtusLöwenherz86: Ich zähle jetzt schon die Tage bis dahin. *Kuss-Mund*

Hermine1001: Dann ist es abgemacht.

Jetzt habe ich mir auf eine gewisse Art ein wenig Druck erzeugt. Ich muss mich in Irland ihr gegenüber zu erkennen geben, sonst wird das Treffen im Olympiapark ein Desaster. Sie würde dann glauben, dass ich sie nur auf den Arm genommen habe und das will ich um jeden Preis verhindern.

WILHELMINE

Am liebsten möchte ich die gesamte Irlandreise jetzt schon überspringen und ihn sofort treffen. Doch das geht leider nicht. Irgendwie freue ich mich auch auf das Treffen mit Tante Claire und Cousine Adeen, obwohl sie mir so gut wie immer auf die Nerven geht. Besonders damals, als David ständig ihr Lieblingsgesprächsthema war. Sogar als wir die Cliffs besucht haben, hat sie mich zur Seite gezogen und über ihn ausgefragt. Er war eben überall ein Mädchenschwarm. Nicht nur in der Schule, sondern auch in Irland.

Insgeheim hoffe ich, dass meine Cousine ihre Angewohnheit nicht bei Adrian fortsetzen wird. Oder dass er sich noch in sie verliebt und nach Irland zieht, nachdem ihm die Kultur dort so gut gefällt.

Wow, ich bin eifersüchtig. Obwohl ich nicht einmal mit Adrian zusammen bin. Trotzdem fühlt es sich komisch an.

Gestern hatte ich den Mathetest, der Dank Theas Training super gelaufen ist. Schlechter als eine Drei wird er bestimmt nicht ausfallen. Vermutlich werde ich das aber erst nach den Osterferien sicher wissen. Also heißt es jetzt erstmal abwarten.

Inzwischen ist bereits Mittwoch und ich nutze jede freie Minute, um mit Artus zu schreiben. Wir malen uns bereits sämtliche Situationen aus, wie unser erstes Treffen sein wird.

ArtusLöwenherz86: Okay, ich bin als Nächster dran mit potentiellen Situationen: Was machen wir, wenn an unserem ausgemachten Treffpunkt gerade jemand picknickt?
Hermine1001: Da gibts mehrere Möglichkeiten: Entweder, wir

110

stellen uns daneben hin.

ArtusLöwenherz86: Oder wir stellen uns direkt auf die Decke.

Hermine1001: Oder wir essen einfach mit.

ArtusLöwenherz86: Oh, das wäre eine super Idee, um sich zu tarnen. Dann kommt der andere nicht darauf, dass man gar nicht zu diesem Picknick gehört. Ich glaube, ich werde jemandem zum Picknicken engagieren!

Hermine1001: Der Plan funktioniert jetzt nicht mehr. Ich kenne ihn schon.

ArtusLöwenherz86: Also wirst du jeden auf der Decke ansprechen, ob er einen Artus kennt?

Hermine1001: So in etwa. Sorry Artus, meine Pflicht ruft.

ArtusLöwenherz86: Meine auch. Unsere Lehrerin versteht heute keinen Spaß. Ich kann ihr also, sollten wir die Pause überziehen, nicht sagen, dass ich gerade mit einer holden Maid gechattet habe, die man nicht einfach so abspeisen kann.

Hermine1001: Ich wünschte, du könntest jetzt mein Lachen hören.

ArtusLöwenherz86: Lach doch einfach mal. Vielleicht höre ich dich ja.

Hermine1001: Weißt du eigentlich, wie viele Schulen es insgesamt in München gibt?

ArtusLöwenherz86: Keine Ahnung. Wir haben aber auch noch nicht mal herausgefunden, auf welche Art Schule wir beide jeweils gehen.

Hermine1001: Na ja, dem Alter nach zu urteilen Gymnasium, oder?

ArtusLöwenherz86: Nicht unbedingt. Ich könnte auch sitzengeblieben sein oder auf eine Fachoberschule oder Berufsschule gehen.

Hermine1001: Ich bin mir sicher, dass du dich im Chat schon mindestens ein Mal über deine Arbeit beschwert hättest, wenn du bereits in einer Ausbildung wärst.

ArtusLöwenherz86: Stimmt. Du kennst mich schon gut.

Hermine1001: War bei einem Prinzen nicht schwer zu erraten. Du fühlst dich doch nur gut, wenn *du* der Chef deines Ladens wärst, oder nicht?

ArtusLöwenherz86: Na ja, den Laden meines Vaters will ich nicht übernehmen.

Hermine1001: Oh, dein Dad will dich in seinem Business? Warum verweigerst du?

ArtusLöwenherz86: Ist nicht meine Welt. Ich will einem anderen Beruf nachgehen. Einem Beruf, den man zwar erlernen kann, der aber tief in einem verankert sein muss.

Hermine1001: Quasselstrippe?

ArtusLöwenherz86: Nein, Autor.

Hermine1001: Tatsächlich? Das war kein Scherz von dir? Oh, wow! Wie cool ist das denn?

ArtusLöwenherz86: Sehr cool. Freut mich, dass er dir tatsächlich so gut gefällt. Was willst du mal werden?

Hermine1001: Erstmal Abiturientin. Dann sehe ich weiter.

ArtusLöwenherz86: HA! Also bist du auf einem Gymnasium!

Hermine1001: Wer sagt das? Ich könnte doch auch auf eine Realschule gegangen sein und jetzt die FOS machen?

ArtusLöwenherz86: Dann hättest du jetzt nicht in dieser grammatikalischen Version mit mir gesprochen.

Hermine1001: Ruhe, Autorenstreber.

ArtusLöwenherz86: Hey, niemand nimmt meine Berufung aufs Korn.

Hermine1001: Ich bin doch nur neidisch.

ArtusLöwenherz86: Weiß ich doch. Sorry, muss jetzt los. Die unterrichtende Schreckschraube sieht mich schon verärgert an.

Hermine1001: Wie redest du denn von deiner Lehrerin?

ArtusLöwenherz86: Glaub mir, wenn du sie kennen würdest, hättest du das gleiche Wort benutzt.

Wenn ich so seine Beschreibung lese, muss ich sofort an Frau Becker denken. Wäre irgendwie witzig, wenn sie genau jetzt die 12. Klasse unterrichten würde und mein Artus hört ihr gerade zu.

ADRIAN

Eine Doppelstunde Rechnungswesen. Ich bin so froh, dass die beiden Stunden durch eine längere Pause unterbrochen werden. 90 Minuten Frau Becker am Stück ist unmöglich auszuhalten.

Ich schreibe nur mit halber Konzentration von der Tafel ab. Ich habe bestimmt in den Ferien noch genug Zeit, den halb aufgenommenen Unterrichtsstoff zu verarbeiten.

Moment.

In den Ferien bin ich gar nicht da. Wir sind in Irland.

Ich glaube, ich muss leider doch ein paar Lernsachen auf die grüne Insel mitnehmen. Na super. Aber vielleicht kann mir Patrick ja die ein oder anderen Tipps geben. Schließlich hat er letztes Jahr genau die gleichen Prüfungen absolviert. Wenn er mir nicht helfen kann, wer dann?

Irgendwo plagt mich allerdings trotzdem ein schlechtes Gewissen. Ich hätte die Zeit zum Lernen nutzen sollen, stattdessen bin ich mit meiner Traumfrau in Irland unterwegs.

Ich beschließe, mich für den Rest des heutigen Schultages von meinem Handy nicht mehr ablenken zu lassen und mich voll auf den Unterricht zu konzentrieren. Es wird meinen Noten guttun – und mir vermutlich auch.

Kapitel 13

WILHELMINE

Es ist Samstag in der Früh und wir sitzen im Auto meiner Eltern, auf dem Weg zum Flughafen. Thea hat mir geschrieben, dass sie von Adrian abgeholt wird und sie gemeinsam mit seinem Auto zum Flughafen kommen.

Natürlich zahlen meine Eltern nicht die komplette Reise für alle, nur für Patrick und mich. Adrian und Thea haben mit ihnen abgesprochen, dass sie sich nicht nur beim Flug, sondern auch bei der Unterkunft beteiligen wollen. Schließlich kommt man sehr selten zu einem so günstigen Preis für eineinhalb Wochen nach Irland.

Thea ist schon die ganze Woche ein hibbeliges Energiebündel. Sie freut sich schon auf Irland, seit wir uns kennen. Das ist bestimmt schon einige Jahre her. Und heute kann sie endlich mit uns auf die grüne Insel fliegen.

Insgeheim freue ich mich auch auf Tante Claire und ihren Obstgarten. Ich habe dort früher als Kind sehr viel gespielt. Patrick, Adeen und ich durften ihr auch immer beim Obstpflücken helfen. Das waren noch Zeiten.

Mein Vater hat einen guten Parkplatz gefunden, der auch relativ kostengünstig ist. Wir sind das gesamte Prozedere schon ziemlich gewohnt. Schließlich fahren wir mindestens ein bis zwei Mal im Jahr zu seiner Familie, um mindestens eins der großen alljährlichen Feste dort zu feiern. Ostern in Irland ist schon immer mein Favorit gewesen.

Hermine1001: Ich bin aufgeregt.

ArtusLöwenherz86: Ich auch.

Hermine1001: Wieso du?

ArtusLöwenherz86: Na ja, weil meine Traumfrau für eineinhalb

Wochen das Land verlassen wird.

Hermine1001: Du bist süß.

ArtusLöwenherz86: Und du fliegst ja.

Hermine1001: Ich habe keine Angst vorm Fliegen. Ich habe schon aufgehört zu zählen, wie oft ich schon in ein Flugzeug gestiegen bin.

ArtusLöwenherz86: Wow. Ich bin noch nie geflogen. Und ich habe Höhenangst. Ich dürfte nicht aus dem Fenster schauen.

Hermine1001: Wenn du mal aus dem Fenster siehst und die weißen Wolken an dir vorbeifliegen, dann kannst du gar nicht mehr darüber nachdenken, ob du Höhenangst hast oder nicht.

ArtusLöwenherz86: Das stelle ich mir traumhaft vor!

Hermine1001: Vielleicht können wir ja eines Tages mal gemeinsam nach Irland fliegen. Was meinst du?

ArtusLöwenherz86: Wenn unser Treffen ein Erfolg wird und wir uns ineinander verlieben, wieso nicht?

Hermine1001: Und wenn nicht?

ArtusLöwenherz86: Dann muss wohl jeder einzeln fliegen.

Hermine1001: Und dann laufen wir uns zufällig in Irland über den Weg und verlieben uns dann da ineinander.

ArtusLöwenherz86: *Lachender Smiley* So sieht's aus, Prinzessin. *Kuss-Mund*

Wie sehr wünsche ich mir jetzt, dass Artus einfach mitkommt.

Hermine1001: Was hältst du davon, wenn du noch schnell einen Last-Minute-Flug buchst? Dann kannst du mitkommen!

ArtusLöwenherz86: Dein Flieger geht doch bestimmt schon bald, oder nicht?

Hermine1001: In vier Stunden.

ArtusLöwenherz86: Nein, das schaffe ich nicht mehr. Sorry, Prinzessin. *Kuss-Mund*

Hermine1001: Und wenn wir uns vor der Security treffen? Nur ganz kurz? Du musst mir auch gar nicht sagen, dass du da bist. Du wirst mich sowieso nicht erkennen, wenn du nicht weißt, wie ich aussehe.

ArtusLöwenherz86: Ich werde dich vielleicht nicht mit den Augen erkennen, aber ich werde spüren, wer du bist.

Hermine1001: Jetzt hast du es bewiesen.

ArtusLöwenherz86: Was?

Hermine1001: Dass in dir ein Romantiker steckt. Du bist ein Autor, durch und durch. Noch ein Grund mehr, dich ins Herz zu schließen.

ArtusLöwenherz86: Jetzt werde ich rot.

Hermine1001: Scherzkeks. *Kuss-Mund*

ArtusLöwenherz86: *Kuss-Mund*

Ich logge mich wieder aus, denn es wird jetzt Zeit, den Koffer aufzugeben. Eben noch haben wir vor dem Check-In gewartet, denn vor uns waren zwei ältere Damen, die Unterstützung von meinem Vater bekommen haben. Sonst würden wir jetzt immer noch hier sitzen. Leider war heute zum Aufgeben der Koffer nur ein Automat einsatzfähig.

»Wo bleiben eigentlich Adrian und Thea?«, fragt mich Patrick plötzlich.

»Keine Ahnung. Sie sind bestimmt schon auf dem Weg«, antworte ich.

Wilhelmine: Thea?

Thea: Wilhelmine?

Wilhelmine: Ha, ha. Wo bleibt ihr?

Thea: Ich sitze gerade neben Adrian im Auto. Wir sind jetzt erst losgefahren.

Wilhelmine: Oh man.

Ich schaue auf meine Handyuhr oben rechts und tippe schnell eine weitere Nachricht.

Wilhelmine: Jetzt müsst ihr euch aber beeilen.

Thea: Immer mit der Ruhe. Adrian hat sich noch ein bisschen länger von seinen Eltern verabschiedet. Es ist sein erster richtiger Flug, weißt du?

Wilhelmine: Verständlich. Würde mir an seiner Stelle bestimmt auch so gehen. Hast du etwas herausgefunden?

Thea: Wegen Artiboy? Bisher leider nicht. Soll ich ihn ausfragen?

Wilhelmine: Lieber nicht. Nachher ist er es wirklich noch und ich muss während des Fluges sein Händchen halten.

Thea: Wieso muss? Ich dachte, du würdest dich darüber freuen?

Wilhelmine: Ich hoffe, du hast die ironische Sprache nicht verlernt.

Thea: Mensch, Mine! Wir werden in Irland definitiv herausfinden, ob ich die ganze Zeit über Recht hatte.

Wilhelmine: Und dann werde ich auch noch Jahre später von dir zu hören bekommen, dass du Recht hattest.

Thea: Genauso ist es, Süße. Und jetzt lass' mich in Ruhe arbeiten, so dass deine einzige Sorge nur noch das Aussehen deines Hochzeitkleides wird!

Wilhelmine: Oh man, womit habe ich das verdient?

Thea: Hehe.

ADRIAN

Während Thea lachend an ihrem Smartphone klebt, versuche ich mich auf den Verkehr zu konzentrieren. Da ich noch nie alleine beim Flughafen war, habe ich mein Handy als Navi umfunktioniert, um auch schnell und ohne unnötige Umwege dort anzukommen. Leider sind wir etwas verspätet losgefahren, weil meine Eltern mir noch einiges mit auf den

Weg geben wollten – hauptsächlich Ratschläge und den Wunsch, dass ich mich mindestens drei Mal am Tag melde.

Außerdem wollte mich eine gewisse Person noch zusätzlich darum bitten, sie vor der Security zu beobachten. Ich habe ihr nicht zugesagt, aber auch nicht abgesagt. Ich werde es einfach auf mich zukommen lassen. Aber eigentlich habe ich mir zum Ziel gesetzt, dass ich es ihr bei der nächstbesten Gelegenheit sagen werde. Schließlich können wir dieses Versteckspiel nicht ewig so weiterführen. Ich werde es ihr gestehen, wenn der richtige Zeitpunkt gekommen ist. Ich hoffe, dass es vor der Security soweit ist.

Ich zucke kurz zusammen, als mein Handy vibriert und über der Navigationskarte das Symbol von *MagicTable* aufleuchtet. Sie hat mir wieder geschrieben, aber ich kann jetzt nicht antworten.

»Was war eigentlich zwischen dir und Jessi?«, fragt Thea plötzlich und erschreckt mich dabei so sehr, dass ich fast das Steuer rumreiße.

»Eine fünf Jahre lange Beziehung mit toxischem Ausgang. Wieso?«, antworte ich lässig und überspiele dabei meine Aufregung.

»Weil ich jemanden kenne, die Gefallen an dir findet.«

Mein Puls beschleunigt sich. »Kenne ich sie?«

»Ja.«

»Tut mir leid, Thea, aber mein Herz ist bereits vergeben«, antworte ich ehrlich.

»An wen?«

»Staatsgeheimnis.«

»Das ist fies.«

»Wieso?«

»Weil Frauen immer neugierig sind.«

»Männer auch.«

»Aber das ist nicht das Gleiche.«

»Ich konzentriere mich jetzt auf den Verkehr. Alles klar?«

»Okay«, antwortet sie trotzig und schenkt ihrem Handy wieder ihre volle Aufmerksamkeit.

Ich atme leise und erleichtert aus. Es ist gar nicht so einfach, Ruhe zu bewahren, wenn die beste Freundin deines Schwarms damit beginnt, dich auszufragen und du gleichzeitig dem Münchner Verkehr ausgesetzt bist, weil du in weniger als vier Stunden in einen Flieger nach Irland steigst.

Kann ich noch irgendwo Einspruch einlegen?

Ich glaube eher nicht.

Kapitel 14

WILHELMINE

Ich stehe mit meiner Familie am Security-Gate und warte auf Thea, die gerade damit beschäftigt ist, einen der letzten Zeitschriftenläden zu plündern.

»Thea?«, rufe ich vom Eingang aus nervös ins Ladeninnere.

»Sieh' dir mal diese Auswahl an Zeitschriften an!«, kommt es aus einer hinteren Ecke zurück.

Ich gehe rein und folge dem Klang ihrer Stimme. Vor uns ist ein riesiges Regal voller unterschiedlicher Magazine und Zeitschriften. Für jeden Geschmack scheint etwas dabei zu sein.

Aus Gewohnheit fahren meine Augen das Farbenspektakel sorgfältig ab, um irgendwo etwas über Filme, Serien, Musiker oder Schauspieler zu erhaschen.

Gibt es in ihnen vielleicht mehr Infos zum Konzert von *Ed Sheeran*, das nächste Woche in Dublin stattfindet? Wie gerne wäre ich dort hingegangen, aber die letzten Tickets waren leider restlos ausverkauft.

Zu meiner Überraschung stelle ich fest, dass die wirklich interessanten Hefte meilenweit von Thea entfernt sind. Sie steht in der Mädchenabteilung, wo Zeitschriften für hoffnungslos verliebte Teenager ausgestellt sind.

»Was willst du denn damit?«, frage ich sie teils neugierig, teils etwas beschämt.

»Wieso? Solche Hefte sind genauso interessant wie die Klatsch- und Tratschmagazine über unsere Lieblingsschauspieler«, verteidigt Thea ihren Geschmack.

»Vor ein paar Wochen hättest du aber noch einen großen Bogen um diese Dinger gemacht.«

»Da hatte mir aber auch Max noch nicht den Kopf verdreht. Außerdem brauchen wir irgendwas, um auf das Liebesthema zu kommen.«

»Liebesthema?«

»Na ja, ich habe Adrian auf Jessi angesprochen. Im Auto. Also ist dieses Thema, um ein Gespräch in diese Richtung zu lenken, wohl passé. Folglich bleiben nur noch Alternativen.«

»Moment ... Du hast was?«, ich lasse meinen Mund offen stehen.

»Keine Angst, Schätzchen. Adrian hat endgültig Schluss gemacht mit Jessi.«

»Sie mit ihm.«

»Das tut jetzt nichts zur Sache.«

Ich schnaube.

»*Aber* er hat mir gestanden, dass sein Herz bereits vergeben ist. Nachdem er dich so anschmachtet, müsste es wohl klar sein, wo er es gelassen hat. Findest du nicht?«

Ich seufze und beschließe den Laden zu verlassen, als Thea mich am Arm packt und zu sich zieht. Ich sehe sie verblüfft an und bemerke, dass sie mir ein Zeichen mit ihrem Kopf gibt, in eine bestimmte Richtung zu schauen.

Ich tue, wie mir empfohlen – oder soll ich sagen befohlen? – und sehe zwischen zwei Plakaten, die am Fenster angebracht worden sind, wie sich Adrian mit Patrick unterhält. Er steht meinem Bruder gegenüber, dessen Rücken auf uns gerichtet ist. Folglich ist es für Adrian kinderleicht, mich zu beobachten.

»Dieser Stalker«, flüstere ich leise.

»Verliebter Stalker trifft es wohl eher.« Theas Kichern, das danach folgt, lässt meinen Puls nicht unbedingt ruhiger werden.

»Ich gehe mal raus und unterhalte mich mit ihnen. Und du solltest dich lieber mit deinem Einkauf beeilen. Wir müssen gleich zur Security«, sage ich zu meiner besten Freundin.

Thea schnaubt verächtlich. »Ach Mine, ich habe alles im Griff.«

Ich gehe aus dem Laden und stelle mich direkt neben Patrick. »Hey Jungs.«

»Oh, hey Mine. Hast du Thea gesagt, dass sie langsam mal zu uns kommen sollte?«, begrüßt Patrick mich.

»Habe ich, aber sie hört nicht auf mich«, antworte ich lachend.

»Dann lass' mal einen Profi ran«, entgegnet mein Bruder und verschwindet.

Jetzt bin ich mit Adrian alleine. Meine Eltern stehen weiter abseits in der Nähe des Security-Bereiches und unterhalten sich auf Englisch über die kommende Zeit in Irland. So wie es aussieht, hat Tante Claire in ihrem Haus doch nicht genügend Platz für uns alle. Allerdings komme ich nicht dazu, ihr Gespräch weiter zu belauschen, denn mir fällt schlagartig wieder meine Abmachung mit Artus ein. *Security. Ich bin am Security-Gate. Wo ist er?*

»An was denkst du?«, fragt Adrian mich plötzlich, was mich sofort zusammenzucken lässt.

Ich sehe ihn an. Er blickt mir direkt ins Gesicht, was mir augenblicklich Blut in die Wangen schießen lässt.

»Eigentlich an nichts«, lüge ich.

Mein Handy vibriert.

Ohne auf Adrians Antwort zu warten, schäle ich es aus meiner Tasche und öffne die *MagicTable*-App.

ArtusLöwenherz86: Und? Wie ist es so vor der Security?

Hermine1001: Es ist leerer, als ich zunächst vermutet habe. Bist du hier?

ArtusLöwenherz86: Ja.

Mein Herz schlägt. Und schlägt. Es beschleunigt mit jedem Schlag sein Tempo, so dass ich mir nicht mehr sicher bin, ob ich es heil durch den Sicherheitscheck schaffe.

Hermine1001: Wo bist du?

»Wilhelmine, ich wollte mit dir reden. Es ist sehr wichtig«, sagt Adrian plötzlich.

Doch ich habe gerade keinen Kopf für ihn. Besonders jetzt, wenn mein Handy wieder vibriert.

ArtusLöwenherz86: Sag' mir die Farbe deines Shirts, damit ich mir sicher sein kann, dass du es bist.

Hermine1001: Aber nur, wenn du mir auch die Farbe deines Shirts sagst!

»Wilhelmine?«

»Sorry, Adrian, aber ich habe gerade eine wichtige Nachricht auf dem Handy, die ich beantworten muss. Können wir auch nachher reden?«

Ich hoffe sehr, dass es für ihn okay ist. Ich habe ein schlechtes Gewissen, ihn einfach so im Regen stehen zu lassen, aber Artus ist mir wichtiger. Besonders jetzt. Dass er mit mir schreibt, während Adrian ohne sein Handy in der Hand vor mir steht, ist ein eindeutiger Beweis, dass sich Thea geirrt haben muss. Artus ist nicht Adrian. Das ist unmöglich.

ArtusLöwenherz86: Okay.

Ohne zu zögern, schreibe ich Artus die Farbe meines Shirts.

Hermine1001: Schwarz.

ArtusLöwenherz86: Rot.

Sofort scannen meine Augen sämtliche Besucher des Bereiches hier ab. Ich sehe ein paar Japaner, die ich sofort ausschließe. Schließlich ist die Hälfte der achtköpfigen Gruppe weiblich und sie steuern schnurstracks auf die Security zu.

Er hat doch gar keinen Flug gebucht. Also muss er weiter abseits sein.

Ich lasse meinen Blick zu den anderen Schaltern wandern, an denen die Koffer aufgegeben werden, doch auch dort steht nur ein Paar, das sich innig küsst und ein Mann in einem Anzug, der sich gerade mit einer Frau am Infoschalter unterhält.

Einen Mann mit einem roten Shirt kann ich nirgends erkennen.

Ich sehe Adrian an, der vor mir steht und mich immer noch angespannt mustert. »Tut mir leid, Adrian. Ich habe gleich Zeit für dich, okay?«

»Wilhelmine, ich ...« Den Rest seines Satzes höre ich nicht mehr bewusst, denn meine volle Aufmerksamkeit gehört wieder meinem Smartphone.

Hermine1001: Ich sehe dich nicht.

ArtusLöwenherz86: Dann sind wir entweder beide nicht am selben Security-Gate oder an einem anderen Flughafen oder in einer jeweils anderen Sphäre.

Hermine1001: Wahrscheinlich Letzteres. Dieser Sicherheitsbereich ist der einzige, den ich hier kenne.

ArtusLöwenherz86: Tut mir leid, Mine. Ich glaube, wir müssen mit unserem Treffen noch bis nach deiner Reise warten.

Hermine1001: Leider.

ArtusLöwenherz86: Nicht traurig sein. Ich bin ja immer bei dir. In deinem Smartphone.

Hermine1001: Ich zeige dir alles, wenn auch nur über Fotos.

ArtusLöwenherz86: Auch dich selbst?

Hermine1001: Reine Verhandlungssache.

Etwas enttäuscht blicke ich auf und sehe meine Eltern, die uns zuwinken. Das ist das Zeichen, dass es jetzt los geht.

Gleichzeitig kommen auch Thea und Patrick aus dem Laden. Meine beste Freundin sieht genervt aus, während Patrick breit grinst.

Ich sehe zu Adrian. Seine Augen sind weit aufgerissen und er atmet schwer.

»Ist alles gut mit dir?«, frage ich ihn.

Es dauert ein paar Sekunden, bis er antwortet. »Ja. Ich ... Ich habe nur Flugangst.«

»War es das, was du mir sagen wolltest?«, frage ich ihn mit einem schlechten Gewissen.

»Ja«, antwortet er kurz und knapp.

»Keine Sorge. Ich bin schon so oft geflogen, da kann dir gar nichts passieren.«

Der Angesprochene nickt und wendet sich schließlich Patrick zu. »Hat's geklappt?«

»Volltreffer«, antwortet Patrick.

»Ich wäre auch ohne dich pünktlich aus dem Laden gekommen«, sagt Thea und streckt Patrick die Zunge raus.

»Ganz bestimmt, Miss *Ich-Bin-So-Verliebt*!«

»Im Gegensatz zu dir, bin ich das auch!«, antwortet Thea ihm trotzig.

»Überraschung! Ich auch!«

»In wen?«

»Sag' ich dir nicht!«

Ich verdrehe die Augen. »Patrick, seit wann bist du so kindisch?«

»In Theas Anwesenheit kann ich nicht anders.«

»Na warte, du ...«, Ich packe Thea am Arm und halte sie davon ab, Patrick ihre Hefte auf den Kopf zu schlagen.

»Thea. Denk' an Max, dann kann Patrick dir nichts anhaben.«

»Pfff ...«

ADRIAN

Mines Eltern warten schon ganz ungeduldig auf uns. Ich kann es ihnen nicht verdenken, denn mit jeder Minute, die wir warten, schrumpft unsere Zeit im Bereich der *Duty-Free*-Shops. Es wundert mich ja ein wenig, dass Thea nicht dort ihre wichtigen Frauenmagazine gekauft hat.

Der Plan von Patrick scheint aufgegangen zu sein. Ich kann es kaum glauben, dass wir das wirklich gemacht haben. Im Flugzeug muss ich unbedingt den Chatverlauf nachlesen! Aber ich bin gleichzeitig traurig, denn wir hätten das nicht machen sollen. Ich hätte einfach als Artus ihre Bitte ablehnen, und ihr – statt etwas mit Patricks Hilfe vorzuspielen –

einfach die Wahrheit sagen sollen. Hier und jetzt, vor dem Security-Gate. Aber dafür ist es jetzt zu spät. Ich habe es verbockt. Mein Mund wollte einfach nicht die richtigen Worte formen und gleichzeitig hatte ich Wilhelmines Aufmerksamkeit verloren. Diese galt nicht mir, sondern nur Artus. Das muss sich dringend ändern.

Wilhelmine dreht sich nach allen Seiten um, während wir Richtung Security gehen. Immer und immer wieder. Es tut mir im Herzen weh, sie dabei zu beobachten. Was soll ich tun? Es ihr jetzt sofort sagen? Bevor es zu spät ist? Noch könnte ich die Reise abbrechen. Mein Koffer kommt bestimmt wieder zu mir zurück, wenn ich einfach hierbleibe.

Soll ich?

Soll ich nicht?

Patrick gibt mir einen Rempler. »Adrian! Hör' auf, darüber nachzudenken! Wir reden gleich darüber. Aber erst im *Duty-Free*-Bereich.«

Ich nicke kaum merklich. Je näher wir nun dem Personal der Sicherheitskontrolle kommen, desto angespannter werde ich.

Ich kopiere die Taten der anderen, in dem ich eine der grauen Boxen nehme und mein Handy sowie meinen kleinen schwarzen Rucksack dort hineinlege, damit diese kontrolliert werden können.

Dann ist mein Körper dran. Ich muss einen Lachanfall unterdrücken, weil das ernste Gesicht des Mannes, der mich an kitzligen Stellen berührt, so gar nicht zur aktuellen Situation passt. Wo bin ich hier gelandet?

Ich stelle mir kurzzeitig vor, wie es wohl sein muss, wenn man auf das *Raumschiff Enterprise* eingeladen wird. Sind die Sicherheitschecks in SciFi-Welten genauso witzig wie die in der realen Welt? Gibt es überhaupt SciFi-Welten mit Sicherheitskontrollen?

Ich muss meine Schuhe ausziehen und sie in eine weitere graue Box legen. Danach winkt mich das Personal durch und ich kann mein Hab und Gut wieder nehmen und anziehen.

Ufff ... Geschafft.

Bei Mine lief nicht alles so locker wie bei mir. Sie sitzt auf einem Stuhl und sieht die Frau, die neben ihr steht, etwas misstrauisch an.

»Sie können gehen.«

126

»Danke!«

Patrick beobachtet seine Schwester und fragt sie lachend: »Hast du etwas bei dir versteckt?«

»Bruderherz, da du schon so oft mit mir gereist bist, dürftest du wissen, dass es so gut wie noch keinen Flug gab, bei dem ich vorher nicht auf diesem schicken Stuhl sitzen durfte.«

Patrick lacht glucksend.

»Mich erwischt es immer«, sagt Mine an mich gewandt.

Ich lächle sie an und sie lächelt zurück.

Wir verbringen die Zeit im *Duty-Free*-Bereich in drei Gruppen. Mines Eltern besuchen einen Shop mit Teesorten, Mine und Thea sind zu den Toiletten und Patrick und ich chillen auf einer Sitzbank, die uns einen guten Überblick über das Geschehen ermöglicht.

»Siehst du das schicke rote Auto da vorne? Sie stellen immer eines der neusten Modelle oder so hier aus.«

»Ja, ganz nett«, antworte ich ein wenig gelangweilt.

»Langweile ich dich etwa?«

»Nein, das scheint nur so«, antworte ich lachend.

»Mein Plan mit dem Chat im Zeitungsladen hat prima funktioniert.«

»Ja?«

»Ja. Allerdings gab es eine kleine Planänderung.«

Mir stockt der Atem. »Welche denn?«

Patrick sieht mich mit großen Augen an und seufzt einmal tief.

»Patrick, sag schon! Ich muss es wissen!«

Mein bester Freund sieht sich in alle Richtungen um, ehe er antwortet.

»Thea weiß Bescheid.«

»Was weiß sie?«

»Dass wir es wissen.«

»Was wissen?«

»Dass wir wissen, dass Mine Mine ist.«

»Also weiß sie auch, dass ich Artus bin?«

»Jep.«

»Ich bin am Ende.«

»Ach was, am Ende bist du noch lange nicht.«

»Jetzt ist es aus.«

»So ein Quatsch. Dir stehen noch alle Türen offen.«

»Mine wird mich hassen.«

»*Adrian!*«, Patrick ist aufgestanden und steht mir gegenüber. »Jetzt reiß dich doch mal zusammen! Und hör' auf, dich im Selbstmitleid zu suhlen! Hör' mir zu.«

Angespannt und überrascht hebe ich meine Augenbrauen.

»Ich habe Thea versprechen müssen, dass ich sie nicht auf ein Date einladen werde, wenn sie dafür dichthält.«

»Und du glaubst, das wirkt?«

»Ja, sie will mich nämlich nicht daten. Bei *Oliver's* gab's ja den einen Max, dem ich wohl nicht das Wasser reichen kann.«

Ich berühre tröstend Patricks linke Schulter, um ihm mein Mitgefühl auszusprechen. »Mach' dir nichts daraus. Andere Mütter haben auch schöne Töchter.«

»Aber keine ist wie Thea.« Er macht eine kurze Pause. »Und ich habe ihr versprechen müssen, dass wir Mine so bald wie möglich die Wahrheit sagen.«

Ich seufze. »Das habe ich versucht, vorhin, als du mit ihr geschrieben hast. Ich hätte nicht auf dich hören sollen und es ihr einfach offline gestehen müssen. Ohne dieses ganze Getue am Security-Gate.«

»Tja, dafür ist es jetzt zu spät.«

»Ich bin am Ende.«

»Wir finden eine Möglichkeit, wenn wir mal in Irland sind, glaub mir. Vielleicht am Strand? Der ist sehr romantisch.«

Ich seufze. »Na gut. Was anderes wird mir jetzt sowieso nicht mehr übrigbleiben. Ich werde mein Bestes geben und die nächstmögliche Gelegenheit nutzen.«

»Das hoffe ich für dich.« Jetzt sieht Patrick ein wenig betrübt aus.

»Weißt du, was wir jetzt machen?«, frage ich ihn.

»Nein, was?«

»Siehst du den *FC-Bayern*-Fanshop da drüben?«

»Ja, dort war ich tatsächlich noch nie drin.«

»Dann wird's aber höchste Zeit!«

WILHELMINE

Ich stehe an den Waschbecken der Damentoilette und betrachte mein Spiegelbild. Meine Augen sehen etwas übermüdet aus und meine Wangen leuchten mir noch immer etwas errötet entgegen, was mich, merkwürdigerweise, ein wenig an Schneewittchen erinnert.

Die kleinen rechteckigen Fließen an der Wand sind herrlich bunt. Sie bilden einen schönen farblichen Kontrast zu meinem Ebenbild. Diese Kombination wäre schön zum Fotografieren und Bestaunen geeignet, wenn ich nicht so nervös wäre. Besonders jetzt, nachdem mich Artus vielleicht gesehen hat und es nicht zugeben will.

Ja, vielleicht hat er mich ja tatsächlich gesehen, mir aber nichts davon erzählt, weil er mich hässlich findet?

»Ihre Haare sind schwarz wie Ebenholz. Ihre Haut, weiß wie Schnee und ihre Wangen so rot wie Blut ...«

»Ich will dein schönes Gedicht ja nicht unterbrechen, aber sollte das nicht *Lippen* statt *Wangen* heißen?«, unterbreche ich meine beste Freundin mit ihrer Stichelei.

»Ich weiß. Ich wollte dich nur ein wenig ablenken.«

»Du meinst aufziehen.«

»Nein, ablenken. Du siehst aus, als würde dir sowas guttun.«

»Ich habe mit Artus geschrieben, vorhin am Gate. Er kann unmöglich Adrian sein, denn er stand mir zur gleichen Zeit ohne sein Smartphone gegenüber.«

»Bist du dir sicher?«

»Ach Thea, ich weiß es doch auch nicht. Seit unserem Telefonat beim Filmabend weiß ich sowieso nicht mehr, was ich denken soll.«

»Inwiefern?«

»Seine Stimme! Sie kam mir so bekannt vor. Als hätte ich sie schon irgendwo mal gehört. Aber das kann unmöglich sein.«

Plötzlich trifft mich eine leichte Wasserfontäne von der Seite. Thea hat den Wasserhahn aufgedreht.

»Hey! Was soll das?«

»Ich sagte ja, Ablenkung tut dir gut.«

Ich wische mir das Wasser aus dem Gesicht und verschränke meine Arme.

Thea seufzt unhörbar und wäscht sich ihre Hände. »Ich glaube trotzdem weiterhin fest daran, dass Artiboy Adrian ist.« Sie kaut nervös auf ihrer Unterlippe herum. »Beobachte ihn einfach weiterhin, dann wirst du das schon sehen.«

Vor dem Spiegel streicht sie ihre Frisur zurecht. Die Anhänger an ihrem Heavy-Metal-Bettelarmband fliegen dabei aufgeregt hin und her.

»Ja, ich werde ihn beobachten. Aber was soll das? Wenn Artus wirklich Adrian ist, warum spüre ich das dann nicht?«

»Hast du nicht gesagt, dass Adrians Anwesenheit ein Kribbeln in der auslöst? Dasselbe wie bei euren Chatgesprächen und eurem Telefonat?«

»Nicht ganz dasselbe. Vielleicht liegt es auch einfach daran, dass er ein Junge ist, der mir optisch zusagt. Aber manchmal habe ich tatsächlich das Gefühl, dass er mich an Artus erinnert. Seine Art, sein Humor, wenn er mit Patrick spricht ...«

»Das sind doch alles eindeutige Anzeichen, Mine! Und außerdem hast du bei David doch auch nie so etwas ähnliches gespürt.«

»Wahrscheinlich, weil ich insgeheim wusste, dass David ein Arsch ist.«

Thea lacht laut auf. »Ja, vermutlich. Das wusste dein Unterbewusstsein womöglich sogar schon, bevor David und du ein Paar wurdet.«

»Damals war er anders. Er war ein richtiger Sonnenschein in meinem Leben. Ich konnte ja nicht ahnen, dass er im Laufe unserer Beziehung immer kälter wird und schließlich fremdgeht. Dass meine Gefühle für ihn nicht mehr präsent waren, habe ich auch erst dann so richtig bemerkt. Apropos, er hat mir wieder geschrieben.«

»Und? Was hast du gemacht?«

»Die Nachricht wieder gelöscht.«

»Gut so. Irgendwann wird er schon merken, dass du mit ihm abgeschlossen hast.«

Ich beobachte eine blonde Frau, die von der Toilettenkabine zum Spiegel geht und ihre Wimperntusche nachzieht. Dieser Anblick lässt mich sofort an Nathalie zurückdenken.

»Meinst du, David hat mich schon immer betrogen? Auch vorher schon? Als er so unnahbar wurde?«

Thea seufzt und mustert mich streng. »Was ich glaube, tut nichts zur Sache. Wichtig ist, dass er dir jetzt nicht mehr wehtun kann.«

»Ja, diese Zeiten sind vorbei.«

ADRIAN

»Warum kann man hier Wasserflaschen kaufen, wenn man diese im Handgepäck doch gar nicht mitnehmen darf?«

»Glaub mir, Adrian, diese Frage stelle ich mir auch schon seit Jahren. Es gibt Logiken, die man nicht verstehen muss.«

Ich lache über Patricks Antwort.

Unser Ausflug in den FC-Bayern-Shop war relativ schnell wieder vorbei, weil uns die Artikel dort doch etwas zu überteuert waren. Also sind wir in einen anderen Laden gegangen, wo es unter anderem Jodel-Apparate gibt. Bis vor kurzem wusste ich gar nicht, dass so etwas überhaupt existiert.

Ich zücke mein Smartphone, während Patrick weiter durch die Regale irrt.

ArtusLöwenherz86: Und? Seid ihr schon im Flieger?

Hermine1001: Nein, noch nicht. Wir waren gerade auf der Damentoilette. Meine beste Freundin hat mich dort mit Schneewittchen verglichen.

ArtusLöwenherz86: Wieso? Hast du einen Apfel gegessen?

Hermine1001: Nein. Aber du wolltest doch wissen, wie ich aussehe.

ArtusLöwenherz86: Wie Schneewittchen?

Hermine1001: Ja.

ArtusLöwenherz86: Na toll. Jetzt habe ich Bilder im Kopf. Mir wäre eines auf dem Smartphone lieber gewesen.

Hermine1001: Ich sagte ja bereits: Reine Verhandlungssache.

ArtusLöwenherz86: Und was bedeutet das auf Deutsch?

Hermine1001: Dass wir darüber verhandeln können.

ArtusLöwenherz86: Na schön. Was willst du dafür?

Hermine1001: Ich überlege mir was.

ArtusLöwenherz86: Du bringst mich noch um den Verstand.

Hermine1001: Genau das ist der Plan. *Kuss-Mund*

ArtusLöwenherz86: Ich kann es kaum erwarten, dass wir uns sehen. Du musst mich dann unbedingt kneifen, damit ich auch sicher weiß, dass es *echt* ist. *Kuss-Mund*

Hermine1001: Ich kann es auch kaum erwarten! *Kuss-Mund*

Mit einem mulmigen Gefühl in der Magengegend, stecke ich mein Smartphone wieder weg.

Sie freut sich auch auf unser Treffen. Sie ahnt bisher nicht, mit wem sie schreibt. Soll ich ihr versteckte Hinweise geben? Soll ich es ihr einfach vor dem Abflug sagen? Oder soll ich noch warten? Ich weiß langsam nicht mehr, was der richtige Weg ist. Ich weiß nur, dass ich eine Lösung finden muss, die mich aus meiner Lage befreit und das möglichst schnell, bevor es wirklich zu spät ist.

Mein Handy vibriert. Als ich auf das Display sehe und den Namen des Absenders lese, gehe ich sofort online.

Mama: Adrian, ich will dir deine Reise nicht verderben, aber Marion hat mir wieder geschrieben. Sie hat mir die Frau beschrieben, mit dem sie deinen Vater gesehen hat.

Adrian: Und? Wie sah sie aus?

Mama: Warte, ich leite dir die Nachricht weiter.

Mama: *WEITERGELEITET MARION SCHRIEB: Ich habe sie heute wieder mit deinem Mann gesehen! Sie waren in einem Fast-Food-Restaurant! Blonde Haare, eine spitze Nase, ein rosa Kleid*

132

und eine Menge Schminke hatte sie ihm Gesicht. Kennst du die?

Ich halte inne, während ich die einzelnen Wörter nochmal langsam lese. Diese Beschreibung trifft haargenau auf Jessika zu. Aber meine Ex-Freundin ist nicht mal halb so alt wie mein Vater. Ich kann mir unmöglich vorstellen, dass er meine Mutter mit ihr betrügen würde.

Mein Vater ist zwar in vielem nicht mein Vorbild, aber im Umgang mit Frauen, habe ich ihm doch einiges abgeschaut. Die Geschenke, die er meiner Mutter immer zum Kennenlern- und Hochzeitstag gemacht hat, waren schon immer eine Inspiration für mich. Er hat meine Mutter noch nie geschlagen und wenn es Streit zwischen den beiden gab, hat er seine Stimme stets gezügelt, so dass schnell wieder Ruhe eingekehrt ist. Wenn Mum Recht hatte, gab er ihr auch Recht und gestand seine Fehler ein. Zwar, laut meiner Mum, auch nicht immer, aber stets, wenn ich dabei war.

Deswegen konnte ich Mums Aussage kaum glauben, als sie mir von Marions Verdacht erzählt hatte. Ich werde das Gefühl, dass Marion meine Mum bloß auf den Arm nehmen will, einfach nicht los. Vielleicht wäre sie ja gerne mit meinem Vater zusammen und versucht nun, einen Keil zwischen die beiden zu treiben.

Adrian: Ich kann mir nicht vorstellen, dass das Jessika sein soll. Marion will dich bestimmt nur auf den Arm nehmen. Meine Ex hat zwar eine Vorliebe für ältere Männer, aber doch nicht für Papa.

Mama: Wie kannst du dir da so sicher sein?

Adrian: Ganz einfach: Es gibt sehr viele blonde Frauen mit rosa Kleidern und viel Schminke im Gesicht in unserer Stadt. Hat Marion denn vermutet, dass es Jessika sein könnte?

Mama: Nein, das war nur gerade mein Gedanke. Und weil ich dachte, dass du vielleicht etwas weißt.

Adrian: Nein, Mama, glaub mir. Ich bin da genauso ratlos. Wie wäre es, wenn du Papa einfach mal darauf ansprichst?

Mama: Das ist oft leichter gesagt, als getan.

Adrian: Das kannst du laut sagen.

Mama: Apropos, wie läuft es mit deiner neuen Liebe?

Adrian: Woher weißt du davon?

Mama: Meinst du, mir fällt nicht auf, dass du bis über beide Ohren gestrahlt hast, als du uns von deiner Reise nach Irland mit Wilhelmine erzählt hast?

Adrian: *lachender Smiley* Ach, das ist eine lange Geschichte. Bring du die Sache mit Papa in Ordnung, dann erzähle ich sie dir vielleicht.

Mama: Na schön. Danke, mein Schatz. Ich halte dich auf dem Laufenden. Wann geht dein Flieger?

Adrian: In weniger als einer halben Stunde.

Mama: Ich wünsche dir einen guten Flug! Melde dich bitte, wenn ihr gelandet seid, ja?

Adrian: Danke, Mama. Ja, das werde ich. Grüße Papa von mir.

Mama: Mache ich. Bis später.

Adrian: Danke. Bis später!

Ich stecke mein Smartphone weg. Jessika, die Affäre meines Papas? Niemals. Ich kann mir, erstens, gar nicht vorstellen, dass er überhaupt fremdgeht, und zweitens, erst recht nicht mit meiner Ex. Jessika steht zwar auf Männer, die ein paar Jahre älter sind, aber nicht doppelt so alt. Das wäre ja absurd.

»Da bist du ja«, holt mich Patrick in die Gegenwart zurück.

»Ja, ich war nie woanders«, entgegne ich.

»Gut. Lass uns zum Gate gehen. Unser Flug wird bald aufgerufen.«

Ich nicke und folge Patrick durch die grell erleuchteten Regale in Richtung Flugzeuge.

Kapitel 15

WILHELMINE

Ich sitze mit Thea an unserem Gate und warte auf das offizielle Signal des Personals, dass wir in den Flieger steigen können. Wir sehen ihn schon draußen vor dem Fenster. Dieses Mal müssen wir nicht mit dem Bus fahren, sondern können gleich direkt einsteigen. Adrian hat auch bereits Fotos vom Flugzeug gemacht und seinen Eltern geschickt, die uns allen einen guten Flug gewünscht haben.

Hermine1001: Schade, dass wir uns nicht sehen konnten.

ArtusLöwenherz86: Du weißt doch, eines Tages fliegen wir gemeinsam.

Hermine1001: Wird das eines unserer gemeinsamen Lebensziele?

ArtusLöwenherz86: Eines von ganz vielen. *Kuss-Mund*

Hermine1001: Super! *Kuss-Mund*

Hermine1001: Artus?

ArtusLöwenherz86: Ja?

Hermine1001: Ich muss jetzt dann gleich meine mobilen Daten ausschalten.

ArtusLöwenherz86: Wieso das denn?

Hermine1001: Das musst du immer beim Fliegen. Weil du sonst die Piloten mit deinem Signal stören könntest.

ArtusLöwenherz86: Ach so, das wusste ich gar nicht.

Hermine1001: Du bist echt noch nie geflogen.

ArtusLöwenherz86: Nein, aber ich lerne ja von der Besten. *Kuss-Mund*

Hermine1001: Hihi. *Kuss-Mund* Du weißt, was das bedeutet,

135

oder?

ArtusLöwenherz86: Dass wir nicht mehr schreiben können ...

Hermine1001: Falls der Flieger abstürzt, sogar gar nicht mehr.

ArtusLöwenherz86: MINE!

Hermine1001: Sorry. Das wird mir nur jedes Mal bewusst, wenn ich an diesem Punkt angelangt bin. Vor dem Gate, wenige Augenblicke vor dem Flug.

ArtusLöwenherz86: Was sagt man dann so zum Abschied?

Hermine1001: Ich weiß nicht. Ich habe mich vor dem Flug noch nie bei jemandem verabschiedet, weil eigentlich alle Personen, die mir wichtig sind, immer bei mir waren.

ArtusLöwenherz86: Oh. Okay. Wie lange dauert dein Flug?

Hermine1001: Meistens zwischen zweieinhalb und drei Stunden.

ArtusLöwenherz86: So lange ...

Hermine1001: Und wenn ich angekommen bin, haben wir auch noch eine unterschiedliche Zeitzone.

ArtusLöwenherz86: Das wird ja immer besser.

In diesem Augenblick ertönt die Melodie an Gate »F« und ich weiß, dass das unser Signal ist.

Ich sehe zu meinen Eltern und Patrick, die alle drei aufstehen, und zu Thea, die mir aufgeregt zunickt. Nur Adrian scheint von seinem Handy vollkommen abgelenkt zu sein. Hat er das Signal überhaupt gehört?

ArtusLöwenherz86: Ich bin aufgeregt.

Hermine1001: Das musst du doch gar nicht. Ich fliege doch, nicht du.

ArtusLöwenherz86: Aber trotzdem.

Hermine1001: Das Signal kam gerade. Jetzt gehts los.

ArtusLöwenherz86: Mine?

Hermine1001: Ja, Artus? Ich melde mich nochmal ganz kurz im

Flieger, bevor wir starten.

ArtusLöwenherz86: Okay.

Ich stecke mein Handy weg und folge Thea durch die Menschenmasse, die sich im Laufe der letzten Minuten doch noch angesammelt hat. Offenbar gibt es mehrere Leute, die zu Ostern nach Dublin fliegen.

Unser Zielort ist ein paar Meilen von der Hauptstadt entfernt, daher nehmen wir immer einen Mietwagen, um den Rest der Strecke zurückzulegen. Dieses Mal ist es vermutlich ein größeres Auto, bei so vielen Mitreisenden.

Ich zeige der netten Dame mit Halstuch meinen Personalausweis sowie mein Ticket. Sie nimmt es mir aus der Hand und hält es an ein rotes Licht, das sofort grün aufleuchtet. Anschließend gibt sie mir die Sachen wieder zurück und es öffnet sich die Schranke, die mich nun passieren lässt.

Es ist jedes Mal ein aufregendes Gefühl.

Jedes Mal. Obwohl ich schon gar nicht mehr mitzähle, wie oft ich schon geflogen bin.

Wir gehen über die Brücke, hinein in den Flieger.

Mein Sitzplatz ist direkt am Fenster und neben Thea, die in der Mitte sitzt. Ich wollte erst mit ihr tauschen, aber ihr ist der Fensterplatz doch nicht ganz geheuer. Neben ihr sitzt Patrick, direkt hinter mir sitzt Adrian und meine Eltern neben ihm.

»Kann ich nicht lieber einen Platz am Gang haben?«, fragt Thea Patrick nervös.

»Wieso? Dann sitzt du ja gar nicht mehr neben Mine.«

»Ja, das schon. Aber ich würde mich am Gang sicherer fühlen.«

»Nein«, antwortet Patrick.

»Ist das dein letztes Wort?«, hakt Thea nochmal nach.

»Ja.«

Sie schnaubt.

»Ich passe schon auf dich auf.«

Thea schnaubt nochmal.

Doch ich kann ihr nicht helfen, denn ich muss noch schnell Artus schreiben.

Hermine1001: So, ich bin im Flieger.

ArtusLöwenherz86: Super! Und? Aufgeregt?

Hermine1001: Und wie! Meine beste Freundin streitet gerade mit meinem Bruder um den Platz am Gang. Solche Diskussionen habe ich sonst immer nur erlebt, wenn es um den Fensterplatz ging.

ArtusLöwenherz86: Haha. *Kuss-Mund*

Hermine1001: Ich wünschte, du wärst hier. *Kuss-Mund*

ArtusLöwenherz86: Aber das bin ich doch.

Hermine1001: Ich weiß, in meinem Smartphone.

ArtusLöwenherz86: Mine?

Hermine1001: Ja, Artus?

Ich bin nervös, denn lange werde ich nicht auf seine Antwort warten können. Die Durchsage von einem Crew-Mitglied hat die Fluggäste auch gerade nochmal daran erinnert, dass die mobilen Daten abzuschalten sind.

Ich werde immer nervöser, je länger ich das Stift-Symbol aufleuchten sehe, das immer angezeigt wird, wenn der Chatpartner gerade mit dem Tippen beschäftigt ist.

Was willst du mir sagen, Artus? Beeile dich bitte.

Als dann endlich die neue Nachricht im Chat angezeigt wird, erstarre ich vor Überraschung.

ArtusLöwenherz86: Ich liebe dich.

Mein Herz pocht aufgeregt. So schnell hat sich mein Puls noch nie angefühlt. Nicht einmal während Davids Anwesenheit.

Die Handbewegungen der Stewardessen über den Vorgang bei einer Notlandung oder Katastrophe, tragen gerade auch nicht dazu bei, ihn wieder schneller zu senken.

Es wird Zeit zum Antworten, bevor es zu spät ist.

Hermine1001: Ich liebe dich auch.

Meine Hände zittern, als ich diese vier Wörter abschicke. Sie fühlen sich richtig an. Richtiger als jede Entscheidung, die ich in meinem Leben jemals getroffen habe. Von diesem Moment an, nehme ich mir fest vor, Artus kennenzulernen. Egal, wer er in Wirklichkeit ist. Ich habe mich in *ihn* verliebt. In seine Art, seinen Humor, seine Stimme, seinen Charakter.

Inzwischen bin ich mir gar nicht mehr sicher, ob Thea wirklich Recht hat. Aber Adrian kann unmöglich Artus sein. Wie hätte Adrian schließlich als Artus vor der Sicherheitskontrolle mit mir schreiben sollen, wenn er sein Smartphone gar nicht in der Hand hatte?

Sicher, es gibt viele Indizien, die eher für Adrian sprechen, aber die wenigen Punkte, die dies widerlegen, scheinen mir dann doch eindeutiger zu sein. Ich werde mich einfach bei unserem Date überraschen lassen müssen. Was bleibt mir schließlich anderes übrig?

Ich habe gerade eine besondere Nachricht von ihm bekommen, mit der ich noch vor ein paar Tagen nicht gerechnet hatte. Mit dem Geständnis, dass er mich liebt.

Artus liebt mich. Der Unbekannte. Der Fremde. Der unsichtbare Mann aus dem Internet, der mein Herz im Sturm eroberte.

»Mine, siehst du dir mit mir die Zeitschriften an? Wir können auch ein Quiz machen, welcher Typ Mann zu uns passt!«

Ich spüre die Anspannung in Theas Stimme. Das Flugzeug setzt sich gerade langsam in Bewegung und fährt auf die Startbahn zu.

»Gleich, Thea. Jetzt kommt erst der Start. Danach können wir machen, was immer du willst«, beruhige ich sie.

»Hast du gehört, Thea? Was immer du willst!«, zieht Patrick sie lachend auf und hebt seine Augenbrauen auf eine verführerische Weise.

»Sehr witzig, Witzbold.«

»Jetzt sitzen wir den ganzen Flug über nebeneinander. Toll, nicht wahr? Ist doch fast wie ein Date.«

»Noch ein Wort und ich sage es ihr! Und meine Faust redet gleich noch mit!«, zischt Thea meinen Bruder wütend an.

Dieser hebt schützend die Hände hoch. »Ist ja gut!«

139

»Ihr was sagen?«, mische ich mich neugierig ein.

Patrick touchiert Thea ganz vorsichtig mit seinem Ellenbogen. »Dass Patrick ein mega gutaussehender Kerl ist, natürlich.«

Thea verdreht die Augen. »Er hat mir von seinem Schwarm erzählt und ich wollte ihr sagen, dass er auf sie steht, wenn er mich nicht in Ruhe lässt«, antwortet sie schließlich.

»Oh, echt? Patrick steht auf jemand anderen als auf sich selbst?« Ich schaue neckisch zu meinem Bruder.

»Konzentriert euch lieber mal auf den Flug!«

Kaum hat Patrick diesen Satz ausgesprochen, betätigt der Pilot das Gaspedal der Maschine und der Flieger nimmt rasend schnell an Fahrt auf.

Obwohl ich jedes Mal angespannt bin, ist das mein Lieblingsteil vom gesamten Flug. Man kann richtig die Wucht und die physikalischen Kräfte spüren, die auf das große Gefährt einwirken. So beeindruckend und gleichzeitig so beängstigend. Ich halte jedes Mal die Luft an, obwohl ich eigentlich normal weiter atmen müsste, damit meine Ohren den schnellen Wechsel des Höhenunterschieds besser ausgleichen können.

Ich tippe Thea auf die Schulter, um ihr die Aussicht aus unserem Bullauge zu zeigen. Ihre Augen weiten sich, als sie die Häuser wahrnimmt, die von hier oben zunächst einer Zigarettenschachtel ähneln und dann immer kleiner werden, als wären sie aus der originalgetreuen Landschaft einer Modelleisenbahn entsprungen.

Thea schnappt nach Luft. »Wie hältst du das all die Jahre nur aus?«

»Ach, glaub mir, wenn du das ein paar Mal machst, ist es zwar immer noch aufregend, aber irgendwann fühlt es sich ganz normal an.«

»Ah ja«, antwortet Thea nur.

»Alles in Ordnung bei dir, Adrian?«, höre ich meine Mutter von hinten.

»Ja, alles gut. Ich bin nur noch nie geflogen und habe ein wenig Höhenangst«, antwortet der Angesprochene.

Höhenangst.

Die hat Artus auch.

»Thea, sollen wir uns wieder meinen MP3-Player teilen?«, frage ich meine beste Freundin und halte ihr den linken Teil meiner In-Ear-Kopfhörer entgegen.

»Gern. Wenn du etwas Rockiges hast?«

»Aber natürlich. Allerdings nur, wenn wir auch mal *Ed Sheeran* hören können.«

»Kompromiss: *River*? Da ist zumindest Eminem dabei.«

Ich seufze und stelle sofort den Kompromiss-Song ein.

Während wir die Musik in unseren Ohren trällern lassen, sehen wir abwechselnd aus dem Fenster, machen die Quizrätsel in Theas neuen Errungenschaften, gehen Patrick auf die Nerven und essen das Käsesandwich, das uns von einer Stewardess serviert wurde.

»Also einen Fünf-Sternekoch beschäftigen die hier oben nicht gerade«, bemerkt Thea.

»Na hör' mal! Wir sind hier in einem Flieger, nicht in einem Luxushotel.«

Thea wirft Patrick einen genervten Blick zu. »Dich hat keiner gefragt.«

»Ich weiß, aber deswegen kann ich ja trotzdem antworten.«

Ich lache über die Sticheleien der beiden. Sie lieben sich gegenseitig, auch, wenn sie es sich nicht eingestehen wollen. Vielleicht macht Irland ja etwas mit ihnen. Ich wünsche es mir jedenfalls für sie.

Kapitel 16

ADRIAN

Die Landung war abenteuerlich. Genauso wie der Start und das dazwischen. Ich habe immer noch weiche Knie, als wir wieder Boden unter den Füßen haben. *Irischen Boden.*

Ich spüre in mir eine gewisse Grundanspannung. Alles ist neu. Alles ist aufregend.

Wir folgen den anderen Fluggästen zu den lustigen Laufbändern, auf denen wir wieder unser Gepäck in Empfang nehmen können. Das habe ich schon einmal im Fernsehen gesehen. Daher wusste ich in etwa, was nach einer weiteren Personalausweiskontrolle auf uns zukommt.

Es dauert nicht lange, bis wir unsere Gepäckstücke eingesammelt haben und uns auf den Weg zu unserem Mietwagen machen. Liam hat bereits angekündigt, dass wir einen großen Wagen bekommen. Einen Kleinbus, sozusagen. Der war offenbar günstiger, als mit zwei Autos zu fahren. Noch dazu kommt, dass in Irland Linksverkehr herrscht. Ich bin froh, nicht am Steuer sitzen zu müssen und bin insgeheim dankbar, dass Liam diese Aufgabe übernimmt.

Im grauen Kleinbus ergattere ich einen Platz auf der linken Seite am Fenster. Mir bleibt die Luft weg, als sich Wilhelmine plötzlich und ohne Vorwarnung neben mich setzt.

Sie sieht mich nicht an, sondern starrt auf ihr Handy. »Weißt du, wie du dein Internet wieder aktivierst?«

Ich sehe sie etwas perplex an. »Äh, ja. Ich meine, nein. Wieso?«

»Du musst *Roaming* aktivieren. Sonst kannst du außerhalb vom *W-LAN* kein Internet empfangen.«

»Danke für den Tipp«, bedanke ich mich bei ihr und mache das sofort.

Kann ich jetzt auf *MagicTable* gehen, wenn sie neben mir sitzt? Fällt es nicht auf? Ist es nicht möglich, dass sie heimlich auf mein Display sieht?

Ich kann es nicht riskieren. Also lasse ich mein Handy vibrieren und stecke es zurück in die Hosentasche.

Wilhelmine sieht etwas verwirrt zu mir herüber. »Willst du nicht dran gehen?«

»Nein, sind bestimmt nur meine Eltern. Habe ihnen schon geschrieben, dass wir gelandet sind.«

»Wann?«

»Gerade eben.«

»Ah, okay. Dann ist es ja gut.«

Ich nicke und beobachte sie weiterhin. Sie hat eine App mit einem schwarzen Hintergrund auf. Entweder nutzt sie überall den sogenannten *Darkmode* oder es ist tatsächlich *MagicTable*.

Als mein Handy erneut vibriert, habe ich meine Antwort.

Ich drehe meinen Kopf zur Seite und lehne ihn auf der Rückenlehne an. Dadurch kann ich sie ganz lange ansehen und sie anlächeln.

Sie erwidert es. »Und? Wie war der Flug?«

»Der Anfang war mega aufregend, aber der Rest ganz entspannend. Bis auf die Landung. Da war ich froh, vorher wenig gegessen zu haben.«

Mine lacht als Antwort.

Ich spüre, wie meine Grübchen zum Vorschein kommen und sehe aus dem Fenster links von mir.

»Gib' mir das nächste Mal Bescheid, dann werde ich versuchen, dich abzulenken.«

»Danke, für das Angebot«, antworte ich etwas überrascht.

Soll ich noch etwas zu ihr sagen? Soll ich ihr die Wahrheit sagen? Soll ich einfach die App öffnen und meine Taten sprechen lassen, wenn meine Stimme versagt?

Was ist nur mit mir los? Wo ist der schlagfertige Adrian hin, der vor einer Woche noch die Tanzfläche gerockt hat? Er ist hoffnungslos verliebt. In das Mädchen seiner Träume, das gerade neben ihm sitzt.

Das Auto hat sich mit Liam am Steuer inzwischen schon längst in Bewegung gesetzt und wir fahren auf einer Landstraße Richtung Süden. Glaube ich jedenfalls.

Soll ich mich doch einfach bei der App einloggen und ihr das Offensichtlichste zeigen? Oder riskieren, dass sie es von selbst sieht?

»Mine ...«, hebe ich an, doch ich werde von Thea unterbrochen.

»Wie weit ist es denn noch nach *Riverfall*? Der Typ da neben mir geht mir langsam auf die Nerven.«

»Hallo?!« Patrick ist sichtlich bestürzt von Theas lauter Aussage.

Ich schlucke meinen geplanten Satz hinunter. Es war nicht der passende Moment, um mit ihr zu sprechen, aber ich werde ihn auf Irland finden. Davon bin ich fest überzeugt.

WILHELMINE

Ich musste mich neben ihn setzen, ich konnte nicht anders. Thea hat mich fast dazu genötigt, damit ich heimlich auf sein Handy sehen kann, falls es zeitgleich mit dem Abschicken meiner Nachricht vibriert.

Thea hatte mir Sätze wie *»Jetzt oder nie!«* oder *»Schnapp' ihn dir!«* oder *»Wenn du's nicht machst, vergesse ich Max und schnapp' ihn mir selber!«* an den Kopf geworfen.

Irgendwann wurde es mir dann doch zu viel und ich habe nachgegeben. Noch dazu kam, dass bei dem Quiz aus dem Mädchenmagazin *»Auf welchen Typ Mann stehst du?«* genau dieser ruhige und sensible Typ rausgekommen ist, der laut Patrick exakt auf Adrian zutrifft. *»Das muss ein Zeichen sein!«* war Theas Devise.

Ich habe inzwischen schon etwa fünf Nachrichten an Artus geschickt, doch er war seit dem Flugzeugstart nicht mehr auf *MagicTable* online gewesen. Jedes Mal, wenn ich eine Nachricht an ihn geschickt habe, hat Adrians Handy vibriert. Auf die gleiche Art, wie es das bei mir immer tut. Ein kurzes, aber bestimmtes Vibrieren. Noch mehr Zufälle wird es wohl kaum geben. Vielleicht sollte ich ihm einfach sagen, wer ich bin. Wie würde er es verkraften? Und was ist, wenn Thea und ich uns trotz der eindeutigen Anzeichen einfach nur getäuscht haben? Ja, was dann?

Dann muss ich mich für einen von beiden entscheiden.

Artus oder Adrian?

Den Unbekannten oder den Jungen neben mir, der mich die ganze Zeit über ansieht, als wäre ich der hellste Stern am Himmelszelt?

Meine Gefühle für Artus werden mit jedem Tag stärker. Obwohl ich ihn noch nie gesehen und noch nie gerochen habe. Ich kann das nicht erklären.

Ist es das Geheimnisvolle, das ihn umgibt, das mir so den Kopf verdreht? Oder ist es einfach seine Art mit mir zu schreiben? Eine Art und Weise, auf die David niemals im Leben gekommen wäre? Ich weiß es nicht.

Ich weiß nur, dass es mir ein weiteres Mal verdammt schwerfallen wird, Adrian einen dritten Korb zu geben, denn ich fühle mich in seiner Anwesenheit genauso wie bei Artus: frei und unbeschwert. Geliebt, obwohl wir uns noch nie geküsst haben. Macht das alles einen Sinn?

Es würde mir das Herz brechen, einen der beiden zu enttäuschen. Es würde mein Herz gleich zwei Mal brechen, wenn ich beide Herzen verletzen würde. Ich weiß nicht mehr weiter. Das muss irgendwann ein Ende haben. Auf Irland. Schon vor dem richtigen Treffen mit Artus.

Der Wagen kommt zum Stehen. Wir sind da.

Im kleinen unscheinbaren Riverfall, in dem die Einwohner schon seit Anbeginn der Zeit Schafe züchten und ihre Lebensmittel selber herstellen. Während Dublin und die anderen großen und bekannten Städte immer moderner werden, ist hier die Zeit stehen geblieben. Jedoch ist das genau das, was Riverfall ausmacht: Dieses Gefühl des *»Zuhause seins«*, sobald man mit den Füßen den Boden berührt oder über die Schwelle von Tante Claires Haus tritt.

Genau dieses Gefühl des Zurückkehrens fließt gerade durch meine Adern, als ich aus dem Kleinbus aussteige und den ersten Schritt seit letztem Jahr auf dem beigen Kopfsteinpflaster mache.

»Willkommen in meinem zweiten Zuhause«, begrüße ich Adrian grinsend, der direkt hinter mir den Wagen verlässt.

»Werde ich nicht willkommen geheißen?«, zischt Thea leicht verärgert aus dem rollenden Gefährt, als sie dieses hinter Patrick verlässt.

»Doch. Ich werde dir jeden Winkel von Riverfall zeigen, wenn Interesse besteht«, entgegnet Patrick sofort.

145

»Ein Reiseführer, hm?«

»Stets zu Diensten, Miss Thea.« Patrick macht einen Knicks.

»Unglaublich! Mit deinen kurzen roten Haaren und diesem rustikalen Ambiente im Hintergrund kannst du niemandem mehr leugnen, dass du ein waschechter Ire bist!«, zieht Thea ihn erneut auf.

»*Halb-Ire*, wenn ich bitten darf.«

Ich lache. Ich finde es witzig, dass Patrick genauso wie ich Wert darauflegt, nie als ganzer Ire oder ganzer Deutscher bezeichnet zu werden. Das Blut beider Nationen fließt durch unseren Körper und genau das wollen wir auch immer in Erinnerung bewahren. Denn das sind wir. Beides zu gleichen Teilen. Selbst, wenn es sich nicht immer überall so vereinbaren lässt.

Adrian hievt gerade sein Gepäck aus dem Kofferraum. Ich gehe zu ihm, denn ich brauche meinen auch noch.

»Patrick, Wilhelmine, es gibt eine Planänderung«, sagt meine Mutter plötzlich an uns gewandt.

»Inwiefern?«, fragt Patrick.

»Bei Tante Claire hat sich überraschend noch anderer Besuch angekündigt, daher hat sie in unserem Elternhaus leider nicht genug Platz für uns alle«, antwortet mein Vater.

»Und die Ferienwohnungen?«, kommt Patrick mir mit seiner Frage zuvor.

»Genau. Ihr Vier könnt zu zweit jeweils eine Wohnung in Anspruch nehmen. Wäre das okay für euch?«

»Na klar!«, sagt Thea sofort und hakt sich bei mir ein. »Yeah, eine Mädels-WG! Die wollten wir doch schon immer haben!«

Ich lache über ihren spontanen Ausruf und helfe ihr bei ihrem Koffer.

»Gut, wir nehmen das Zimmer mit Ausblick aufs Meer!«, sagt Patrick laut.

»Träum' weiter du Romantikmuffel!«, kontere ich und nehme meinen Vater die Schlüssel aus der Hand. »Wohnung Vier hatte schon immer die coolste Aussicht zu bieten! Euch bleibt nur die Zwei mit den Büschen.«

»Pfff ... Hör' gar nicht hin, Adrian! Wir werden sowieso ständig unterwegs sein. Dann ist es doch vollkommen egal, welche Wohnung wir bekommen.«

Thea neben mir gluckst belustigt.

»Gut, Tante Claire freut sich schon auf euch. Bezieht schnell euer neues Reich. Ihr habt 15 Minuten. Dann gehen wir gemeinsam zu Tante Claire und Cousine Adeen«, schlägt mein Vater vor. Dieses Mal hat er einen noch irischeren Akzent als sonst.

Wir lassen uns das natürlich nicht zwei Mal sagen.

Kapitel 17

ADRIAN

Das Gästehaus, in dem sich die Ferienwohnungen befinden, ist direkt an dem Innenhof angrenzend, in dem wir geparkt haben. Tante Claire konnte uns noch nicht begrüßen, da sie gerade einkaufen ist. Wir waren schon früher da, als angekündigt. Sie hat aber diese Info als Nachricht auf Liams Handy sowie die Schlüssel auf der Veranda ihres Hauses hinterlassen, so dass wir es uns schon einmal gemütlich machen können.

Ich folge Patrick mit meinem grauen Rollkoffer ins Innere des zweitstöckigen Hauses. Die komplette Außenwand ist auf das Meer gerichtet, das gerade mal in ein paar Minuten zu Fuß erreichbar ist. Es gibt nur ein Zimmer, bei dem vor dem Fenster die Aussicht durch ein paar buschartige Gewächse versperrt ist. Und genau dieses Zimmer ist das mit der Nummer Zwei, das uns Mine so großzügig überlassen hat.

Jedoch stört mich das kaum. Im Gegenteil: Ich finde es viel romantischer, wenn es eher dunkler im Raum ist.

Die Wohnung selbst ist sehr geräumig. Ältere Möbel und Dekorationen verschönern das Ambiente noch zusätzlich. Ich fühle mich wohl. Es gibt zum Glück ein Doppel- und ein Einzelbett, so dass ich mir nicht mit Patrick einen Schlafplatz teilen muss.

Das Einzige, was ein wenig abenteuerlich aussieht, ist das Badezimmer. Besonders die Dusche. Bevor ich mich wasche, sollte ich vielleicht ein Handbuch lesen, das mir die Nutzung ganz genau erklärt.

»Kein Stress, Adrian.« Patrick liest mir meine Sorgen vom Gesicht ab und steigt angezogen in die Duschkabine.

»Hier drehst du das Wasser auf«, er zeigt auf einen der zwei Hebel.

»Und hier entscheidest du dich für die Temperatur. Aber Achtung, die Dusche hat ihr Eigenleben. Wenn sie der Meinung ist, dass du lang genug kalt geduscht hast, wird sie plötzlich ganz heiß. Ich würde mich an deiner Stelle nicht mit ihr anlegen.«

Ich sehe Patrick nur verwirrt an. Er sagt das so authentisch und verzieht dabei gar keine Miene, so dass ich mir nicht sicher bin, ob er scherzt oder das wirklich ernst meint.

Eine Dusche mit einem Eigenleben?

»Keine Sorge, du wirst genau wissen, was ich meine, wenn du sie das erste Mal benutzt.«

»Na das klingt ja nach einem Abenteuer«, entgegne ich.

»Ganz Irland ist ein Abenteuer! Aber ein Schönes.«

Patrick setzt sich auf das Doppelbett und lässt sich mit dem Rücken auf die frisch zusammengelegte Bettdecke fallen. »Hach, daran könnte ich mich gewöhnen. Viel besser als die alten und ungemütlichen Betten in Tante Claires Haus.«

»Soll ich daraus schließen, dass du im Doppelbett schläfst?«

Patrick macht einen Schneeengel auf dem großen Bett. »Jep, gut erkannt, Kollege.«

Ich hebe eine Augenbraue.

»Also, wenn es für dich kein Problem ist«, wirft Patrick noch schnell hinterher.

»Nein, passt. Du bist der Chef in unserer WG.«

»Sehr gut. Und jetzt schnell, mach' die App auf. Wir müssen gleich zurück zu meinen Eltern.«

Ich befolge artig Patricks lieb gemeinten Befehl und setze mich auf mein Einzelbett, das direkt am Fenster steht. Die Fensterscheibe erstreckt sich direkt vom Boden bis an die Decke. Als wäre eine komplette Wand einfach nur verglast worden.

Hermine1001: Wir sind gelandet. Ich habe alles gut überstanden.

Hermine1001: Was machst du heute eigentlich so?

Hermine1001: Bist du eingeschlafen?

149

Hermine1001: Artus? Hallo?

Hermine1001: Haaaaaaallo?

Ich lache. Offenbar hat es da jemand ganz eilig, wieder mit mir zu schreiben. Oder sie wollte vorhin einfach nur testen, ob mein Handy vibriert, als sie neben mir saß.

In ihrer Profilanzeige kann ich auch sehen, dass sie vor ein paar Sekunden wieder online war.

Hermine1001: Soll ich eine Vermisstenanzeige aufgeben?

WILHELMINE

»Er antwortet nicht«, sage ich zu Thea, atme einmal enttäuscht aus und lasse meinen Blick über das Meer schweifen, das sich vor unserer großen Fensterscheibe in seiner größten Pracht erstreckt.

»Kein Wunder.«

»Hm?«

»Na er musste doch nebenan erstmal einchecken. Und vorhin im Bus bist du neben ihm gesessen. Meinst du, er ist so doof und loggt sich bei der App ein, während du neben ihm sitzt?«

Ich schnaube. Meine innere Stimme will mir ständig sagen, dass Thea natürlich Recht hat, aber irgendwie überkommen mich immer noch Zweifel.

ArtusLöwenherz86: Sorry, ich bin eingeschlafen. Ich konnte letzte Nacht kaum ein Auge zudrücken.

»Da! Er schreibt, dass er eingeschlafen ist! Siehst du, Thea? Von wegen, er sitzt nebenan«, sage ich triumphierend zu meiner besten Freundin.

Thea verdreht die Augen. »Wenn du meinst.«

Hermine1001: Zum Glück! Ich habe mir langsam echt schon Sorgen gemacht.

ArtusLöwenherz86: Wieso das denn? Wenn sich wer Sorgen machen sollte, dann wäre ich das. Immerhin sitze ich zu Hause auf meinem Bett, während du in keiner Ahnung wie vielen Kilometern in der Höhe über Europa schwebst.

Hermine1001: Ja, du hast ja Recht. Deswegen wohl auch die harte Nacht, oder?

ArtusLöwenherz86: Ja. Wenn ich die ganze Zeit wach auf dem Sofa sitze und im Internet den Flieger verfolge, mache ich mich doch nur verrückt. Also habe ich etwas Schlaf nachgeholt.

Hermine1001: Eine gute Taktik.

ArtusLöwenherz86: Vielen Dank, Prinzessin. *Kuss-Mund*

Hermine1001: Was hast du für heute noch so geplant? *Kuss-Mund*

ArtusLöwenherz86: Keine Ahnung. Ich lasse es spontan auf mich zukommen. Vielleicht kommt nachher noch ein Kumpel zum Zocken vorbei.

Hermine1001: Ah, cool. Dann wünsche ich euch viel Spaß!

ArtusLöwenherz86: Danke dir. *Kuss-Mund*

Hermine1001: Wenn du dann die ganze Zeit über geschlafen hast, warst du dann gar nicht am Flughafen?

ArtusLöwenherz86: Doch, ich war da! Aber ich bin dann gleich wieder nach Hause gefahren. Als mein Schneewittchen mir schrieb, war ich bereits schon wieder zu Hause.

Hermine1001: Alles klar. Na dann. Ich melde mich später wieder.

ArtusLöwenherz86: Was ist los? Du wirkst so traurig?

Hermine1001: Ich hätte dich heute gern getroffen. Ich will dich sehen. Dich hören. Einfach bei dir sein.

ArtusLöwenherz86: Glaub mir, Prinzessin, das will ich auch.

Was hältst du davon, wenn wir heute Abend telefonieren, mein Engelchen?

Hermine1001: Oh Gott, Artus! Bitte wische die Kitschspur wieder auf.

ArtusLöwenherz86: Nein, ich meine es ernst. Deine Stimme gleicht der eines Engelgesangs.

Hermine1001: Hör auf, sonst werde ich wieder rot! Und du hast übrigens eine so schöne tiefe Stimme, dass ich dir stundenlang beim Vorlesen zuhören könnte. Passend zu deiner Berufung.

ArtusLöwenherz86: Danke. *Kuss-Mund* Wann sollen wir denn telefonieren?

Hermine1001: Vielleicht nach dem Abendessen? Ich weiß noch nicht, wie es sich ergibt, da wir heute ja erst angekommen sind.

ArtusLöwenherz86: Was habt ihr denn bis jetzt so für heute geplant?

Hermine1001: Wir gehen gleich zu meiner Tante Claire und meiner Cousine Adeen. Sie müssen meine beste Freundin und den besten Freund meines Bruders noch kennenlernen. Danach wird gegessen und wir zeigen unseren Freunden die Umgebung.

ArtusLöwenherz86: Das hört sich doch toll an. Da wäre ich echt gern dabei.

Hermine1001: Ich hätte dich auch gerne dabei.

ArtusLöwenherz86: Ich weiß, danke dir. Und jetzt ab zu deinem entspannten Familienurlaub!

Hermine1001: Ich melde mich nachher, ok? Mit Fotos! *Kuss-Mund*

ArtusLöwenherz86: Ich kann es kaum erwarten! *Kuss-Mund*

Widerwillig stecke ich mein Handy zurück an seinen Platz in meiner Hosentasche.

Thea steht vor mir und wippt nervös mit ihrem rechten Fuß.

»Adrian kann gar nicht Artus sein. Er sitzt zu Hause und zockt heute mit seinem Freund.«

Thea seufzt. »Du weißt schon, dass nicht alles stimmen muss, was man sich im Internet erzählt?«

Ich werfe Thea einen bösen Blick zu. »Willst du damit andeuten, dass er mich anlügt?«

Ich spüre richtig, wie ein merkwürdiges Gefühl der Wut in mir hochkocht. Auf wen bin ich wütend? Auf Thea? Auf Artus? Auf mich, dass ich angeblich das Offensichtlichste nicht erkenne?

Ich beschließe zu schnauben und auf stur zu schalten. Wenigstens ein Mal in meinem Leben.

»Okay, dann hast du eben Recht. Adrian ist nicht Artiboy und wir gehen jetzt gemeinsam zu deiner Tante. Deine Eltern warten schon ganz ungeduldig auf uns.«

»Gut, so machen wir's.« Ich stehe auf und verlasse vor Thea das Zimmer Nummer Vier.

ADRIAN

Ich habe Gewissensbisse. Ich habe Mine angelogen. Schon wieder. Direkt in ihr virtuelles Gesicht. Ich hoffe, dass ich dieses Spiel nicht mehr länger spielen muss. Vielleicht ergibt sich ja heute etwas? Vielleicht unten am Strand?

Ich bin sichtlich beeindruckt von der Schönheit von Tante Claires Garten. Überall blüht es, Schmetterlinge und Vögel, die ich vorher noch nie so gesehen habe, teilen sich die Flugbahnen rund um das Haus und den Innenhof.

Drinnen im Haus sieht es noch ein wenig geräumiger aus als in unseren Wohnungen, jedoch ist auch dieses Gebäude im gleichen Stil eingerichtet und dekoriert. Ich fühle mich sofort pudelwohl. Erst recht, als mir Tante Claire und ihre Tochter Adeen vorgestellt werden, die mich gleich so herzlich empfangen, dass mir ganz schwindelig wird vor Überforderung.

Die Umarmungen fühlen sich an, als würden wir uns schon immer kennen.

Nach der Begrüßung werden wir zu Tisch gebeten. Erst jetzt merke ich, wie groß mein Hunger inzwischen geworden ist. Ein Blick auf die Uhr an meinem Handgelenk lässt mich auch kurz zusammenzucken, doch als ich diese mit jenen an der Wand vergleiche – drei Stück, alleine im Esszimmer – stelle ich die Zeiger meiner Armbanduhr sofort um. Schließlich ist die Zeitzone in Irland gegenüber Deutschland um eine Stunde nach hinten versetzt.

Zu essen gibt es den berühmten »*Irish Stew*«, ein Eintopf bestehend aus Lammfleisch, Kohl, Karotten, Kartoffeln, Zwiebeln und Kräutern aus Claire O'Brians Garten.

Tante Claire hat eine große Ähnlichkeit mit Liam und damit meine ich nicht nur ihre roten Haare, die sie mithilfe eines Kopftuchs nach hinten gesteckt hat. Sie hat auch die gleiche spitze Nasenform wie Liam, nur anders als er hat sie zusätzlich noch Sommersprossen.

Adeen dagegen hat weißblonde Haare, die sie wohl von der Linie ihres Vaters geerbt haben muss. Patrick hat mal etwas erwähnt, dass sie ihren Vater nie kennengelernt hat. Er war ein Brite, der vor ihrer Geburt ihre Mutter verlassen hat. Claire hat daher ihre Tochter alleine großgezogen, wenn man mal von Liams anderer Schwester absieht, die ab und zu – so wie jetzt – auch noch zu Besuch kommt und Claire im Garten hilft.

Claire ernährt sich und ihre kleine Familie mit dem Verkauf ihrer Kräuter und selbstgemachtem Tee sowie den Ferienwohnungen im Haus neben an, die auf sämtlichen Reiseportalen als Geheimtipp deklariert werden.

Liams zweite Schwester Mailin ist auch gerade gekommen. Sie lebt mit ihrem Mann Ian und ihren zwei Söhnen in einem kleinen Dorf in der Nähe von Cornwall, wie sie uns beim Mittagessen erzählt, und kann daher nicht mehr so oft zu Claire zu Besuch kommen, um sie zu unterstützen. Deswegen sind beide auch derzeit auf der Suche nach Personal für Tante Claires Reich, das sie in Zukunft mit den Kräutern, dem Tee und den Ferienwohnungen unterstützen soll.

»Wow, deine Familie ist echt toll«, flüstere ich Patrick zu, der sich bereits einen zweiten Teller auftischt.

»Warte mal ab, bis du die beiden Söhne von Tante Mailin kennenlernst. Das sind richtige Rotzlöffel.«

»Kommen Finn und Devin eigentlich auch noch?«, fragt Mine vorsichtig in die Runde.

»Nein, erst am Samstag nächste Woche. Wir haben sie bei Ians Eltern gelassen, damit wir auch mal eine Woche Ruhe von ihnen haben«, beantwortet Tante Mailin Mines Frage.

Die komplette Runde fällt in schallendes Gelächter aus.

Patrick wendet sich mir erneut zu. »Ja, die Brown-Zwillinge sind bereits in ganz Cornwall verschrien. Offenbar hat inzwischen jeder gemerkt, dass sie nur Schabernack anstellen.«

Ich nicke langsam. »Gut, dass wir dann noch eine Woche Ruhe vor ihnen haben«, flüstere ich leise zurück.

»Vielleicht kommen sie auch schon früher, wenn bei deinen Eltern der Geduldsfaden reißt«, sagt Mailin lachend an ihren Mann Ian gewandt.

»Ich glaube, sie stehen das schon gut durch. Sie dürfen bestimmt den ganzen Tag an ihrer Spielkonsole spielen.« Die Art, wie Ian gerade diesen Satz ausgesprochen hat, bringt mich fast zu einem Lachanfall.

Thea und mir zuliebe, hat sich die Familie darauf geeinigt, heute überwiegend Deutsch zu sprechen. Wir würden sie zwar auf Englisch auch verstehen, aber sie sehen es als gute Übung an. Besonders Ian und Mailin, da beide für eine deutsche Firma arbeiten, die eine Zweigstelle in England betreibt.

Während wir zu Ende essen, berichten sie von ihren politischen Sorgen bezüglich des Brexits und allem anderen, was in den Medien in letzter Zeit Schlagzeilen macht.

Ich kann sie gut verstehen und nicke nur immer brav an den passenden Stellen, ohne mich aktiv am Gespräch zu beteiligen. Meine Gedanken wandern immer wieder zurück zu Mine.

Nebenbei beobachte ich die Offline-Mine beim Essen. Ich sitze ihr an der langen Tafel schräg gegenüber. Ab und zu fängt sie meine Blicke auf und sieht entweder schnell weg oder hält meinem Blick stand.

Ich wünschte, sie wüsste, wer ich bin. Dann könnte ich den kompletten Urlaub richtig genießen.

Kapitel 18

WILHELMINE

Das gemeinsame Essen ist zu Ende und wir gehen auf Entdeckungstour in Riverfall. Das kleine Dorf hat ein paar Wohnhäuser am Rand, zu dem auch das Gelände meiner Tante gehört. Ein paar Gehminuten entfernt, ist das Dorfzentrum, wo es auch zwei Pubs und Einkaufszentrum gibt. Es erinnert mich immer an den kleinen Supermarkt an der Ecke in den Straßen Münchens, wo ich das erste Mal virtuell mit Artus einkaufen war.

Artus. Er hat sich schon wieder in mein Gedächtnis geschlichen.

Zum ersten Mal seit ich je hier war, mache ich ein Foto von dem kleinen Marktplatz und seinen typisch irischen Häusern. Das werde ich gleich an ihn schicken. Damit er auch bei mir sein kann.

Patrick und Adrian haben sich vor ein paar Minuten von uns verabschiedet. Mein Bruder will ihm unbedingt den Musikladen zeigen, wo es noch Schallplatten zu kaufen gibt. Thea wollte sich ihnen auch spontan anschließen, daher sitze ich nun alleine hier auf einer Bank und habe Zeit zum Chatten.

Hermine1001: Das erste Foto. Hier befinde ich mich gerade.

Foto gesendet

ArtusLöwenherz86: Wow, das sieht ja hübsch aus! Wo ist das?

Hermine1001: Auf dem Marktplatz unseres kleinen aber feinen Dorfes.

ArtusLöwenherz86: Wie heißt es? Dein Dorf?

Hermine1001: Das sage ich dir nicht. Sonst weißt du ja, wo ich bin. Wo bleibt da die Spannung?

ArtusLöwenherz86: Ach, keine Sorge. Ich finde es schon heraus. Irgendwann schickst du mir dann ein Foto, auf dem das

Schild »Spezialitäten aus X« zu sehen sein wird.

Hermine1001: Träum' weiter! Ich passe schon auf, dass mir so ein Fehler nicht unterläuft.

ArtusLöwenherz86: Gut, die Wette gilt. Wo sind die anderen? Bist du alleine dort?

Hermine1001: Gerade schon. Die anderen sind in einem kleinen Laden, wo es noch Schallplatten gibt.

ArtusLöwenherz86: Pass' bitte auf dich auf, wenn du alleine unterwegs bist.

Hermine1001: Ach, keine Angst, Arti. Die Leute hier kennen mich und sind alle so herzensgut. Hier sagen sich Fuchs und Hase »Good Night«. Seit vielen Jahren ist hier kein Verbrechen mehr passiert.

ArtusLöwenherz86: Wie langweilig.

Hermine1001: Ich finde das bewundernswert.

Plötzlich beginnt mein Telefon zu läuten. Ich erschrecke mich so sehr, dass ich es fast fallen lasse. Der Hintergrund ist dunkelblau, der Hörer wird hellblau dargestellt und neben ihm prangt das Profilbild von *ArtusLöwenherz86*. Ein silbernes Schwert mit schwarzem Griff.

Mein Herzschlag schießt in Sekundenschnelle in die Höhe und ich weiß gar nicht, wie ich reagieren soll. Also drücke ich auf den Annahmeknopf. »Es ist aber noch nicht heute Abend.«

»Ich weiß. Ich wollte deine Stimme einfach jetzt schon hören.«

Ich kichere. »Du bist wirklich ein Spinner.«

»Ein königlicher Spinner, schon vergessen?«

»Als ob ich das je vergessen könnte ...«

»Na ja, ich habe dich gerade daran erinnern müssen.«

»Arti, mach mich nicht wahnsinnig, ja?«

Ich höre sein Lachen. Es ist bezaubernd. »Sorry, aber ich kann bei dir leider nicht anders.« Seine Stimme wird immer leiser, als würde er flüstern.

»Warum flüsterst du?«

»Ich habe meine Gründe.«

»Und die wären?«

»Staatsgeheimnis.«

»Artus!«

»Ich habe gerade extra die Ritter an der Tafelrunde verlassen, damit ich mit dir sprechen kann.«

»Zockst du gerade ein Mittelalterspiel?«

»So in etwa«, antwortet Artus belustigt.

Im Hintergrund höre ich merkwürdige Geräusche, die ein bisschen an ein zankendes Ehepaar erinnern. Streitet sich da etwa jemand?

»Sind das Lancelot und Guinevere?« Ich kann ein Lachen nicht unterdrücken.

»Ja, wir sind gerade dabei, die Ländereien rund um Camelot aufzuteilen.«

»Ein merkwürdiges Spiel spielst du da«, sage ich schließlich.

»Genug von mir. Was machst du so? Wie gehts dir auf der grünen Insel? Schon eingelebt? Wie war dein Mittagessen?«

»Artus! So viele Fragen kann ich unmöglich alle auf einmal beantworten.«

Artus lacht am anderen Ende des Telefons.

»Aaalso: Das Essen war gut, es gab *Irish Stew*, ein berühmter irischer Eintopf. Ich habe mich bereits eingelebt, mir gehts gut und ich werde gleich zu dem Schallplattenladen gehen, um meine beste Freundin aufzugabeln.«

ADRIAN

Oh nein! Mine ist auf dem Weg hier her!

»Oh, das ist ja schön. Dann wünsche ich dir weiterhin viel Spaß.« Insgeheim hoffe ich, dass meine Tonlage nicht abwertend klang.

Was mache ich jetzt? Ich brauche eine Lösung. Wenn sie gleich um die Ecke kommt, wird sie bemerken, dass ich am anderen Ende des Telefons bin. Aber vielleicht ist ja gerade *das* der richtige Weg, ihr die Wahrheit zu sagen?

»Mine, ich muss dir etwas sagen.« Ich kann es gerade selbst kaum glauben, dass ich diesen Satz gesagt habe.

»Heute Abend, ja? Ich bin gleich im Laden und wenn ich mich richtig erinnere, ist der Empfang dort immer sehr schlecht gewesen.«

Sehr schlechter Empfang? Ich telefoniere aber gerade mit ihr?

»Ja, okay. Dann heute Abend. Bis heute Abend dann!«

»Ja, bis heute Abend. Du bist süß.«

»Du bist viel süßer. Bye, Prinzessin.«

»Bye.«

Dann sehe ich auf das Display. Sie hat aufgelegt.

Wo sind eigentlich die anderen? Doch ich muss nicht lange nach ihnen suchen, denn sie sind nicht zu überhören. Patrick und Thea streiten sich wieder. An einem Regal, ganz in meiner Nähe. Das Thema? Musikgeschmack. Sie liebt Heavy Metal und zählt Bands auf, die Patrick als eingefleischter Heavy-Metaler gar nicht kennt.

Ich seufze.

»Adrian, du siehst es doch auch so wie ich, oder?«, fragt Patrick mich, als ich bei ihnen ankomme, und legt seinen Arm um meine Schulter.

»Was denn?«

»Na, dass Thea keinen richtigen Musikgeschmack hat.«

»Wie wär's, wenn ihr beide mal richtig flirtet, statt euch immer nur gegenseitig zu beschimpfen?«

Thea reagiert sofort. »Wie wär's, wenn du Mine mal deine Gefühle gestehst, Adrian, hm? Oder soll ich sagen *Artiboy*?«

Ich zucke zusammen und lege einen Finger vor meine Lippen. »*Pssst!* Bist du verrückt? Sie kommt gleich rein und hört dann bestimmt alles mit!«

»Ja, das wäre doch perfekt! Dann hört dieses blöde Versteckspiel endlich auf! Du weißt schon, dass du es mit keiner deiner Aktionen besser machst, hm? Mine ist schon ganz krank vor Sorge um ihr Herz. Weißt du eigentlich, wie es sich anfühlt, in zwei Typen gleichzeitig verliebt zu sein?« Thea geht in ihrem Wutanfall richtig auf.

»Weißt du eigentlich, dass du richtig sexy bist, wenn du dich aufregst, Thea?«

Thea beantwortet Patricks Frage indem sie ihm die Zunge rausstreckt.

»Wo wir gerade beim Verlieben sind, was ist eigentlich mit diesem Max?«, lenkt Patrick vom Thema ab.

»Was soll mit ihm sein?«, antwortet Thea schnippisch mit einer Gegenfrage.

»Seid ihr ein Paar?«

»Vielleicht? Hast du ein Problem damit?«

»Ehrlich gesagt, ja. Du passt gar nicht zu dem«, bemerkt mein bester Freund etwas kleinlaut.

»Wer passt nicht zu wem?«, kommt plötzlich eine Stimme aus der vorderen Ecke, die eindeutig zu Mine gehört.

Wie viel hat sie bereits mitgehört? Insgeheim bin ich froh, dass wir das Thema *»Artiboy«* schon vorher besprochen haben.

Thea hat Recht, mir läuft langsam die Zeit davon.

Und, sagte sie, dass sie sich in beide verliebt hat? Mein Herz macht einen Hüpfer, als ich jetzt erst richtig verstehe, was das zu bedeuten hat.

WILHELMINE

»Und dann hat er mich angerufen ...«, erzähle ich Thea das eben Erlebte.

Wir gehen nebeneinander am Strand entlang. Das Wasser fließt im gleichmäßigen Rhythmus auf uns zu und tritt ein paar Sekunden später wieder den Rücktritt an. Ich war schon immer gern am Strand. Ich liebe es, den Wind in den Haaren zu spüren.

»Und dann habt ihr telefoniert?«, fragt meine Freundin schließlich.

»Ja, zum zweiten Mal. Und es war wie bei unseren Chatgesprächen: Lustiges Rumalbern. Für heute Abend haben wir uns wieder verabredet.«

»Na da hat es aber jemanden erwischt«, bemerkt meine beste Freundin.

»Ja, Artus hat mir den Kopf verdreht. Ich kann es kaum erwarten, ihn richtig zu treffen! Sehr bald schon!«

»Mine, ich hoffe wirklich, dass du dich da nicht in was verrennst. Was, wenn Artiboy gar nicht so ist, wie du ihn dir immer vorgestellt hast?«

»Ach was. Ich würde das spüren. Artus und ich sind füreinander bestimmt.«

Doch plötzlich überkommen mich Zweifel. Was, wenn ich ihm optisch doch nicht gefalle? Was, wenn ich ihn gar nicht richtig sehe, weil er bei meinem Anblick sofort abhaut? Er weiß ja bereits, dass ich optisch ein Schneewittchen mit langen Ebenholz-Haaren bin.

»Thea?«

»Ja, Mine?«

»Was würdest du davon halten, wenn ich meine Haare etwas kürzen lasse? Ich möchte bei Artus einen guten Eindruck hinterlassen, wenn wir uns das erste Mal sehen.«

»Hast du denn noch Zeit nach unserer Rückkehr?«, fragt Thea und sieht mich besorgt an. Sie legt ihre Stirn in Falten. »Meinst du nicht, dass es eine schlechte Idee ist, sich für andere – noch dazu für solche Typen – zu verändern? Wenn du deine langen Haare, die nebenbei bemerkt noch dein ganzer Stolz sind, kürzen lassen willst, dann musst du das aus eigener Überzeugung tun und nicht, weil du sonst einem Typen gefallen könntest.«

Ich lausche Theas Ratschlag. Doch mit jeder Sekunde werde ich mir bei meinem Vorhaben immer bewusster, dass es genau das Richtige wäre, die Haare kürzen zu lassen.

»Ja, Thea, ich weiß, dass ich meine Haarlänge so liebe, aber die Pflege wird immer anstrengender und sie fühlen sich auf meinem Kopf auch immer schwerer an. Ich denke, es wird Zeit, sie etwas zu kürzen. Es muss ja nicht alles ab, aber ich könnte mir wieder schönere Flechtfrisuren machen.«

»Weißt du was, Mine? Ich begleite dich und mache gleich mit! Wann hat man denn mal wieder die Gelegenheit, sich bei einem irischen Frisör die Haare machen zu lassen?«

»Dann müssen wir aber in den kommenden Tagen noch gehen, bevor die Frisöre ihre Pforten schließen. Du weißt schon, wegen Ostern und der Andacht.«

»Wir machen gleich heute noch einen Termin aus, einverstanden?«

»Einverstanden.«

Ich gehe weiter neben Thea her und genieße den Moment, als ich plötzlich ein Lachen aus der Ferne wahrnehme. Es lässt mich erstarren. Gehört es einem der Jungs?

»Thea, hast du das gehört?«

»Was denn?«, fragt meine beste Freundin.

»Das Lachen! War das Patrick?«

»Nein, Adrian, glaub ich. Wieso?«

»So klingt Artus' Lachen auch ... oder so ähnlich.«

»Echt? Bist du sicher? Durch das Telefon kommen manche Töne ja oft verzerrt rüber.«

»Ja, ich bin mir ganz sicher.«

»Warum sprichst du ihn nicht einfach darauf an?«

»Nein, vergiss es. Das werde ich ganz sicher nicht.«

Thea seufzt laut. »Wieso nicht?«

Doch ich antworte ihr nicht mehr, denn im nächsten Augenblick sind die Jungs bei uns. Sie waren gerade noch weiter vorne am anderen Ende der Strandbucht unterwegs.

Thea wendet sich von mir ab und spricht die Jungs direkt an. »Mine will sich ihre Haare kürzen lassen! Und ich mache gleich mit!« Sie lässt ihren roten Pferdeschwanz durch die Luft wirbeln.

»Schön«, antwortet Patrick nur kurz und knapp.

»Und was willst du verändern?«, fragt Adrian mich und kneift dabei die Augen zusammen, da die Sonne ihm direkt ins Gesicht scheint.

»Ich weiß es noch nicht. Es muss einfach etwas Neues her«, beantworte ich seine Frage.

Adrian lächelt. Der Wind weht leicht durch seine Korkenzieherlocken.

163

Ich sehe in ihre strahlend blauen Augen, die mich neugierig, aber dennoch zurückhaltend mustern. Jeder Punkt, den ihre Augen fixieren, kribbelt. Ich habe das Gefühl, in einem Ameisenhaufen zu liegen.

Der Wind weht durch ihre Haare. Sie streicht mit ihrer Hand durch ein paar Strähnchen, während sie sich kurz an Thea wendet, die daraufhin wieder von Patrick von der Seite angemacht wird. Was er sagt, kann ich nicht hören, denn ich bin immer noch wie benebelt von Mines Anblick. Es ist, als würde sie strahlen.

»Adrian?«

Ich blinzle. Hat sie mich gerade angesprochen?

»Ist alles gut bei dir?«

Ich schüttle mit dem Kopf, um mich wieder in die Realität zu befördern. »Ja, klar. Alles gut.«

Mines Lippen umspielt ein Lächeln, als sie sich zum Wasser dreht und ihren Blick über den Horizont schweifen lässt. Dabei sieht sie wirklich wie die Märchenfigur aus, deren Lippen rot wie Blut sind.

Die Sonne ist langsam auf dem Weg Richtung Wasseroberfläche und hinterlässt dabei farbige Tupfen und Linien am Himmel.

»Der Atlantik. Ist er nicht wunderschön?« Sie schließt ihre Augen und atmet einmal tief durch.

Ich nutze die Gelegenheit charmelos aus, um mir ihr Profil genauer anzusehen. Wenn mir jemand sagen würde, dass sie nur ein Gemälde ist, würde ich es sofort glauben. Das Einzige, was mich dann doch etwas an der Zeichnung überraschen würde, ist ihre spitze Nase, durch die sie mich irgendwie an eine Maus erinnert – an eine süße Spitzmaus. Sollten wir je zusammenkommen, werde ich sie *meine Maus* nennen. Das weiß ich jetzt schon.

Ihre blauen Augen sind wieder auf mich gerichtet, aber dieses Mal nicht neugierig, sondern besorgt. »Ist irgendwas, Adrian? Du siehst so blass aus?«

»Nein, es ist wirklich alles gut. Ich bin nur noch ein wenig müde vom Flug.«

»Kann ich gut verstehen. Geht mir genauso. Kein Flug der Welt geht spurlos an einem vorüber. Das ist ganz normal.« Sie greift nach meiner Hand. »Komm, lass uns zurück auf Tante Claires Gelände gehen.«

Doch ich ziehe meine Hand weg. Es fühlt sich wie Betrug an. Ich betrüge Mine mit Mine. So lange ich nicht weiß, für wen sie sich entscheidet, will ich ihr keine Hoffnungen machen.

Ihr Blick strahlt Verwirrung aus und ich sehe zu Boden. Ist jetzt vielleicht der passende Augenblick gekommen? Soll ich sie jetzt darauf ansprechen? Ich atme ein und lasse die Luft vorerst in meinem Körper.

»Ich gehe dann mal. Gleich gibt's Abendessen«, sagt sie mit trauriger Stimme.

Ich atme aus und sehe sie auf den Hügel zusteuern, der uns von Claires Grundstück aktuell noch trennt. Ich greife zum Handy.

ArtusLöwenherz86: Was würdest du tun, wenn dir das Reden schwerfällt?

Hermine1001: Etwas trinken.

ArtusLöwenherz86: Sehr witzig. Ich meinte jetzt bezüglich Hemmungen überwinden.

Hermine1001: Welche Hemmungen?

ArtusLöwenherz86: Wenn ich dir das jetzt schreiben würde, würde das viel zu viel verraten.

Hermine1001: Was denn verraten?

ArtusLöwenherz86: Nicht so wichtig.

Hermine1001: Artus, du weißt, du kannst mit mir über alles reden.

ArtusLöwenherz86: Ich weiß. Danke dir.

Hermine1001: Ich gehe jetzt Abendessen. Kommst du mit?

ArtusLöwenherz86: In Gedanken esse ich mit dir.

Hermine1001: Hihi.

Ich stecke mein Handy zurück in seine Tasche. Heute Abend. Am Telefon. Da werde ich es ihr sagen. Ganz bestimmt.

Kapitel 19

WILHELMINE

Voller Aufregung vor unserem dritten Telefonat, schaufle ich das Abendessen nur so in mich hinein.

Thea dagegen, ergeht es komplett anders. Sie sitzt vor ihrem Teller und rührt fast nichts davon an.

»Was ist los?«, frage ich sie zwischen dem Kauen.

»Nichts. Es kann einfach nicht jeder so ein Staubsauger sein, wie du.«

»Habe ich was Falsches gesagt?«, frage ich nochmal vorsichtig nach.

Thea wollte witzig sein. Aber der Witz kam nicht richtig rüber, weil sie Trübsal bläst und sich Tränen in ihren Augen gebildet haben. »Ich weiß nicht, wie ich es beschreiben soll, Mine, aber ich glaube, das mit Max ist wieder vorbei, noch bevor es richtig angefangen hat.«

»Inwiefern?«

»Nun ja, ich habe ihm vorhin Bilder von den Schallplatten geschickt, als wir im Laden waren. Er teilte doch eigentlich die gleiche Leidenschaft für Heavy Metal wie ich. Aber er war so komisch. Es war ihm alles, was ich ihm voller Freude erzählt habe, so egal. Ich habe nach einem weiteren Treffen nach Irland gefragt und er sagte, dass er sich das noch überlegen will.«

»Oh je, das klingt gar nicht gut«, bemerke ich.

Ich sehe Enttäuschung in Theas Augen aufblitzen. »Ja, wem sagst du das. Da denkst du endlich mal, dass du deinen potentiellen Lebenspartner gefunden hast und dann das ...«

»Na ja, so lange kanntet ihr euch doch auch noch nicht«, stelle ich neutral fest.

»Ach, und was ist mit dir und Artiboy? Meinst du, eure mickrigen drei Wochen sind da besser?«

»Sorry, Thea. Ich wollte dich nur ein wenig aufheitern.«

166

Wir sind gerade alleine im Esszimmer. Meine Eltern haben mit meinen Tanten und Adeen bereits früher zu Abend gegessen, weil meine Cousine noch weg wollte. Unsere Tour durch Riverfall hatte außerdem doch etwas länger gedauert, als wir dachten.

Mein Smartphone vibriert.

ArtusLöwenherz86: Also ich wäre bereit für unser Telefonat. Falls du es auch schon bist.

Erst nach dem Lesen der Nachricht fällt mir auf, dass auch Patrick und Adrian schon längst verschwunden sind. Wo haben die beiden denn gegessen? Und warum durften wir nicht mit?

»Thea, wenn ich dich irgendwie wieder aufheitern kann, dann sag es mir bitte, ja?«

»Ja, mach dir keine Sorgen um mich. Du kannst ja nichts dafür. Du kannst nicht einmal was dafür, dass du einen so heißen Bruder hast, der mich ständig anflirtet. Dank ihm ist die Sache mit Max gar nicht mehr so schlimm. Aber würdevoll zu Ende bringen, will ich es trotzdem.«

»Das verstehe ich«, antworte ich. »Moment! Sagtest du gerade, dass Patrick heiß ist?«

»Wehe du verlierst in seiner Gegenwart auch nur ein Wort darüber!« Thea droht mir mit ihrer Gabel.

»Ich schweige wie ein Grab«, antworte ich und fixiere die Gabel meiner besten Freundin, auf der ein Blumenkohl aufgespießt wurde.

»Iss den lieber auf, bevor er dir noch vor Angst abhaut«, bemerke ich belustigt.

»Wenn er davonläuft, werde ich ihn schon wieder einfangen.«

»Oder du fragst Mister Mäusezahn.«

»Wer ist das?«, fragt Thea mit ihrer gewohnten Stimme.

»Na, Tante Claires alter Kater, wer sonst?«

167

ADRIAN

Voller Aufregung sitze ich auf meinem Einzelbett und starre auf mein Handy im Standby-Modus. Irgendwann leuchtet der kleine Punkt oben links wieder blau auf. Dann weiß ich, dass ich eine Nachricht von Mine bekommen habe. Bis dahin schiebe ich hier Wache.

Was soll ich ihr sagen? *»Hey Mine, ich bin übrigens Adrian. Was hältst du davon, wenn wir von Angesicht zu Angesicht miteinander reden?«* Nein, das ist mies. So kann ich nicht mit ihr reden. Das muss edler wirken.

»Holde Maid, nein, Prinzessin! Haben Sie Lust, mit Artus, der in Wirklichkeit Prinz Adrian heißt, am Strand eine Runde spazieren zu gehen?«

Wäre Patrick jetzt hier, hätte er im Stillen noch *»Und ihn anschließend in seine Gemächer zu begleiten?«* ergänzt.

Das geht auch nicht. Viel zu übertrieben. Ich muss das entspannter lösen. Dann und *genau* dann, wenn ich spüre, dass jeder Ausweg sinnlos ist. Strenggenommen ist er das jetzt schon. Was hindert mich schließlich daran, mich ihr einfach zu offenbaren? Sie hat keinen Grund, sauer auf mich zu sein.

Oder etwa doch?

Ich zucke zusammen, als endlich das blaue Licht aufleuchtet.

Hermine1001: Ich wäre jetzt auch bereit. Bist du noch da? Oder schon eingeschlafen?

ArtusLöwenherz86: Nein, ich bin da. Wer ruft an?

Hermine1001: Am besten ich. Sonst rufst ja immer nur du an.

ArtusLöwenherz86: Ladys First, würde ich mal sagen.

Dann klingelt mein Telefon und ich gehe gut gelaunt dran.

»Na, holde Maid? Alles fit?«

»Oh man, deine tiefe Stimme in Kombination mit deinem Satz bringt mich echt um den Verstand!«

»Wieso? Weil es so sexy ist?«

»Nein! So witzig! Warum bringst du mich ständig zum Lachen?«

»Weil ich es liebe, dein Lachen zu hören.«

Mine verschluckt sich fast am anderen Ende der Telefonleitung. »Wie gehts dir? Was hast du heute so gemacht?«, fragt sie mich schließlich.

»Ach, nicht viel. Ich habe mit einem Kumpel gezockt und zwischendrin mit dir geschrieben.«

»Klingt ja nach einem entspannten Tag.«

»Ja, das stimmt. Und wie war deiner so?«, frage ich prompt zurück.

Als Patrick plötzlich ins Zimmer platzt und laut zum Reden beginnt, gebe ich ihm sofort ein Zeichen mit meinem Finger vor dem Mund, das ihm sagen soll, still zu sein.

Den Laut, den er dann von sich gibt, klingt wie der eines erstickenden Frosches. Er fuchtelt mit seinen Händen herum, als würde er mir irgendetwas mega Wichtiges sagen wollen, doch ich verstehe kein Wort.

»Artus?«

»Sorry, Mine. Könntest du bitte nochmal wiederholen, was du mir eben sagen wolltest? Mein Vater kam gerade zur Tür rein.«

Patricks Gesicht läuft so rot an, als wäre er kurz vorm Platzen. Er stampft mit den Füßen auf dem Boden herum und holt sich danach einen Stift und Papier.

»Wir waren Essen, im Dorf unterwegs und dann noch unten am Strand.«

»Das hört sich toll an«, antworte ich schließlich. »Was gab es zum Abendessen?«

»Das Gleiche wie mittags. Und bei dir?«

»Ach, ich hatte mir nur ein wenig Pommes in den Ofen geschoben mit ...« Ich muss meinen Satz unterbrechen, weil ich Patricks Zettel lesen muss, der mir direkt vor die Nase gehalten wird.

Auf ihm steht in Großbuchstaben »SAG IHR ENDLICH DIE WAHRHEIT!«

»... mit Wahrheit. Äh, Walnüssen.«

»Pommes mit Walnüssen?«, kommt als überraschte Antwort zurück.

169

»Ja, die Walnüsse habe ich während dem Zocken gegessen«, rette ich mich aus der blöden Lage.

Patrick schüttelt mit dem Kopf. Ich hebe wütend meine Arme in die Höhe, als könnte ich ihn so zum Schweigen und Gehen bringen. Patrick winkt ab und verlässt das Zimmer.

Ich seufze.

»Ist alles gut bei dir, Artus? Du wirkst so abwesend? Ganz anders als sonst.«

»Ja, ich meine, nein. Mine, ich muss dir etwas erzählen, was mich sehr viel Mut kostet, okay? Daher fällt es mir auch so schwer ...«

»Hast du es ernst gemeint?«, unterbricht Mine mich plötzlich.

»Was denn?«, frage ich verwirrt zurück.

»Das, was du vor dem Flug zu mir gesagt hast. Dass du mich liebst.«

Ich will ihr gerade antworten, als ich im Hintergrund jemanden schreien höre.

»Artus, sorry. Ich muss aufhören. Meine Freundin braucht mich.«

Piep.

Und sie hat aufgelegt, ohne mir eine Chance zu geben, auf ihre Frage zu antworten.

WILHELMINE

»Was ist denn los?«

»Dieser Idiot! Ich habe ihn gerade angerufen, um die Sache mit ihm zu klären! Weißt du, was er mir erzählt hat?«, Theas Gesicht sieht schrecklich aus, wenn die komplette Wimperntusche verschmiert ist.

»Nein, was denn?«

»Dass er mich nur benutzt hat! Er wollte seine Ex zurück. Und da hat er jemanden gebraucht, die ihm bei der Eifersuchtsnummer hilft! Jetzt ist er wieder mit ihr zusammen! Warum müssen Männer nur solche Schweine sein?«

Thea setzt sich aufs Bett und weint. Ich setze mich neben sie, umarme sie seitlich und lasse sie ihren Kummer ausleben.

Liebeskummer ist etwas Schreckliches. Besonders dann, wenn die Liebe nicht erwidert wird. Oder, wenn dein Freund dich betrügt. Ich will diesen Schmerz nie wieder spüren müssen. Ich weiß jedenfalls, dass ich unendlich froh bin, David los zu sein.

Mir sind im Laufe der letzten Tage immer wieder Erinnerungsfetzen durch den Kopf gegangen, in denen ich Hinweise bemerkte, die ich vorher gar nicht so registriert hatte.

David hat mich während unserer Beziehung betrogen. Mehrmals. Also macht es auch keinen Sinn, ihm nachzutrauern.

Ich habe das Ende des Dschungels erreicht und durch das werde ich auch Thea jetzt führen.

Ich stehe auf. »Komm mal her, Thea. Lass dich umarmen, dann geht es dir bestimmt schnell wieder besser.«

Meine beste Freundin befolgt meinen Ratschlag und wir umarmen uns lange. So lange, bis die letzte ihrer Tränen endgültig auf ihrem Gesicht getrocknet ist.

Dann sehe ich ihr ins Gesicht. »So. Und jetzt verschwendest du nie wieder auch nur eine Träne an Max, verstanden?«

Thea nickt stumm.

»Komm, wir schauen uns jetzt ein paar lustige Videos an. Danach geht es dir bestimmt wieder besser.«

»Danke, Mine.«

Ich greife zu meinem Handy, gehe aber vorher noch schnell auf *MagicTable*, um mich bei Artus zu entschuldigen.

Hermine1001: Sorry, Artus. Meine Freundin hat mich gebraucht. Ihr neuer Schwarm hat Schluss gemacht. Ich wollte dich nicht im Regen stehen lassen.

ArtusLöwenherz86: Ach, kein Stress. Ich habe doch deinen virtuellen Regenschirm, weißt du noch? Deine beste Freundin geht vor, das ist doch klar.

Hermine1001: Haha. Danke dir. Wir schreiben morgen, okay?

ArtusLöwenherz86: Willst du gar nicht mehr meine Antwort wissen?

Ich werde stutzig. Was meint er? Doch dann fällt es mir sofort wieder ein und es ist mir schon fast etwas peinlich, dass ich das tatsächlich gefragt habe.

Hermine1001: Wegen der Nachricht vor dem Abflug?
ArtusLöwenherz86: Genau. Natürlich war das ernst gemeint!

Ich schicke ihm einen großen Herz-Smiley und bekomme prompt ein Herz zurück.

Hermine1001: Du wolltest mir doch noch etwas sagen?
ArtusLöwenherz86: Ja, aber das hat Zeit bis morgen. Kümmere dich gut um deine Freundin, ja?
Hermine1001: Danke. Du bist süß. Gute Nacht!
ArtusLöwenherz86: Gute Nacht, süßes Minchen!

Kapitel 20

WILHELMINE

Es ist Sonntag und ich sitze mit Thea in Tante Claires Wohnzimmer. Als wir meiner Tante gestern von unserem Frisör-Plan erzählt haben, hat sie uns auf einen ganz anderen Plan gebracht: Warum zum Frisör gehen, wenn sie uns auch die Haare schneiden kann?

Sie hat vor vielen Jahren eine Ausbildung zur Frisörin gemacht, bis sie gemerkt hat, dass ihr ihre Kräuter viel mehr Freude bereiten. Beim Frisör hat sie auch Adeens Vater kennengelernt, als er Kunde bei ihnen war.

Thea und ich blättern uns gerade durch Kataloge mit den neusten Frisur-Trends. Thea ist ganz angetan von einem französischen Zopf. Ich bin mir sicher, dass Claire ihn wunderbar hinbekommen wird.

»Dann werden wir hier ein paar junge Iren aufreißen, was meinst du, Mine?« Das Kichern meiner Freundin wärmt mein Herz.

»Ich glaube, dass da auch ein ganz bestimmter Halb-Ire ziemlich Augen machen wird«, antworte ich und lasse meine Augenbrauen aufziehend wackeln.

»Ha, ha. Sehr witzig!« Thea stupst mir in die Seite. Ihre Wangen sind dabei leicht errötet, was ich spontan darauf zurückführe, dass ihr die Meinung von Patrick doch nicht ganz egal zu sein scheint. »Und du? Wen willst du mit der ganzen Aktion eigentlich beeindrucken? Artus oder Adrian, hm?«

ADRIAN

Ich stehe am Türrahmen, als Thea gerade ihre Frage an Mine stellt. Sie wiederholt sich in meinem Kopf wie ein Echo.

»Artus oder Adrian?«

173

»Artus oder Adrian?«

»Artus oder Adrian?«

Ich muss dringend eine Lösung finden.

Patrick kommt gerade die Treppe nach unten, wo wir bis eben noch waren, weil Claire Hilfe beim Herrichten der Gästezimmer gebraucht hat. Offenbar kommen Devin und Finn doch schneller als gedacht. Wenn man den Erzählungen der Familienmitglieder Glauben schenken darf, dann dürfen wir uns warm anziehen, wenn die Zwillinge ankommen.

Adeen hat mich beim Herrichten der Zimmer die ganze Zeit über beobachtet. Ich kam mir dabei irgendwie ein wenig komisch vor.

»Da bist du ja, du Casanova.«

»Pssst!«, fahre ich meinen besten Freund an, weil ich sonst Mines Antwort nicht mitbekomme.

»Das weißt du doch genau«, antwortet Mine schließlich. »Ich bin schon so gespannt auf unser Treffen, Thea. Ich hoffe nur, dass ich nicht enttäuscht werde.«

»Wieso enttäuscht?«

»Na ja, vielleicht jage ich ja wirklich einem Phantom hinterher. Artus ist fast zu toll, um wahr zu sein.«

Thea kennt unsere Abmachung. So sehr sie Mine auch liebt, sie darf ihr nichts sagen. Und ich muss währenddessen eine Lösung finden, wie ich Mine endlich die Wahrheit sagen kann.

»Komm', lass uns in unsere Wohnung gehen. Wir machen jetzt eine Krisensitzung«, sagt Patrick und zieht mich gegen meinen Willen ein paar weitere Stufen nach unten und zur Hintertür hinaus.

WILHELMINE

Claires Handwerk ist grandios. Dass meine Tante so begabt ist, hatte ich noch nicht gewusst. Aber spätestens jetzt, wenn ich Theas neue Frisur sehe, verschlägt es mir die Sprache.

»Wunderschön, Liebes! Dein Haar ist ein Traum, wenn es ums Flechten geht«, schwärmt meine Tante über Theas Haar.

Auf dem Gesicht meiner besten Freundin verbreitet sich eine leichte rote Farbe und ihre Augen strahlen, als sie lächelnd in den Spiegel sieht, der schon seit vielen Jahrzehnten an der massiven dunkelbraunen Holzwand des Wohnzimmers hängt.

»Der französische Zopf ist dir wirklich gelungen! Wie soll ich mich dafür nur bei dir revanchieren?«, fragt sie meine Tante voller Glück.

»Das machst du schon, indem du die beste Freundin meiner Nichte bist«, antwortet diese. »Apropos, und nun zu dir«, ergänzt sie noch schnell und wendet sich schließlich mir zu.

Ich tausche mit Thea und nehme auf dem Stuhl vor dem Spiegel Platz. Ich mustere erwartungsvoll mein Spiegelbild.

Das bin ich, Wilhelmine O'Brian, die Halb-Irin, die bei zwei Jungs ein Kribbeln spürt und dabei ihr Herz zerreißt.

»Wenn ich dich so ansehe, Mine, könnte man meinen, dass ich die Irin von uns beiden bin und nicht du«, bemerkt Thea lachend und bezieht sich dabei auf ihre roten Haare.

»Ja, das stimmt. Ich habe in dieser Familie einfach die meisten deutschen Gene geerbt.«

»Scheint mir auch so«, bemerkt Claire, während sie meine Haare kämmt. »Aber das macht dich auch so einzigartig.«

Ich lächle meine Tante liebevoll an. Sie hat Recht. Ich *bin* einzigartig.

»Was ich mich schon immer gefragt habe, warum heißt du eigentlich Wilhelmine? Richtig irisch klingt der Name nämlich nicht«, fragt Thea mich plötzlich.

All die Jahre, seitdem wir befreundet sind, hat sie mir nie diese Frage gestellt, sondern einfach nur akzeptiert, wer ich bin. Während ich jahrelang von anderen wegen meines Namens ausgelacht wurde, hat sie mich kein einziges Mal darauf angesprochen. Als wäre er das Normalste der Welt, was er schlussendlich auch ist.

»Das kommt von meinem Großvater Wilhelm, Mums Dad. Er hat meine Mum alleine großgezogen und er war ihr großer Held. Als ich dann auf die Welt kam, war er so angetan von mir, dass er in Tränen ausbrach. Mehr noch als bei Patrick. Meine Mum hat es dann erfolgreich geschafft, meinen Dad zu überreden, mich nach ihm zu benennen. Ich habe es anfangs nie verstanden, warum der Name so unbeliebt ist, besonders als ich deswegen gehänselt worden bin. Aber als er eines Tages starb, kurz nach meinem zwölften Geburtstag, war ich glücklich über diesen Namen. Als würde mein Großvater nun durch mich weiterleben. Ich trage den Namen bis heute voller Stolz und daran wird sich auch nichts ändern.«

Ich sehe im Spiegel, wie Tränen auf Claires Wangen nach unten kullern. »Wilhelm war ein toller Mann. Er war eine Bereicherung für unsere Familie. Seine Witze haben alle immer sehr gemocht, auch wenn sein Englisch nicht perfekt war. Wir hatten dann alle richtig Spaß beim Lernen der deutschen Sprache, weil wir ihn verstehen wollten.«

Ich lache über Claires Worte. So habe ich die Geschichte noch nie gehört. Ich dachte immer, sie haben nur Deutsch gelernt, weil Mailin und Ian es sowieso schon mussten.

»Also, Wilhelmine, was wünschst du dir für deine Haare?«

Bei Claires deutschen Sätzen grinse ich amüsiert. »Ein Mal schneiden und frisieren bitte!«

ADRIAN

»Also Patrick. Hast du irgendwelche Ratschläge für mich?« Ich sehe meinen besten Freund erwartungsvoll an.

»Was für Ratschläge willst du denn hören?«

»Na ja, wie ich ihr am besten die Wahrheit sagen kann. Ich habe es schon so oft versucht, aber jedes Mal kam irgendetwas dazwischen, was mich wieder daran gehindert hat.«

»Dann war es nie der richtige Moment. Du wirst schon spüren, wenn der perfekte Augenblick an deine Tür klopft.«

»Na toll. Danke für den Tipp.«

»Gerne. Ich bin noch die ganze Woche buchbar.«

Ich stoße Patrick zum Dank meinen Ellenbogen leicht in die Seite.

Als dann mein Handy vibriert, zögere ich keine Sekunde.

Hermine1001: Guten Morgen, mein Prinz! *Kuss-Mund*

ArtusLöwenherz86: Guten Morgen, meine Prinzessin! *Kuss-Mund* Gut geschlafen?

Hermine1001: Ja, danke. Und du? Ich bin gerade beim Frisör.

ArtusLöwenherz86: Das freut mich. Ja, ich auch. Oh, echt? Bei einem richtigen irischen Frisör?

Hermine1001: Sozusagen. Ich bin bei meiner Tante. Sie ist gelernte Frisörin. Das ist viel besser, als bei einem echten Frisör zu sein, hihi.

ArtusLöwenherz86: Das glaube ich dir sofort. Und was machst du mit deiner Frisur, Schneewittchen?

Hermine1001: Etwas kürzen lassen. Meine langen Haare sind mir langsam mit ein bisschen zu viel Pflege verbunden.

ArtusLöwenherz86: Das glaube ich dir. Ich wünschte, ich könnte dich sehen.

Dann kommt keine Antwort mehr. Habe ich etwas Falsches gesagt?

Aber als die App anzeigt, dass sie wieder offline ist, gehe ich davon aus, dass es am Frisör liegt. Sie hat, wenn gerade ihre Haare geschnitten werden, bestimmt nicht ununterbrochen Zeit, um am Handy zu sitzen.

Ich bin beim Frisör immer relativ schnell fertig. Ich lasse meine Haare schließlich nicht so extrem lang werden. Meistens rollen sie sich sowieso ein.

Ich sehe zu Patrick, der mich plötzlich sehr ernst mustert.

»Du liebst sie doch, oder?«

Diese Frage kam überraschend. »Ja, wieso?«

»Und du willst mit ihr zusammenkommen?«

»Ja, das wäre schön.«

»Kannst du mir einen Tipp geben, wie ich das mit Thea am besten anstelle?«

Ich seufze und würge dabei ein ersticktes Lachen hervor. »Bist du nicht der Meinung, dass du da den Falschen fragst? Rede doch einfach Klartext mit Thea.«

177

»Das sagt der Richtige!«

Ich lache. »Ganz ehrlich, Patrick? Was soll ich auf deine Frage antworten? Ich glaube, dass wir uns beide mal schön in den Hintern treten dürfen.«

Jetzt seufzt mein bester Freund. »Ich habe ihr schon so viele Andeutungen gemacht. Direkt und durch die Blume. Ich weiß nicht, was ich noch anstellen soll.«

»Weißt du was? Wir setzen uns heute ein Ziel.«

»Und das wäre?«

»Wir werden heute beide mit unseren Traumfrauen reden und ihnen die Wahrheit sagen. Was kann dabei schon so schwer sein?«

»Okay«, akzeptiert Patrick meinen Vorschlag. »Und was passiert mit dem, der gegen die Abmachung verstößt?«

Ich lache. »Der darf die Zwillinge hüten.«

»Oh, Adrian. Du hast keine Ahnung, auf was du dich da einlässt ...«

»Noch ein Grund mehr, den heutigen Auftrag auch auszuführen.«

»Worauf du dich verlassen kannst!«

Mit einem Handschlag besiegeln wird unsere Abmachung.

Ich schlucke und spüre, wie meine Knie dabei weicher werden. Ein Frosch hat es sich in meinem Hals auch bereits bequem gemacht. Wie soll ich nur mit ihr reden, wenn sich alle Möglichkeiten der Kommunikation bei mir heute abgemeldet haben?

Ich blinzle und sehe aus dem Fenster. Ich nutze die kleine Lücke zwischen den Büschen, die uns die Sicht auf den Ozean ermöglicht. Die Wellen gleiten behutsam vorwärts und rückwärts, so wie ich es auch am Strand erlebt habe. Ich hätte mir nie gedacht, dass der Atlantik sogar von der Ferne aus so wunderschön ist. Er beruhigt mich ein wenig.

Heute ist es also soweit: Der Tag der Wahrheit ist gekommen.

Plötzlich vibriert mein Smartphone. Aus Gewohnheit greife ich natürlich sofort wieder danach.

Doch mein Herz bleibt stehen, als ich ihre Nachricht sehe. Ich glaube, der Moment der Wahrheit ist schneller gekommen, als ich es vor ein paar Sekunden noch für möglich gehalten hätte.

Kapitel 21

WILHELMINE

»Man, Thea, spinnst du?!«

Wir stehen gerade auf dem Hügel hinter Tante Claires Haus, wo wir eine traumhafte Aussicht auf den Strand und den Ozean genießen können. Meine schwarzen Haare sind jetzt wesentlich kürzer, ich habe eine ähnliche Frisur wie Thea und wir machen Erinnerungsfotos. Dachte ich jedenfalls.

»Hast du einen Vollknall?«

»Es war doch nur noch eine Frage der Zeit, bis er dich sieht!«, verteidigt Thea ihre Tat.

Ich stapfe wütend auf sie zu. »Du spinnst doch! Du hast alles kaputt gemacht!«

Dann drehe ich mich um und jedes Wort, das Thea jetzt noch zu ihrer Verteidigung sagen will, prallt an mir ab, als hätte sich in wenigen Sekunden um mich herum eine unsichtbare Mauer errichtet. *Beste Freundin, dass ich nicht lache.*

Bis gerade eben noch sind wir wie glückliche kleine Zehnjährige auf dem Felsvorsprung gestanden und haben unsere neuen Frisuren bestaunt. Wir haben gelacht und klassische Freundschaftsfotos gemacht, die ich schon immer auf den Profilen meiner Klassenkameraden in den Sozialen Medien so bewundert habe.

Endlich! Endlich habe ich auch so ein Foto mit meiner besten Freundin, das ich heute vielleicht auch noch posten wollte.

Doch diese Laune ist mir jetzt vergangen. Ist sie überhaupt noch eine beste Freundin? Loggt sich eine beste Freundin einfach bei *MagicTable* ein und schickt dem unbekannten Fremden ein Bild von seiner Chatpartnerin?

Jetzt weiß er, wie ich aussehe. Jetzt habe ich meine Karten offen hingelegt. Ich hätte zum Einloggen einfach die Passwort-Variante wählen sollen.

Tränen bilden sich in meinen Augen, während ich zurück in unsere Wohnung gehe. Gut, dass ich die Einzige bin, die den Schlüssel mitgenommen hat. Dann habe ich jetzt erst mal meine Ruhe.

ADRIAN

»Das war Thea, oder?«

Patrick zuckt mit den Schultern. »Bestimmt. Mine hätte es von sich aus mit Sicherheit nicht geschickt.«

»Niemals. Sie hat all meine Flirtversuche in diese Richtung immer abgeblockt. Abgesehen von ihrer Anspielung auf Schneewittchen.«

»Dann musst du jetzt handeln. Es gibt zwei Möglichkeiten: Entweder du gehst gleich rüber, klopfst an ihre Tür und stellst dich ihr richtig vor oder du schickst ihr ein Bild von dir. *Ein Echtes.* Eins von Adrian.«

Ich lausche den Worten meines besten Freundes und stelle dabei fest, dass ich jetzt vor einer Weggabelung stehe: Beide Wege führen zum Zielort. Ich muss mich nur entscheiden, ob ich über Steine laufen oder lieber schwimmen will.

Welchen der Wege werde ich nehmen?

Ich habe mich entschieden.

AdrianLöwenherz86: Du siehst wunderschön aus!

Es dauert lange, bis sie online geht. Wo ist sie jetzt gerade? Weint sie? Lacht sie? Zittert sie auch so sehr wie ich?

Es kostet mich extreme Überwindung, das zu tun, was ich gleich tun werde. Aber, ehrlich gesagt, war es schon überfällig.

Hermine1001: Danke. Aber ich wollte nicht, dass du das siehst.

ArtusLöwenherz86: Warum denn nicht? Du bist doch

180

wunderschön!

Hermine1001: Das war meine beste Freundin. Sie hat dir einfach das Bild geschickt. Wir wollten eigentlich nur Erinnerungsfotos machen.

ArtusLöwenherz86: Da hat sie dich aber ganz schön ausgetrickst.

Hermine1001: Ja, das stimmt.

ArtusLöwenherz86: Dann weiß sie also von mir?

Hermine1001: Ja, das tut sie. Wenn man sich verliebt, erzählt man das eigentlich so gut wie immer der besten Freundin.

ArtusLöwenherz86: Außer, du verliebst dich in ihren Ex.

Hermine1001: Da habe ich echt Glück, dass sie noch nie einen richtigen Freund hatte. Nur vor ein paar Tagen mal. Das war aber keine richtige Beziehung, sondern nur ein heißer Typ auf einer Party.

ArtusLöwenherz86: Oh, der auf unserer Party-Party? Als wir getanzt haben?

Hermine1001: Wir? Wir haben gar nicht getanzt. Das war ein anderer Prinz. Nicht du.

Ich spüre den fetten Kloß in meinem Hals. Was soll ich jetzt tun? Wäre jetzt nicht der ideale Zeitpunkt, um ihr endlich die Wahrheit zu sagen?

Ihr zu sagen, dass sie in Wirklichkeit noch viel schöner aussieht und mich ihre neue Frisur sehr beeindruckt? Schließlich fällt es keiner Frau leicht, ihren eigenen jahrelangen Stil spontan zu ändern. Zumindest war das bei Jessi so. Wenn die Frisur nicht gepasst hat, war sie unausstehlich.

ArtusLöwenherz86: Was machst du jetzt?

Hermine1001: Ich gehe in unsere Ferienwohnung. Draußen ist gerade ein unangenehmer Wind an der Küste. Meine Haare verfilzen jetzt zwar nicht mehr so schnell, aber kalt ist es trotzdem. Außerdem will ich meiner besten Freundin aus dem

Weg gehen ...

ArtusLöwenherz86: Gute Idee. Nicht, dass du noch krank wirst. Und warum willst du ihr aus dem Weg gehen? Sie wollte dir bestimmt nur helfen.

Hermine1001: Danke, dass du dich so um mich sorgst. Aber nur helfen? Na ja. Kann sein.

ArtusLöwenherz86: Ist doch selbstverständlich von einem Prinzen, oder nicht?

Hermine1001: Ich glaube nicht, dass jeder Prinz so ist wie du.

ArtusLöwenherz86: Hör' auf, ich werde noch ganz rot.

Hermine1001: Ich wünschte, ich könnte deine roten Wangen sehen ... Jetzt, wo du doch auch weißt, wie ich aussehe.

Mein Herz macht einen Satz. Wie wird sie reagieren, wenn sie mich wirklich sieht? Mein richtiges Ich – *Adrian* - und nicht Artus?

Wird sie mich lieben, weil sie sich in Artus' Art verliebt hat? Wird sie mich hassen, weil ich sie angelogen habe?

Ich denke, das muss ich nun selbst herausfinden.

»Ich werde mal zu Thea raus gehen. Sie braucht jetzt bestimmt jemanden, der sie wieder tröstet«, sagt Patrick plötzlich und steht auf.

Er hat meinen Chatverlauf mitgelesen.

»Schnapp' sie dir, Tiger!«, rufe ich ihm hinterher.

»Wenn ich wieder da bin, kennt sie die Wahrheit, ja?«

Ich nicke.

WILHELMINE

Ich bin aufgeregt. Artus hat seit der Aussprache meines Wunsches nichts mehr geschrieben. Sucht er jetzt vielleicht auch gerade ein Bild von sich raus?

Und wenn ich dieses Foto dann sehe – wird es Theas Vermutung bestätigen? Werde ich mich danach immer noch zerrissen fühlen?

Oder werde ich mich nur noch mehr in ihn verlieben? Sieht er vielleicht ganz anders aus, als ich ihn mir immer vorgestellt habe? Ich weiß es nicht.

Mein Handy vibriert.

Fremde Nummer: Mine?

Fremde Nummer: Mine, ich weiß, dass du all meine Nachrichten liest. Die Häkchen sind blau!

So ein Mist, er hört nicht auf! Sofort lösche ich Davids Chatversuch wieder. Ich könnte ihn auch einfach blockieren. Dann wäre endlich komplette Funkstille.

Fremde Nummer: Es wird dir nichts nützen, mich anzuschweigen. Du weißt, dass ich immer das bekomme, was ich will. Und ich will *dich*.

Wilhelmine: Und vor zwei Wochen wolltest du noch Nathalie. Wer weiß? Vielleicht auch Monika, die du vor einem Monat mal so angegafft hast? Oder du nimmst gleich Jessika?

Fremde Nummer: Wer ist Jessika?

Wilhelmine: Auch eine Ex-Freundin, die gerne das Herz eines anderen bricht. Ihr könntet super zusammenpassen. Was sagst du dazu? Überlege es dir mal!

Fremde Nummer: Nein, Mine. Ich will nur dich!

Wilhelmine: Lass' mich in Ruhe!

Ich lösche den Chat dieses Mal nicht, sondern sende einen Screenshot davon an Artus in der Fantasy-App.

Hermine1001: Na, was denkst du? Sollen wir sie verkuppeln?

ArtusLöwenherz86: Was? Er belästigt dich sogar in Irland?

Hermine1001: Er belästigt mich überall und immer noch.

ArtusLöwenherz86: Also, wenn ich mir das so durchlese, werde ich das Gefühl nicht los, dass du mit einer männlichen Jessika schreibst. Bewertet er auch die Hintern anderer Frauen mit einem Punkteranking?

Hermine1001: Haha, sie hat was? Das hat sie echt gemacht? Vor deinen Augen? Unglaublich! Wie heißt sie mit Nachnamen?

ArtusLöwenherz86: Wenn ich dir das jetzt verrate, brechen wir damit unseren Kodex.

Hermine1001: Welchen Kodex?

ArtusLöwenherz86: Na den Kodex der Privatsphäre, den du aufgestellt hast, Prinzessin.

Hermine1001: Ach so, den. Aber es betrifft ja nicht direkt eine Info über dich.

ArtusLöwenherz86: Vielleicht nicht direkt, aber sie ist meine offizielle Ex-Freundin und wenn du sie in den sozialen Netzwerken suchst, kann es sein, dass inoffiziell noch Fotos von uns auf ihrem Profil sind oder sie ihren Status noch nicht aktualisiert hat. Und was dann? Tja, dann wäre ich aufgeflogen.

Hermine1001: Du Spinner.

ArtusLöwenherz86: Königlicher Spinner!

Hermine1001: Gestern warst du noch ein Prinz.

ArtusLöwenherz86: Heute bin ich König!

Hermine1001: Wieso? Ist der Alte besiegt?

ArtusLöwenherz86: Nein, aber ich schreibe mit meiner holden Maid, die zu einer Prinzessin wurde. Das macht mich automatisch zum König.

Hermine1001: Artus, ich glaube, es wäre besser, wenn du nochmal die Regelungen der Hierarchien im Mittelalter nachschlägst.

ArtusLöwenherz86: Ich werde Euren Rat beherzigen, holde Prinzessin!

Hermine1001: Ich sagte ja, du bist ein Spinner.

184

ArtusLöwenherz86: Wie oft soll ich dir das noch sagen? Ich bin ein königlicher Spinner!

ADRIAN

Die Idee, Jessika und David zu verkuppeln, gefällt mir immer besser. Es würde eventuell auch die Chancen minimieren, dass sie nochmal zu mir angekrochen kommt. Denn Menschen wie sie und David, sind – denke ich mal – wie füreinander geschaffen.

ArtusLöwenherz86: Du hast mir durch den Screenshot ja seine Nummer gegeben, dann leite ich diese einfach an Jessika weiter.

Hermine1001: Du kannst die Nummer sehen?

ArtusLöwenherz86: Du hast an einer Stelle vergessen, sie zu zensieren.

Hermine1001: Mist.

ArtusLöwenherz86: Hey, kein Stress. Ich schreibe ihn nicht an. Ich gebe Jessika einfach seine Nummer.

Hermine1001: Das willst du echt machen? Bist du verrückt?

ArtusLöwenherz86: Wieso? Ich bin ihr noch eine Antwort auf ihre Frage schuldig. Dann kann ich das ja gezielt einfädeln. Was sie dann mit der Nummer macht, ist ihre Sache.

Hermine1001: Und Datenschutzregeln?

ArtusLöwenherz86: Meinst du, die beiden interessieren sich für den Datenschutz? Noch dazu kommt, dass sich Jessika bestimmt schon wieder getrennt hat und ich jetzt ihr Ex-Ex bin.

Hermine1001: Woher weißt du das? Und welche Antwort bist du ihr noch schuldig?

ArtusLöwenherz86: Na, na. Du willst aber viel auf einmal wissen.

Hermine1001: Die Prinzessin interessiert sich eben für ihren

Prinzen.

ArtusLöwenherz86: Ha! Also doch!

Hermine1001: Gewöhne dich nicht dran.

ArtusLöwenherz86: Schade. Wieso eigentlich nicht?

Hermine1001: Wenn du jetzt in Irland wärst, wäre es einfacher zu erklären.

ArtusLöwenherz86: Okay. Na ja, sie hat mir jedenfalls gestanden, dass es ganz mies zwischen ihr und ihrem Neuen läuft und sie mich zurück will.

Hermine1001: WAS? Und du?

ArtusLöwenherz86: Ich werde ihr gestehen, dass mein Herz vergeben ist.

Hermine1001: An wen?

ArtusLöwenherz86: Na an meine Prinzessin.

Hermine1001: Artus! Jetzt im Ernst! An wen?

ArtusLöwenherz86: Sagte ich doch bereits. Oder dachtest du immer noch, meine Sätze kurz vor dem Flug waren nur ein Witz?

Es dauert länger, bis ich eine Antwort bekomme. Ich sehe immer wieder das Stift-Symbol, das kommt und wieder geht, als würde sie einen Text schreiben, nur um ihn dann wieder zu löschen. Sie weiß nicht, was sie darauf antworten soll und ich bekomme Angst, dass ich es vielleicht ein wenig übertrieben habe. Doch jetzt werde ich nicht mehr umkehren.

Hermine1001: Artus, ich muss ehrlich zu dir sein.

Mit dieser Nachricht habe ich nicht gerechnet. Was antwortet man darauf? Was meint sie? Ich stelle mich dumm.

ArtusLöwenherz86: Hm?

Hermine1001: Ich weiß zurzeit nicht, was ich mit meinen

186

Gefühlen machen soll. Ja, es gibt unseren Kodex und ja, ich wollte mich nicht so schnell wieder auf eine Beziehung einlassen, aber ...

Plötzlich klingelt mein Telefon und ich lasse es vor Schreck fast fallen. Es ist Mine. Sie ruft mich an.

Und ich drücke auf den grünen Knopf.

WILHELMINE

»Artus?«

»Mine?«

»Schön, dass du dran gehst. Ich sage das, was ich jetzt sagen will, lieber mündlich als schriftlich.«

Es klopft an der Tür.

Soll ich sie jetzt öffnen? Es ist doch bestimmt nur Thea, die reingelassen werden will. Schließlich hatte nur ich den Schlüssel dabei.

»Willst du nicht aufmachen?«, fragt Artus am anderen Ende der Leitung.

»Ach, ist bestimmt nur Thea.«

»Deine beste Freundin?«

»Ja.«

»Schau bitte trotzdem mal nach.«

»Okay.«

Ich trete näher an die braune Wohnungstür heran und betätige den goldenen Türgriff, während ich mit zitternden Händen mein Handy ganz fest an mein Ohr presse, damit ich keins seiner Worte verpasse.

Adrian steht vor mir, ebenfalls mit dem Handy am Ohr, das er langsam nach unten nimmt und – ohne seinen Blick von mir abzuwenden – auf einen Knopf drückt.

»Hallo Prinzessin.«

Kapitel 22

WILHELMINE

Ich starre Adrian perplex an, während in meinem Ohr der berühmte Auflegeton nachhallt.

Artus hat aufgelegt.

Ich sehe in Adrians Gesicht, das leicht errötet ist. Mir egal. Ich drücke erneut auf den blau-schwarzen Anrufbutton.

Als Adrians Handy augenblicklich zu Läuten beginnt, lasse ich mein Smartphone fallen.

»*Du?*«

»Darf ich mich vorstellen? Ich bin *ArtusLöwenherz86*.« Adrian macht eine vornehme Verbeugung, wie es junge Königssöhne immer in Filmen tun.

»Ich weiß nicht, was ich sagen soll.«

»Ich auch nicht«, erwidert Adrian, oder soll ich sagen – Artus?

»Wie soll ich dich denn jetzt nennen?«, platzt es aus mir heraus, als wäre das die einzige Frage, die jetzt in meinem Kopf aufleuchtet.

»Wie du willst. Aber alle, die mich kennen, nennen mich Adrian. Als Artus kennst mich nur du.«

»Und wer bist du wirklich? Adrian oder Artus?«

»Ich hoffe, du willst das selbst herausfinden.« Er hält mir seine Hand entgegen, die vor Aufregung leicht zittert.

Einen kurzen Moment lang bin ich in der Versuchung, seine Hand zu nehmen. Doch als mich die Erkenntnis wie ein Blitz trifft, ziehe ich sie weg.

Ich fühle mich, als wäre ich von einem Lastwagen überrollt worden.

»Du hast es die ganze Zeit über gewusst.«

»Was?«

»Dass ich *Hermine1001* bin.«

188

»Nein, nicht die ganze Zeit über. Erst, seit wir zur Party gefahren sind und da habe ich es auch nur vermutet.«

Ich gehe in meinem Zimmer auf und ab, um die einzelnen Puzzleteile zu sortieren, die erst nach und nach bis zu meinem Bewusstsein vordringen.

»Während der Party, beim Pizzaessen, vor der Security, vor dem Flug ... Du hast mich überall belogen!«

Adrian lässt seinen Kopf hängen. »Ich wollte es dir die ganze Zeit über sagen! Das erste Mal bei der Security, weißt du noch? Als du ständig auf dein Handy gestarrt hast.«

Ich bleibe stehen. »Moment. Wie hast du das gemacht? Ich habe mit Artus geschrieben, aber du bist ohne Handy vor mir gestanden.«

»Patrick hat geschrieben. Er war im Zeitungsladen. Er wollte mir helfen, falls ich doch nicht den Mut haben sollte, es dir zu sagen. Ich hatte den Mut, es war nur unmöglich, deine Aufmerksamkeit für mich zu gewinnen. Du warst zu versessen darauf, das rote Shirt zu finden.«

»Und warum haben Patrick und du das dann überhaupt gemacht? Warum hast du mir nicht gleich gesagt, dass du es bist? Ohne dieses ganze Drama drum herum? Und, Moment! Patrick wusste auch davon?«, fahre ich ihn lauter an, als ich wollte.

»Und ich wusste es auch.«

Dieser Satz stammt von Thea, die gerade vorsichtig durch den Eingang zur Wohnung späht.

»Du auch? Du hast es also die ganze Zeit über nicht vermutet, sondern ständig gewusst?«, wende ich mich an sie.

»Anfangs hatte ich es auch zum Spaß vermutet, aber nach Patricks Aktion im Zeitungsladen, bei der ich ihn erwischt hatte, wusste ich es sicher.«

»Und du hast nichts gesagt! Nicht ein Wort!«

»Thea kann nichts dafür«, mischt sich Adrian ein. »Wir haben sie angefleht, dass sie dir nichts verrät. Dafür habe ich ihr versprochen, dir die Wahrheit zu sagen, was ich so eben getan habe.«

»Und so etwas nennt sich *beste Freundin*!«, fahre ich Thea wütend an.

Ich bin sauer. Auf alle. Auf jeden. Aber am meisten auf mich selbst, dass ich mich so habe blenden lassen.

189

ADRIAN

Unbehagen. Angst.

Genau diese Gefühle machen sich gerade in mir breit.

Traurigkeit. Verzweiflung.

Das spüre ich, als ich die Tränen in ihren Augen sehe.

In den Augen von *Hermine1001*. Ich habe sie verletzt und das hätte ich auf gar keinen Fall tun sollen.

Ich will zu ihr gehen und sie umarmen, um ihre Tränen zu besiegen, doch sie stampft, wütend wie ein Elefant, zurück, funkelt mich durch feuchte Augen finster an und ruft: »Lasst mich in Ruhe! Alle!«

Wenig später sitze ich mit Thea und Patrick in unserer Wohnung.

»Ich habe dir ja gleich gesagt, dass heute der Tag der Wahrheit wird.«

»Und der Tag, an dem ich das erste Mal seit langem keine beste Freundin mehr habe«, antwortet Thea. Sie hat ebenfalls Schuldgefühle, weil sie ihre beste Freundin angelogen und bei unserem Versteckspiel mitgespielt hat.

»Das wird schon wieder«, antwortet Patrick und nimmt Theas Hand.

Mir stockt der Atem. »Thea? Patrick? – Patrick? Thea?«

»Gut kombiniert, Sherlock.«

Ich bin gerade so überrascht, dass ich nicht mehr sagen kann, von wem der letzte Satz stammt.

»Wir haben es beide geschafft und unsere Abmachung eingehalten«, sagt Patrick triumphierend.

»Welche Abmachung?«, fragt Thea.

»Dass wir heute beide unseren Traumfrauen die Wahrheit sagen.«

»Na das habt ihr definitiv geschafft«, antwortet Thea ihrem ersten festen Freund.

»Ich freue mich für euch«, sage ich leise.

»Nicht nur du schwebst jetzt auf Wolke 7«, bemerkt Patrick grinsend.

»Von *Schweben* kann aktuell keine Rede sein. Ich schwebe höchstens vor dem Abgrund«, bemerke ich mit Reue in der Stimme.

»Ich rede nochmal mit Mine. Sofern sie überhaupt mit mir redet. Sie ist zu Mailin ins Gästezimmer gezogen. Selbst die Zwillinge, die heute Abend anreisen sollen, machen ihr keine Angst.«

»Ich wünschte, ich hätte euch alle nicht in diese Lage gebracht«, sage ich ehrlich.

»Ach, Adrian, mach dir keinen Kopf. Ich kenne Mine schon seit ihrer Geburt. In der Regel ist sie nie lange sauer. Höchstens ein Jahr, dann sei dir verziehen«, sagt Patrick voller Ernsthaftigkeit.

»Ein Jahr? Na großartig. Aber für sie würde ich auch 100 Jahre warten«, antworte ich.

»Hach, wie romantisch! Das ist ja wie bei Dornröschen!«, bemerkt Thea und lacht.

»Die Dornen tun mit Sicherheit genauso weh, wie ihre vorherigen Blicke«, ergänzt Patrick.

»Vor Dornen habe ich keine Angst. Eher davor, dass ich es komplett verbockt habe.«

»Ich habe ihr mehrmals gesagt, dass Artus Adrian sein könnte. Sie wollte nicht auf mich hören. Und wenn sie nur einen Funken davon geglaubt hätte, hätte sie dich auch einfach zur Rede stellen können«, entgegnet Thea.

»Du hast Recht«, antworte ich ihr.

»Was werden wir jetzt machen?«, fragt Patrick in die Runde.

Ich zucke mit den Schultern. »Vermutlich wird meine Abreise das Beste sein.«

WILHELMINE

Ich liege zusammengekauert auf dem eben frisch hergerichteten Bett. Tante Claire hat mir einen Beruhigungstee gemacht, Mailin hat mir liebevoll über das Haar gestrichen und sogar Adeen war gerade nett zu mir und hat mich nicht auf David oder Adrian angesprochen.

Ich fühle mich verraten. Von Artus, meiner besten Freundin und sogar von meinem Bruder. Die drei Menschen, denen ich bisher am meisten vertraute, fallen mir einfach so in den Rücken. Sie haben mich angelogen. Mutwillig.

Dachten sie wirklich, sie würden damit durchkommen?

Mein Handy vibriert.

Meine Hand will schon danach greifen, es könnte schließlich eine Nachricht von Artus sein, doch als ich realisiere, was ich da gerade vorhabe, lasse ich meine Hand sofort wieder sinken.

Es fühlt sich an wie Liebeskummer. Als ich diesen hatte, war immer Thea zur Stelle, um mich wieder aufzubauen. Es war auch Artus da, der mir Tipps gegeben hat, um mich abzulenken. Der mich durch einen Gefühlsdschungel führen wollte, was er schlussendlich auch geschafft hat.

Es war Artus, der mich gerettet hat.

Doch jetzt ist er der, der alles zerstört hat.

Nach ein paar Minuten, die ich einfach nur auf dem Bett liegend verbracht habe, greife ich schließlich trotzdem nach meinem Smartphone. Ich brauche jetzt Musik.

Am besten eine ruhige Ballade meines Lieblingssängers *Ed Sheeran*.

Doch *»Perfect«*, das Lied, das ich sonst rauf und runter höre, will heute nicht passen. Vielleicht sollte ich doch eher etwas Rockiges hören. Vielleicht verbessert das ja meine Laune? Vielleicht sollte ich den Sound meines Handys voll aufdrehen und am besten noch einen Lautsprecher anschließen, damit ich meinen Schock mit der Lautstärke vertreiben kann?

Vielleicht sollte ich auch einfach nochmal mit Thea reden. Schließlich hatte sie mir immer Brocken zugeworfen, in denen sie mich auf Adrian hingewiesen hat. Eine Art Hilferuf, weil sie doch mit den Jungs einen geheimen Pakt geschlossen hatte.

Andererseits dürfte ihr die Loyalität mir gegenüber wichtiger sein, als sich von Patrick beeinflussen zu lassen.

Was denkt er eigentlich, wer er ist? Warum hat er mir nichts gesagt? Er war Adrian loyaler gegenüber eingestellt, als seiner eigenen Schwester.

Ich vergrabe meinen Kopf im Kissen, während die Klänge der Band *»Within Temptation«* aus meinen Handylautsprechern schallen. Sie werden von einer erneuten Nachricht kurz unterbrochen.

Wer schreibt mir da andauernd?

Neugierig wie ich bin, sehe ich auf mein Display und verdrehe die Augen, als ich wieder die fremde Nummer sehe, die nur einem gehören kann.

Fremde Nummer: Mine, bitte, höre mich an!

Fremde Nummer: Die Zeit mit dir war die geilste! Und ich will sie zurück!

Fremde Nummer: Müsstest du jetzt nicht in Irland sein?

Fremde Nummer: Wie ist das Wetter da?

Wilhelmine: Wolkig mit Aussicht auf Regenschauer.

Fremde Nummer: Wegen mir, oder?

Wilhelmine: Denkst du immer noch, dass sich alles in meinem Leben nur um dich dreht, hm?

Fremde Nummer: Na klar. Um wen denn sonst, Süße?

Wilhelmine: Hm, keine Ahnung. Vielleicht um einen anderen Mann?

Fremde Nummer: Aber er liebt dich bestimmt nicht so wie ich dich liebe.

Wilhelmine: Du liebst mich gar nicht. Oder zumindest nicht mehr.

Fremde Nummer: Und du? Ich bin mir sicher, dass du nicht mehr mit mir schreiben würdest, wenn du wirklich nicht mehr an mich denkst.

Wilhelmine: Pass ja auf, dass du nicht eines Tages auf deiner Schleimspur ausrutschst! Du bist so eingebildet!

Fremde Nummer: Eingebildet? Na ja, wenn du mich so siehst ...

Wilhelmine: Wie soll ich dich denn sonst sehen?

Fremde Nummer: Als deinen Prinzen, hm?

Voller Wut werfe ich mein Smartphone aus dem Bett und bereue es danach gleich wieder. Wenn es jetzt kaputt ist, darf David die Kosten für das Neue bezahlen. Dieser eingebildete Gockel!

ADRIAN

»Also, ich denke, dass es das Beste ist, wenn ich jetzt nach Hause fahre.« Ich ziehe meinen Koffer aus der Ecke.

Thea ist inzwischen wieder gegangen.

Patrick steht neben mir mit verschränkten Armen vor der Brust. »Du gehst nirgendwo hin.«

»Doch. Was soll ich denn noch hier? Ich habe Mine verloren, weil ich mehrmals zu feige war. Das darf nicht nochmal passieren.«

Patrick lacht.

Ich werfe ihm einen bösen Blick zu. »Auf wessen Seite stehst du eigentlich?«

»Auf deiner!«

Ich schnaube und lege meine Schlafanzughose in den Koffer.

»Adrian, verstehst du denn nicht? Du redest davon, nicht mehr feige zu sein und dann packst du deinen Koffer, statt zu kämpfen! Du bist auf einem verdammt guten Weg, wirklich alles kaputt zu machen.«

Ich halte inne und sehe Patrick an. »Du hast gut reden. Du hast auch nicht mit den Gefühlen deiner großen Liebe gespielt.«

»Das stimmt. Aber ich habe sie so lange bezirzt, bis sie endlich *Ja* gesagt hat.«

»Jetzt bist du also der Beziehungsexperte, was?«

»Genau. Und weißt du, was wir jetzt erstmal machen?«

»Nein, aber du wirst es mir bestimmt gleich sagen.«

»Wir gehen zum *Goldenen Kleeblatt*.«

»Zum was?«

»Komm', mein Freund. Es wird Zeit, dass du mehr vom irischen Lebensstil kostest.« Patrick legt seinen Arm um mich und grinst. Das bedeutet nichts Gutes.

Kapitel 23

WILHELMINE

»Mine, bitte! Lass' es mich doch erklären!« Thea gibt nicht auf. Sie steht schon seit mindestens zehn Minuten vor meiner Zimmertür und fleht, dass ich sie hineinlasse.

Ich kann meiner besten Freundin nicht ewig sauer sein. Dafür ist sie mir viel zu wichtig.

Ich stehe langsam auf und öffne die Tür.

Sofort stürmt Thea auf mich zu und umarmt mich so heftig, dass wir beide rückwärts auf mein Bett fallen.

»Sorry! Ich hoffe, du hast dich nicht verletzt«, bemerkt sie voller Sorge.

Ich lache. »Nein, alles gut. Habe mir nur gerade eine Rippe gebrochen.«

»Mine!«

Ich lache.

»Du bist so fies!«

Ich lache nur noch mehr, bis Thea mir ein Kissen an den Kopf wirft.

»Hey, hör' auf damit! Das ist ein spezielles Kissen, das Mailin gehört! Ich glaube nicht, dass ...«

Plop!

Schon habe ich ein anderes Kissen im Gesicht.

Thea lacht. Ich lache mit.

Ich kann meiner besten Freundin nicht lange böse sein.

»Mine, es tut mir leid. Wirklich! Alles. Ich wollte nicht, dass es so weit kommt. Als ich Patrick im Zeitungsladen dabei erwischt habe, wollte ich sofort zu dir gehen, aber er hat mich so angelächelt, dass ich diesem Lächeln nicht widerstehen konnte.«

»Moment. Du konntest Patricks Lächeln nicht widerstehen? Ernsthaft? Thea, was ist nur in dich gefahren? Du warst doch zu dieser Zeit noch bis über beide Ohren in Max verknallt!«

»Max? Hach, ich bin froh, dass ich keine Sekunde mehr an diesen Deppen verschwendet habe.«

»Ja, du hast Recht. Das hätte er wirklich nicht verdient, so wie er dich ausgenutzt hat.«

»Aber, weißt du was? Wenn ich dir das jetzt sage, wirst du es mir wahrscheinlich sowieso nicht glauben.«

»Was denn?«

»Patrick hat mich gefragt.«

»Was gefragt?«

»Na, ob ich seine Freundin sein will! Nachdem wir uns geküsst haben.«

»Ihr habt euch GEKÜSST?«

»JA!«

Wie ein kleines Mädchen, das gerade ein Spielzeugpony bekommt, das es sich schon immer gewünscht hat, hüpfe ich auf meinem Bett herum.

»Soll das heißen, dass du endlich einen Freund hast?«

»JA!«

Ich werde ernst. »Und dann auch noch meinen Bruder?«

Thea kichert.

Zum ersten Mal nach langem fühle ich mich wieder besser. Und es tut so verdammt gut.

»Patrick hat schon von dir geschwärmt, seit er dich das erste Mal gesehen hat.«

»Ach herrje, da hast du aber ganz schön viel ertragen müssen.«

»Ja, er ist ein zäher Bursche. Schließlich wollte er nie eine andere und redete immer nur von dir, wenn unsere Eltern ihn über potentielle Beziehungen ausfragen wollten.«

»Und das hast du mir alles verschwiegen?«

»Na klar. Ich wollte dich nicht beeinflussen.«

»Also hattest du auch einen Pakt mit Patrick, den du vor deiner Freundin nicht brechen konntest.«

»Exakt«, antworte ich und merke, dass es Thea nun die ganze Zeit über genauso ging.

»Also hast du mich auch angelogen. Sind wir somit denn nicht wieder quitt?«

Ich sehe sie verdutzt an. »Streng genommen, hast du mich ja nie wirklich angelogen. Du hast mir immer und immer wieder gesagt, dass Artus Adrian sein könnte und ich habe dir einfach nicht geglaubt.«

»Verstehst du jetzt, in welcher bekloppten Situation ich war?«

Ich nicke. »Okay, wir können wieder beste Freundinnen sein. Aber nur, wenn du mir etwas versprichst.«

»Alles!«

»Nie wieder Lügen!« Ich halte ihr meine Hand entgegen, um ihr ein Friedensangebot zu machen.

Thea schlägt ein, ohne zu zögern. »Nie wieder Lügen!«

ADRIAN

»Also, Patrick, erkläre mir nochmal, warum ein irischer Pub die Lösung all meiner Probleme sein soll?«

»Ganz einfach: Du schaltest ab.«

Ich seufze. »Sich sinnlos betrinken können wir auch in Deutschland.«

»Oh, glaub mir, mein Freund, nirgends ist es so schön wie hier.«

Wir sitzen auf Barhockern an einer Theke, die Eigentum eines Pubs sind, der übersetzt tatsächlich *»Zum Goldenen Kleeblatt«* heißt. Ich hatte es Patrick anfangs fast nicht geglaubt, schließlich kann es so viele Klischees kaum geben.

Die Atmosphäre hier ist genauso, wie ich es durch Bücher und Filme immer mitbekommen habe: Laut, fröhlich und familiär.

Die Leute sehen dich an und lächeln erstmal. Du lächelst natürlich zurück und schon ist die Stimmung gerettet.

»Mandy, fragst du die Herren mal, was sie trinken mögen?«, höre ich eine der Bedienungen zu einem blonden Mädchen sagen. Natürlich auf Englisch.

»Hey guys«, begrüßt uns die junge Dame schließlich.

Sie ist bestimmt in unserem Alter, denn sie wirkt bei weitem jünger als ihre Kollegin. Trotz ihrer aufreizenden Kleidung, ist ihre Ausstrahlung angenehm und überhaupt nicht aufdringlich.

»Was willst du trinken, Adrian?«, fragt Patrick mich.

»Etwas gegen Liebeskummer.«

»Kommt sofort!«

WILHELMINE

Wir sitzen mit der gesamten Familie – abgesehen von Patrick und Adrian – im Wohnzimmer und sehen Fernsehen. Es kommt gerade eine Zaubershow von bekannten irischen Künstlern, von denen ich in Deutschland noch nie etwas gehört habe.

Adeen ist ein großer Fan von ihnen und bedeutet uns immer still zu sein, wenn Thea und ich zu laut werden.

Tante Claire studiert in ihrem alten moosgrünen Sessel ein Buch über Kräuter, während meine Eltern eine Partie Schach spielen.

Ich sehe ihnen dabei zu, während Thea vergnügt den Chatverlauf von David und mir durchliest. Sie kichert bei jedem meiner Konter und verdreht die Augen, wenn sie Davids Gehabe liest. Sie kommt mir dabei ein wenig vor, wie bei einer *Sitcom-Serie*: Sie lacht genau an den richtigen Stellen.

Während meine Mum mit ihrem Läufer den Springer meines Dads schlägt, höre ich draußen eine wilde Diskussion von Mailin und Ian über ihre Zwillinge Devin und Finn. Die beiden sind schon heute Nachmittag von ihren Großeltern abgesetzt worden und haben bereits wieder einiges auf den Kopf gestellt. Darunter war auch Tante Claires alte weiße Vase, die zum Glück keinen Schaden genommen hat. Die Zwillinge sind nicht umsonst gefürchtet.

Ians Eltern haben sich die Ferienwohnung Drei geschnappt und packen dort gerade aus. Sie sahen nicht gerade entspannt aus, als sie ankamen.

Tante Claire verdient jetzt zu Ostern eher an ihrer Verwandtschaft als an Gästen, die über die internationalen Reiseportale buchen. Natürlich bekommt meine Tante von uns auch Geld für die Unterkunft. Zum Familienpreis, versteht sich.

Manche englischen Wörter, die im Flur zwischen Ian und Mailin durch die Luft sausen, verstehe ich auch nicht sofort. Doch Tante Claires Gesichtsausdruck, als sie einmal in Richtung Tür zum Flur sieht, sprechen Bildbände.

»Hoffentlich geht das nicht die ganze Nacht noch so weiter«, bemerkt Adeen angespannt.

»Warum, was war denn?«, frage ich sie neugierig.

»Na ja, die Jungs haben auch bei ihren Großeltern eine antike Vase zum Absturz gebracht, die Ians Mutter viel bedeutet hat. Allerdings hatte diese nicht so viel Glück wie unsere und hat es nicht überlebt. Folglich sind beide gerade etwas überfordert«, erklärt meine Cousine.

»Warum sind die Jungs nur so?«, fragt Thea.

»Keine Ahnung. Vielleicht liegt es auch daran, dass Mailin und Ian sich jobbedingt kaum Zeit für die beiden nehmen. Also versuchen die Jungs alles Mögliche, um die Aufmerksamkeit der beiden zu gewinnen«, antwortet Tante Claire.

Ich nicke. »Das macht durchaus Sinn.«

»Die beiden waren nicht geplant, hatte mir Mailin mal bei unserer Teerunde erzählt«, flüstert Adeen. »Aber sagt das bitte keinem. Zumindest nicht, dass ihr es von mir wisst.« Sie wendet sich wieder der Zaubershow zu, bei der die Magier gerade ein Auto verschwinden lassen.

»Also, wenn ich du wäre, würde ich David schreiben, dass er sich seine Arroganz in seinen ...«

Ich halte Thea den Mund zu. »Thea! Solche Ausdrücke verwenden wir in diesem Hause nicht!«

Meine Mutter sieht zu uns herüber und unterdrückt ein Lachen, während mein Vater einen Bauern nach vorne zieht.

»Aber denken darf man hier solche Ausdrücke doch, oder?«

Ich lache.

ADRIAN

Inzwischen trinke ich schon das zweite Glas. Zu meiner Verteidigung muss ich aber anmerken, dass die Gläser etwas kleiner ausfallen.

»Also, was soll ich deiner Meinung nach tun, um Mine wieder glücklich zu sehen, hm?«

»Auf jeden Fall nicht abreisen«, bemerkt Patrick.

Ich lasse meinen Blick durch den Raum schweifen. Ich sehe zwei glückliche Paare in jeweils einer Ecke sitzen und weiter abseits davon eine Gruppe von fünf Männern, die sich laut beim Armdrücken messen.

»Adrian, ich weiß, was du denkst.«

»Was denke ich denn?«, frage ich Patrick.

»Na, dass du mich niemals im Armdrücken besiegen kannst!«

»Nein, Patrick, ich habe jetzt wirklich keine Nerven dafür und viel zu viel Alkohol im Blut.«

»Na siehst du? Die perfekten Voraussetzungen.«

Ich hebe eine Augenbraue, als Patrick mir seinen Arm entgegenstreckt.

»Wenn du gewinnst, darfst du Heim fahren. Wenn ich gewinne, bleibst du.«

Ich rümpfe die Nase. Eigentlich habe ich mich schon dazu entschieden, abzureisen. Was will ich noch hier? Ich bin ein Herzensbrecher und somit bestimmt nicht in dieser Familie willkommen.

»Na los!«

Widerwillig greife ich Patricks Hand, um mit dem Armdrücken zu beginnen. Doch ehe ich richtig merke, was ich eigentlich tue, hat Patrick bereits meine Hand gegen die Tresenoberfläche gepresst.

»Gewonnen!«

»Das zählt nicht. Ich war noch gar nicht vorbereitet!«

»Das sind alles nur Ausreden!«

Also machen wir es nochmal, wieder mit demselben Ergebnis. Jedoch habe ich mich dieses Mal mehr angestrengt.

»Weil ich heute so spendabel bin, können wir gerne noch ein drittes Mal.«

200

Ich grinse kampfbereit und drücke fest dagegen. Patricks Handrücken bewegt sich immer mehr in die andere Richtung und ich fühle mich schon siegesgewiss, doch auch diesen Kampf verliere ich.

»3:0! Du bleibst, Adrian!«

Ich wende mich wieder meinem Drink zu. Die grüne Flüssigkeit erweckt in mir eine Art Glücksgefühl. »Happy Clover – Glücklicher Klee« nennt sich dieses Gebräu. Es ist eine Spezialität dieses Pubs aus Riverfall.

»Ihr Jungs seht so aus, als könntet ihr jemanden zum Reden brauchen«, sagt plötzlich eine Stimme vor mir.

Ich reibe mir die Augen. Es ist Mandy, unsere Bedienung. Ihre blonden Locken umrunden stilvoll ihr Gesicht. Ihre grünen Augen mustern mich neugierig. Flirtet sie mit mir? Und warum spricht sie Deutsch?

»Wisst ihr, Frauen wie wir können Geheimnisse gut für uns behalten.«

»Lernt ihr hinter der Theke auch Deutsch?«, frage ich kleinlaut hinaus.

»Nein«, antwortet sie lachend. »Das habe ich meinem Studium zu verdanken. Ich wusste nur gerade nicht, wie ich am besten mit dem Reden anfangen soll.«

Das trifft genau Patricks Humor, der breit grinst. »Ich schulde es meinen Genen.«

»Bist du ein Halb-Ire?«

»Ja, halb-irre!«, rufe ich lachend. Ich konnte mir das einfach nicht verkneifen. Liegt es am Alkohol?

Patrick wirft mir erst einen bösen Blick zu und wackelt dann, an Mandy gewandt, mit den Augenbrauen. »So sieht's aus.«

»Ich habe sofort erkannt, dass ihr nicht von hier seid.«

»Also ich schon! Ich habe die Hälfte meiner Kindheit hier verbracht«, kontert Patrick sofort und wirkt, als wäre er gleich beleidigt.

»Und was ist mit dir, Cloverboy? Bist du auch ein Halb-Ire?«, wendet sich Mandy an mich.

»Nein, ich bin ein Volldeutscher«, antworte ich lachend.

»Voll bist du jetzt auf jeden Fall«, wirft Patrick lachend ein.

Ich ramme ihm meinen Ellenbogen in die Seite, woraufhin Patrick nur noch mehr lacht.

»Aber deswegen seid ihr nicht hier, oder?«, fragt Mandy weiterhin an mich gewandt.

»Nein«, antworte ich nur kurz und knapp.

»Ich bin Mandy«, stellt sich die Blondine offiziell vor.

»Freut mich, dich kennenzulernen, Mandy.«

»Die Freude ist ganz meinerseits, Cloverboy.«

Kapitel 24

WILHELMINE

Inzwischen bin ich mit Thea wieder in unserem Gästeappartement. Ich wollte – nachdem wir uns jetzt wieder versöhnt haben – keine Sekunde mehr in einem Zimmer verbringen, in das heute die Brown-Zwillinge eingezogen sind. Da verbringe ich lieber noch eine Nacht mit David! Nackt.

»Ich bin so froh, dass wir uns wieder vertragen!«, sagt Thea, während wir im Badezimmer stehen und gleich unsere Zähne putzen.

»Ja, ich freue mich auch.«

»Tante Claire ist wirklich eine Künstlerin. Deine Haare sehen wieder richtig gut aus«, bewundert Thea meine neue schwarze Haarpracht.

»Danke dir. Ich fühle mich jetzt auch viel wohler. Aber es ist immer noch sehr ungewohnt. Schließlich bleiben meine Haare nirgendwo mehr hängen oder verfilzen sofort.«

Thea lacht so wild, dass ihr die Zahnpasta von der Bürste springt. »Daran kann ich mich noch gut erinnern! Das, muss ich sagen, ist eine Sache, die ich bei dir immer bewundert habe: Wie hast du es die ganze Zeit über geschafft, deine Haare zu bändigen? Also, meistens jedenfalls. Ich habe ja schon bei meiner alten Länge halbe Aggressionen bekommen.«

»Es war für mich einfach selbstverständlich, sie wieder zu entwirren. Ich habe gar nicht gemerkt, dass mich das die ganze Zeit über eigentlich nur noch genervt hat.«

»Das verstehen vermutlich nur die Leute, die schon mit langen Haaren auf die Welt gekommen sind.«

»Sehr witzig, Thea.«

Nach dem Zähneputzen liegen wir im Doppelbett und spielen an unseren Smartphones.

»Merkwürdig. Patrick ist noch nicht zurück.«

»Wieso? Wo sind die Jungs eigentlich?«

»In einem Pub, hat er gesagt.«

»Ach, es gibt ja nur zwei Pubs bei uns. Aber er kann nur beim goldenen Klee sein. Da war er schon als Kind immer gerne, sofern unsere Eltern ihn mitnehmen wollten.«

»Beim goldenen Klee?«

»*Zum Goldenen Klee* – So heißt der Pub offiziell übersetzt.«

»Ach so.«

»Glaub' mir, du verpasst nichts. Als ich mal mit David dort war, hat er die ganze Zeit nur mit den Mädels an der Bar geflirtet und mich links liegen gelassen.«

»Typisch David eben.«

»Ich weiß gar nicht mehr, wie ich es all die Monate mit ihm ausgehalten habe.«

»Du warst blind vor Liebe.«

»Wie bei Artus auch.«

»Ach Mine. Artus hat dich wirklich gern! Und Adrian erst recht!«

»Ich weiß nicht. Es fühlt sich immer noch merkwürdig an, wenn ich daran denke. Als hätte ich ein gebrochenes Herz.«

»Weißt du was? Ich schreibe jetzt Patrick, dass sie nach Hause kommen sollen. Dann kannst du mit Adrian reden.«

»Im betrunkenen Zustand? Das wäre nicht fair.«

»Das Leben ist oft nicht fair, Süße.« Mit diesen Worten öffnet Thea den Chat zwischen ihr und Patrick und tippt drauf los.

ADRIAN

Während sich Patrick mit Mandy auf Englisch unterhält, rühre ich mit einem Löffel im Glas meines Getränks. Was soll ich tun? Was kann ich anstellen, damit Mine mir wieder vertraut? Unsere ständigen

204

Chatgespräche fehlen mir so sehr, dass es schon schmerzt. Ich darf gar nicht daran denken, dass ich sie vielleicht für immer verloren habe.

»Adrian? Was ist los? Du siehst aus, als hättest du einen Geist gesehen.«

»Ich wünschte, es wäre so. Damit könnte ich jedenfalls besser umgehen«, antworte ich ehrlich auf Patricks Frage und nippe an meinem Drink.

»Es gibt jetzt zwei Möglichkeiten, Adrian«, wendet sich Mandy plötzlich an mich. Ihre blonden Locken wippen aufgeregt auf ihrem Kopf, als sie mit ihrem witzigen englischen Akzent mit mir spricht. »Patrick hat mir alles erzählt.«

Ich sehe zu Patrick. »Na toll. Du redest einfach hinter meinem Rücken auf Englisch mit anderen über meine Probleme. Danke, bester Freund.«

»Nichts zu danken, bester Freund!« Patrick grinst mich frech an. »Hör doch erstmal zu, was sie dir zu sagen hat. Das könnte dich wirklich interessieren.«

Ich verdrehe die Augen. »Na dann, schieß los, Mandy.«

WILHELMINE

Ich logge mich zum gefühlten hundertsten Mal bei *MagicTable* ein und gehe zum gefühlten tausendsten Mal auf das Profil von *ArtusLöwenherz86*.

Ich kann es immer noch nicht glauben, dass *er* wirklich Adrian ist. Ich fühle mich noch immer verletzt. Als wäre er tief in meine Privatsphäre eingedrungen, nur um dort eine Bombe hochjagen zu lassen. Ich fühle mich verraten.

»Mine, darf ich ehrlich sein?«

»Du bist meine beste Freundin, Thea. Natürlich darfst du.«

»Ich hab's dir ja gesagt.«

Ich seufze. Dabei entkommt mir ein schwaches Lachen. »Ja, das hast du. Deswegen hast du mich auch nicht so angelogen wie er.«

»Das verstehe ich nicht.«

»Was denn?«

»Warum er dein Vertrauen mehr missbraucht hat, als ich.«

»Na ja, du hast wenigstens etwas gesagt. Er nicht.«

»Das ist nicht fair! Er hat ständig versucht, es dir zu sagen. Sogar im Schallplattengeschäft!« Thea schnaubt. »Und was ist mit dir?«

»Was soll mit mir sein?«

»Wie oft hast du mir gesagt, dass dir seine Stimme so bekannt vorkommt? Wie oft hast du mir gesagt, dass er dich manchmal an Artus erinnert? Dass du sein Lachen liebst, weil es genau so klingt wie Artus' Lachen am Telefon?«

»Das war ein Mal.« Ich werfe ihr einen genervten Blick zu.

»Ja, okay. Ein Mal. ABER du hast etwas geahnt. Du hättest genauso gut auf ihn zugehen und ihn fragen können. Wer sagt, dass so etwas immer nur Männer machen müssen?«

»Ich habe mich aber nicht getraut. Ich wollte nichts kaputt machen.«

»Siehst du? Denkst du, Adrian erging es anders? Oder warum hat er so lange gebraucht, um es dir zu zeigen? Tatsache ist, dass er es dir schlussendlich gesagt hat.«

Ich lasse meinen Kopf hängen.

»Man, Mine! Der Typ steht so krass auf dich, dass ich gleich richtig neidisch werde!«

»Du hast doch jetzt Patrick.«

»Apropos, er antwortet mir nicht. Ich glaube, ich rufe ihn jetzt doch mal an.«

Ich sehe meiner besten Freundin dabei zu, wie sie Patrick in ihren Kontakten sucht und schließlich anruft.

»Du weißt schon, dass wir im Ausland sind?«

»Ach, Roaming ist abgeschafft.«

»Ha, ha. Wissen das die Vorwahlen auch?«

»Möglichkeit 1, du fährst heim und gibst auf.«

Ich sehe Mandy verwirrt an.

Aufgeben? Das soll eine Option sein?

Plötzlich fällt mir auf, dass ich gerade eben tatsächlich noch mit dieser Möglichkeit ziemlich stark geliebäugelt habe.

Ich schlucke den neuen Kloß in meinem Hals runter.

»Möglichkeit 2?«

»Du gewinnst ihr Herz zurück.«

»Und wie?«

Jetzt mischt sich Patrick ein. »Einem edlen Prinzen fällt doch mit Sicherheit etwas ein, wenn er vor der Tochter eines Pferdezüchters steht, oder?« Er zwinkert mir zu, Mandy lächelt ganz breit.

»Nicht euer Ernst!«

»Doch«, Patrick grinst schelmisch.

»Ich bin noch nie auf einem Pferd gesessen«, werfe ich angespannt in unsere Runde.

»Dann wird's aber höchste Zeit!«, antwortet Mandy und klatscht in die Hände.

Plötzlich vibriert Patricks Handy.

»Ja? - Ja, wir sind beim goldenen Kleeblatt. - Nein, nicht auf Drogen. - Na dem Pub, von dem ich dir erzählt habe! - Ich hatte doch gesagt, wartet nicht auf uns. - Ja, Schatz. - Genau. Hör zu, kannst du alleine sprechen?«

Anhand seiner Sätze weiß ich sofort, mit wem er telefoniert: Thea.

»Hör zu, Schatz, wir haben einen super Plan, wie wir unsere Turteltauben doch zusammenbringen. – Genau. Du wirst ihn lieben.«

Ich ahne jetzt schon, dass der morgige Tag alles andere als entspannt werden wird.

Kapitel 25

WILHELMINE

Soll ich ihm schreiben?

Nein.

Ja.

Was? Dass es mir leid tut? Dass ich sauer bin? Dass ich ihn nie wieder sehen will? Dass ich ihn küssen will?

Thea wurde gerade sauer auf mich, weil ich sie immer noch mit dieser Frage belästige. Ihrer Meinung nach, soll ich ihm sofort schreiben und um ein Treffen bitten. Oder am besten gleich bei der Nachbarwohnung klopfen und mich selbst bei ihm einladen. Wenn ich das heute nicht tue, will sie nie wieder mit mir reden.

Na gut.

Ich könnte ihm auch über unsere normale Chat-App schreiben, wo ich auch mit Patrick, Thea, meinen Eltern, David und allen anderen Kontakt halte. Seine Nummer habe ich ja durch unsere gemeinsame Irland-Gruppe, die Patrick gestern erstellt hat. Unauffällig natürlich.

Aber das werde ich nicht tun. Das fühlt sich irgendwie fremd an. Ich möchte zumindest diesen kleinen Funken von Vertrautheit behalten.

Also öffne ich *MagicTable* und klicke auf unseren Chat.

Hermine1001: Hi

Ich hatte gerade Angst vor den Folgen. Also habe ich einfach ein Wort zur Begrüßung geschrieben und abgeschickt. Ohne zu denken, ohne zu fühlen.

Doch ich fühle alles. Besonders die pure Aufregung.

ArtusLöwenherz86: Hi

208

Mein Herz bleibt stehen. Was soll ich jetzt schreiben?

Normalerweise sind an diesem Punkt schon mindestens zwei Witze durch das Textfeld gewandert. Doch heute fällt mir das Schreiben schwer. Was jetzt?

ArtusLöwenherz86: Es tut mir leid, Mine. Alles, was passiert ist.

Hermine1001: Mir auch! Kann ich dich anrufen? Oder dich nebenan besuchen kommen?

ArtusLöwenherz86: Ich habe eine bessere Idee. Wie wäre es heute um 12:00 Uhr am Strand?

Hermine1001: Okay. Ich werde da sein.

ADRIAN

Ich hätte es nicht für möglich gehalten, aber es macht tatsächlich Spaß.

»Und, Adrian? Wie ist das Wetter da oben?«

»Windig.«

»Mehr nicht? Fühlst du dich nicht jetzt schon wie ein edler Prinz?«, fragt Patrick belustigt, während er am Koppelzaun lehnt.

»Dazu fehlt mir leider die edle Kleidung und eine Burg.«

»Burgen gibt es hier mehr als genug. Suche dir einfach eine hübsche Ruine aus. Mandy kennt bestimmt auch welche.«

Ich sehe rüber zu Mandy, die mich etwas nachdenklich ansieht, als ich mit meinem weißen Pferd neben ihr zum Stehen komme. »Dir fehlt ein Outfit, sagst du?«

»Ja.«

»Welche Kleidergröße?«

»Überall L. Wieso?«

»Warte, ich bin gleich zurück.« Und schon springt Mandy elegant über den Zaun Richtung Hauptgebäude der Ranch.

»Und jetzt? Wer hilft mir wieder von *Cassiopaya* runter?«, frage ich angespannt und planlos mit dem Zügel in der Hand.

Patrick zuckt lachend mit den Schultern. »Niemand. Du reitest einfach nochmal eine Runde im Kreis. Es muss doch elegant aussehen, wenn du ihr entgegen galoppierst, oder nicht?«

»Ich bitte dich, Artus ist doch die Eleganz in Person.«

Mein bester Freund hört nicht mit dem Lachen auf. »Ja, das sehe ich. Artus vielleicht schon, aber Adrian noch nicht!«

WILHELMINE

Natürlich habe ich voller Aufregung Thea alles erzählt. Ich habe keine Ahnung, was mich erwarten wird. Ich zähle schon die Stunden bis 12:00 Uhr. Jetzt ist es erst 10:00 Uhr morgens und die gesamte Familie in Aufruhr, weil Devin und Finn ihr Frühstück schon gegessen haben. Ohne besondere Vorfälle.

Sie brauchen jetzt eine Ablenkung, bevor es zu spät ist. Und wer wird diese wohl sein?

»Wilhelmine!«, kreischen die beiden im Chor und springen um mich herum. Womit habe ich das verdient?

»Spielst du etwas mit uns?«, fragt mich Devin – oder ist es doch Finn?

»Was wollt ihr denn spielen?«, frage ich schließlich und hoffe insgeheim, dass Thea bald zurückkommt und mich vor den Zwölfjährigen rettet.

Wo ist der Rest der Familie eigentlich geblieben?

»Verstecken!«, schlägt einer der Zwillinge vor.

Plötzlich vibriert mein Handy.

Thea: Sorry, Süße. Ich verspäte mich etwas. Kommst du zurecht mit den Zwillingen?

Ich seufze. Na super.

Wilhelmine: Och, Thea! Lass mich bitte nicht im Stich! Ich versuche zu überleben, kann es aber nicht garantieren.

Thea: So lange du um Punkt 12:00 Uhr am Strand bist, ist alles gut.

Wilhelmine: Du klingst, als würdest du schon wieder etwas wissen, was ich nicht weiß.

Thea: Was du nicht weißt, macht dich nicht heiß.

Wilhelmine: Das würde Artus jetzt auch schreiben. Ist er bei dir?

Thea: Nein. Wie kommst du da drauf?

Wilhelmine: Thea! Keine Lügen mehr?

Thea: Konzentriere dich lieber auf Devin und Finn! Sie stellen bestimmt gerade wieder nur Blödsinn an!

Entsetzt schaue ich auf. Es ist so still geworden.

Die Zwillinge – sie sind tatsächlich weg!

ADRIAN

»Und du bist dir sicher, dass ich da hineinpasse?«

»Ja, Cloverboy. Probiere es einfach an. Das Kostüm gehört meinem Bruder, er hat es sich gekauft, als er letztes Jahr die Schauspielschule besucht hat. Er braucht es jetzt gerade ganz sicher nicht.«

»Wieso? Wo ist er?«

»Bei seiner Freundin zu Besuch, in Schottland. Also keine Sorge. So lange du es mir in einem Stück zurückgibst, wird niemandem der Kopf abgerissen.«

Ich nicke. »Danke.«

Mandy lächelt mich an. »Dafür nicht. Na los! Hol dir deine Prinzessin!«

Ich versuche, mein weißes Ross zum Stehen zu bringen. Dabei scheine ich allerdings keine allzu gute Figur zu machen, denn Mandy rümpft die Nase.

»Nein, König Artus, so wird das ganz sicher nichts«, höre ich plötzlich eine Stimme aus der Ferne.

Ich muss mich nicht nach ihr umdrehen, um zu wissen, dass es Thea ist.

»Woher weißt du ...«, hebe ich an, doch Thea schneidet mir das Wort ab.

»Patrick hat mir seinen Standort geschickt. War doch klar, dass ich vorbeikomme und euch, im wahrsten Sinne des Wortes, auf die Sprünge helfe.«

Ich verdrehe die Augen, während Thea zu Mandy geht. »Hi, ich bin Thea.«

»Meine Freundin!«, ruft Patrick vom Koppelzaun aus zu uns rüber.

»Freut mich, Thea. Ich bin Mandy.«

»Die Frau vom Pub, hm?«

»Genau.«

»Patrick hat mir schon einiges von dir erzählt«, sagt Thea.

»Hat er das, ja?«, sagt Mandy lachend.

»Ja, hauptsächlich, dass du eine Ranch hast.«

»Aber sie gehört mir nicht alleine. Sie gehört meinem Vater. Ich helfe ihm und jobbe nebenbei im Pub.«

»Hallo?! Habt ihr mich vergessen?«, mische ich mich in das Gespräch der beiden Damen ein.

»Wie könnten wir Artiboy je vergessen, hm?«, sagt Thea lachend.

»Sehr witzig! Darf ich vielleicht mal meine Klamotten anprobieren?«

»Erst, wenn wir dir beigebracht haben, wie du richtig auf deinem Pferd sitzen musst!«, befiehlt Thea zielstrebig.

»Und wie?«, frage ich.

»Mandy, hast du noch ein Pferd für mich übrig?«

»Kannst du denn reiten, Thea?«

»Ja, das kann ich.«

Ich sehe zu Patrick, wie er mit weit geöffnetem Mund am Koppelzaun lehnt. »Was? Du kannst reiten?«

»Oh glaub mir, Pat, es gibt noch vieles, was du nicht über mich weißt.«

»Also, dass du klasse E-Gitarre spielen kannst, dich aber zu keinem Casting traust, hat mir Mine bereits erzählt«, wirft Patrick in die Koppel.

»Ach so? Na vielen Dank auch Mine«, redet Thea vor sich hin.

»Warum tust du es nicht einfach?«

»Was denn?«

»Na zu einem Casting gehen?«, stelle ich die Frage für Patrick. Diese Offenbarung bringt mich echt zum Staunen. »So etwas hätte ich dir nie zugetraut.«

»Ah, du glaubst also, dass ich den ganzen Tag nur Heavy Metal höre? Was ich hören kann, kann ich auch spielen. Aber ich fühle mich nicht gut genug für die große Bühne.«

»Redet ihr gerade von Bühnen?«, fragt Mandy plötzlich, als sie mit einem schwarzen Pferd an den Zügeln zurückkommt.

»Wow, das ging ja schnell«, sage ich.

»Ja, mein Dad hat gerade *Sunday* gesattelt, weil er sich schon gedacht hat, dass wir eventuell zwei Pferde brauchen werden.«

»*Sunday*?«, fragt Thea.

»Schön, nicht wahr? Er ist an einem Sonntag geboren.«

»Der Name steht ihm«, antwortet Thea und streicht behutsam über seine Mähne.

»Schade, dass heute Montag ist. Hätte sonst echt super gepasst«, entgegnet Patrick vom Zaun aus.

»*Stopp!* Bleib stehen!«, ruft Thea ihm entgegen, als er sich gerade in unsere Richtung bewegen wollte.

»Was? Wieso?«, fragt der Angesprochene etwas perplex.

»Du machst nur die Pferde scheu«, sagt Mandy lachend.

»Der Spruch hätte von mir sein können«, lacht Thea und steigt schwungvoll auf *Sunday* auf.

Der schwarze Wallach schnaubt aufgeregt.

»Er ist eigentlich sehr friedlich und meistens der Star bei Kindergeburtstagen«, erklärt Mandy.

»Perfekt. Dann zeigen wir jetzt dem großen König mal, wie man richtig reitet.«

Ich schlucke.

Thea reitet mit einer Leichtigkeit auf mich zu und zwinkert. »Bereit für Theas Unterricht?«

»Habe ich denn eine Wahl?«, antworte ich mit einer Gegenfrage.

»Wenn du Mines Herz im Sturm zurückerobern willst, wohl kaum.«

»Na dann.«

WILHELMINE

Tante Claire und Mailin werden schimpfen, wenn sie erfahren, dass ich die Zwillinge für eine Sekunde aus den Augen gelassen habe. Tante Claire wird nicht nur mit mir schimpfen, sie wird mich auch den Abwasch machen lassen.

Oder vielleicht noch viel Schlimmeres.

Ich schlucke und schaue schnell auf meine Armbanduhr. Nur noch eine Stunde und ich werde Adrian wiedersehen. Oder Artus? Ich weiß immer noch nicht, welchen Namen ich lieber verwenden will. Eigentlich keinen von beiden, weil mich beide irgendwie nervös machen.

Aber jetzt muss ich erstmal die Jungs finden.

Ich gehe jedes Zimmer ab, angefangen im Wohnzimmer, wo ich die Jungs aus den Augen verloren habe. *Nichts.*

Auch in der Küche, im Badezimmer und in den Gästezimmern ist niemand zu sehen. Wo ist nur der Rest der Familie?

Ich beschließe, raus in den Garten zu gehen. Die Sonne scheint so grell, dass ich erst die Augen zusammenkneifen muss, damit ich überhaupt erst etwas erkennen kann.

Mir fällt ein Stein vom Herzen, als ich Devin und Finn weiter unten auf dem Parkplatz neben unserem Mietwagen erkenne. Sie sind gerade bei dem alten Kater *Mister Mäusezahn.*

Er faucht sie ständig an. Was machen sie denn mit dem?

»Finn? Devin? Hat man euch nicht beigebracht, wie man mit Katzen umgeht?«

Die beiden Lausbuben sehen mich überrascht an, als hätten sie gerade überhaupt nicht mit mir gerechnet.

Devin zieht dem dunkelbraun getigerten Kater am Schwanz, so dass dieser vor Wut noch lauter faucht und seine Krallen ausfährt.

Ich gehe schnurstracks die langgezogenen Steinstufen nach unten, um den inzwischen vierzehnjährigen Kater vor den bösen Zwillingen zu retten. Doch dieser kann sich auch noch ganz gut selbst verteidigen.

Ehe ich irgendjemandem zu Hilfe eilen kann, schreit und weint Finn wie ein kleines Kind.

Mister Mäusezahn hat ihn gebissen.

»Oh nein. Warte, Finn. Wir bringen dich zu unserer Tante. Sie weiß bestimmt, was man bei einem Katzenbiss tun kann.«

Doch es ist zum Verrücktwerden. Während Finn neben mir laut weint und sich, trotz meiner schnellen Hilfe nicht mehr beruhigt, ist bereits Devin wieder über alle Berge.

»Wo steckt dein Bruder schon wieder?«

»Er sagte irgendwas vom Strand ...«, bringt Finn unter seinem Schluchzen hervor.

»Oh nein!«

Ich will Finn gerade sagen, dass er schnell mitkommen oder alleine zu Tante Claire gehen soll, als gerade Adeen zum Einfahrtstor hereinkommt.

»Ist das gerade Devin gewesen, der ohne Begleitung zum Strand läuft?«

»Keine Zeit für Erklärungen! Kannst du mit Finn zu deiner Mum gehen? Er wurde von Mäusezähnchen gebissen.«

»Klar, kein Ding. Hol du mal lieber Devin zurück.«

»Danke! Ich bin schon unterwegs!«

ADRIAN

Völlig froh und gleichzeitig schweißgebadet, steige ich von meinem weißen Pferd. Theas Unterricht war wirklich sehr lehrreich, aber auch extrem anstrengend.

»Danke, Thea. Jetzt weiß ich, wie es funktioniert.«

»Bitte, gerne. Enttäusche Mine nicht noch mal, ja? Sonst bekommst du es mit mir zu tun!«

»Ich werde mich hüten«, sage ich und hebe dabei entwaffnend die Hände hoch.

Plötzlich vibriert mein Smartphone, aber es ist nicht *MagicTable*.

Mama: Hey Adrian! Wie gehts dir?

Adrian: Hi Mama. Mir gehts gut, danke. Ich war gerade reiten. Wie gehts dir bzw. euch?

Mama: Du warst reiten? Wow! Das klingt ja toll.

Adrian: Ja.

Mama: Uns geht es gut. Ich weiß jetzt endlich, was los war.

Adrian: Was war denn?

Mama: Marion hat Papa tatsächlich mit Jessika gesehen.

Mir stockt der Atem. Mein Vater betrügt meine Mutter mit meiner Exfreundin?

Adrian: Woher weißt du das?

Mama: Nein, nicht so wie du denkst. Keine Panik. Ich habe ihn zur Rede gestellt.

Adrian: Und?

Mama: Laut Papa kam Jessika ständig zu ihm, weil du nicht auf ihre Nachrichten reagiert hast.

Adrian: Welche Nachrichten? Sie hat mir doch nie geschrieben, bis vor kurzem.

Mama: Sie sagte jedenfalls zu deinem Vater, dass sie dich unbedingt zurück will, aber nicht weiß, wie sie das anstellen soll. Dein Vater hat sich dann ein paar Mal mit ihr getroffen, um ihr Tipps zu geben, wie sie sich am besten einen anderen Mann angelt.

Adrian: Aber doch nicht ihn! Und das glaubst du ihm?

Mama: Ach, über den Chat ist das so doof. Kannst du sprechen?

Adrian: Klar, ruf an.

Keine Sekunde später, klingelt das Telefon.

»Hey Mum«, begrüße ich sie.

»Hey, mein Schatz. Also, sie haben sich nur zu einem Kaffee getroffen, um darüber zu sprechen, wie sie andere Männerherzen für sich gewinnen kann. Dein Vater wollte dir den Rücken freihalten. Er hat doch gesehen, wie es dir kurz nach eurer Trennung ging.«

»Die Gefühlsdschungelzeit, ja. Die war nicht einfach. Aber es ist endgültig aus zwischen uns«, bestätige ich nochmal.

»Ja, das weiß Jessika auch. Dein Vater war für sie ja auch irgendwie ein Vaterersatz, weißt du? Nachdem ihr Vater damals abgehauen ist, als er erfahren hat, dass ihre Mutter mit ihr schwanger war.«

»Und das Gespräch, das die beiden geführt haben, hat Marion heimlich beobachtet?«

»Ja. Sieht ganz so aus. Dein Vater meinte auch, dass Marion öfters zu ihm hin gegangen wäre und ihn um ein Treffen gebeten haben soll.«

»Und? Glaubst du Paps das?«

»Ja, ich habe Marion zur Rede gestellt und die Freundschaft beendet, nachdem sie mir gestanden hat, dass sie schon immer in deinen Vater verliebt war. Vermutlich wollte sie wirklich die ganze Zeit über einen Keil zwischen uns treiben, wie du schon vermutet hattest.«

»Das ist ja ein richtiges Liebesdrama«, sage ich etwas benebelt von den vielen Informationen, die in kürzester Zeit auf mich eingeprasselt sind.

»Ja, allerdings. Daraus könntest du einen Roman schreiben! Von meiner Seite aus, kannst du die Rechte dafür gerne haben.«

Ich lache. »Danke, Mum. Was wäre ich nur ohne dich?«

Meine Mum atmet so typisch aus, wie sie immer ausatmet, wenn sie lacht. Das merke ich sogar durch das Telefon, fast zweitausend Kilometer von ihr entfernt.

»Und du bist dir sicher, dass Jessi nicht in Paps verliebt war? Immerhin hat sie mit mir Schluss gemacht, weil sie sich neu verliebt hat.«

Es kehrt Stille bei Mama ein, ehe sie antwortet. »Nein, das glaube ich nicht. Du kannst sie ja mal darauf ansprechen. Dann wirst du schon sehen, was sie sagt.«

»Ja, gut. Das werde ich machen.«

»Aber jetzt genug von mir und deinem Paps – Wie läufts in Irland? Wie kommst du dazu, aufs Pferd zu steigen?«

Ich lache. »Das erkläre ich dir alles heute Abend, Mum, wenn mein Plan funktioniert.«

»Ich bin gespannt und drücke dir die Daumen.«

»Danke! Das ist lieb von dir! Bis später!«

»Bis später, mein Schatz!«

Kaum haben wir aufgelegt, öffne ich das Chatfenster mit Jessika.

Die anderen machen gerade einen Ländervergleich bezüglich der unterschiedlichen Schulsysteme und nehmen gar keine Notiz von mir. Gut so. Ich muss vorher nämlich noch etwas herausfinden. Auch der Blick auf meine Uhr beweist mir, dass dafür noch Zeit übrig ist.

Adrian: Stimmt das?

Ein besserer Anfang ist mir nicht eingefallen. Es dauert gar nicht lange, bis Jessika antwortet.

Jessika: Was denn?

Adrian: Dass du mich zurück willst?

Jessika: Waaas? Wer hat dir denn das erzählt?

Adrian: Paps.

Jessika: Na gut, anfangs ja. Aber dein Papa hat mir dann geraten, dass ich lieber die Finger von dir lassen soll. Er hat dich schon lange nicht mehr so glücklich gesehen.

Adrian: Wie meinst du das?

Jessika: Na seit unserer Trennung. Du warst davor ein ganz anderer Mensch und jetzt lächelst du endlich wieder.

Ich weiß nicht, wie ich darauf reagieren soll. Das hat Paps wirklich zu ihr gesagt? Dass ich seit unserer Trennung wieder mehr lache?

Adrian: Ich weiß nicht, was ich sagen soll.

Jessika: Mal ehrlich, uns geht es ohne den anderen besser. Du hast nicht mal auf meine Nachrichten geantwortet.

Adrian: Stimmt. Da hattest du auch geschrieben, dass du mich zurück willst.

Jessika: Ja, das war aber noch vor dem Gespräch mit deinem Paps. Sorry, dass ich da für Verwirrungen gesorgt habe.

Adrian: Er ist aber nicht der Grund für deine neue Verliebtheit, oder? Paps, meine ich.

Jessika: WAS? Spinnst du?! Nein! Er ist wie ein Vater für mich. Ein Vater, den ich nie hatte. Das weißt du doch!

Adrian: Ich war mir nicht sicher. Die ehemalige Freundin meiner Mama hat euch gesehen ...

Jessika: Ja, davon hat mir dein Paps auch erzählt. Sie war richtig lästig. Sie konnte ihn gar nicht in Ruhe lassen. Selbst, als sie mal zu uns ins Café kam und er gesagt hat, dass sie verschwinden soll, wollte sie nicht gehen. Es war zum Fürchten.

Adrian: Oh weh. Das wusste ich alles gar nicht.

Jessika: Wir wollten euch damit auch nicht belasten.

Adrian: Und wer ist er jetzt, deine große neue Liebe?

Jessika: Zwischen uns ist wieder Schluss. Er war ein Arsch.

Adrian: Oh.

Jessika: Ja, leider merkt man immer erst hinterher, welche Fehler man begangen hat. Glaub mir, Adrian, du warst keiner.

Adrian: Wow, dass ich so etwas Nettes mal von dir höre?

Jessika: Es tut mir leid, dass ich mich so doof benommen habe. Auch vorletzte Woche, als ich meinen rosa Pyjama geholt habe. Kommt nicht mehr vor, versprochen.

Adrian: Ich werde dir auch keine Gelegenheit mehr dazu geben. Mein Herz hat seine Partnerin bereits gefunden.

Jessika: Oh. Das freut mich sehr zu hören. Ich bleibe jetzt erstmal Single. Dann kann ich die Hintern der heißen Kerle besser bewerten!

Adrian: Ich seh's schon, es hat sich nichts verändert.

Jessika: Genau. Und – Adrian?

Adrian: Ja?

Jessika: Danke.

Adrian: Für was?

Jessika: Für die schönsten Beziehungserfahrungen, die ich je machen durfte. Mach's gut.

Adrian: Oh wow. Danke, Jessika. Mach's auch gut.

Als ich die App schließe, fühle ich mich zum ersten Mal wieder richtig befreit. Als wäre ich ein neuer Mensch. Es herrscht kein Krieg mehr zwischen meiner Ex und mir. Ich werde meinen Kindern in der Zukunft sagen können, dass meine erste – und hoffentlich auch letzte Ex – mit mir letzten Endes friedlich auseinandergegangen ist. Ich werde für sie ein Vorbild sein.

Zumindest nehme ich mir das fest vor.

»Adrian? Wo bleibst du? Es ist gleich Zwölf!«, ruft Patrick mir zu.

»Ich komme!«

Kapitel 26

WILHELMINE

»Devin! Bleib sofort stehen!«

»Mama hat gesagt, dass wir nachher zum Strand gehen ...«

»Ja, nachher, aber nicht jetzt!«, sage ich und schnappe mir seine Hand. Wenn das mit allen Kindern so abläuft, überlege ich mir nochmal gut, ob ich wirklich später selbst mal welche haben will.

»Aua! Du tust mir weh!«, beschwert sich Devin.

»Gar nicht wahr! Wer alten Katern am Schwanz ziehen kann, der kann auch mal einstecken, wenn die Cousine ihn am Arm mitschleift.«

»Mine!«, quengelt der kleine Rotzlöffel.

»Nichts, Mine. Für dich immer noch *Wilhelmine*! Und jetzt komm mit, Finn ist verletzt.«

»Das ist alles seine Schuld.«

»Warum?«, frage ich den kleinen Besserwisser.

»Es war seine Idee, Mäusezahn zu ärgern.«

»Das darfst du Tante Claire erzählen«, antworte ich genervt und schleife ihn mit mir durch das Tor. »Warum konntet ihr nicht einfach mit mir *Hide and Seek* spielen, hm?«

»Das wollten wir doch, aber du hast in dein Kästchen gegrinst.«

»Das hatte auch einen guten Grund.«

»Mir egal. Uns war langweilig.«

Ich seufze.

Plötzlich vibriert mein Smartphone ganz kurz in meiner Hosentasche. Das ist mein Handywecker, den ich auf 11:45 Uhr gestellt habe. Die Musik von *»Perfect«* trällert durch die Lautsprecher meines Geräts. Es ist also gleich soweit.

»Ist das *Ed Sheeran*?«

221

Ich nehme Devin als Antwort noch fester an die Hand. »Komm, ich bringe dich zu deinem Bruder. Dann kannst du Tante Claire alles ganz genau erzählen!«

ADRIAN

Noch nie in meinem Leben war ich so aufgeregt.

Selbst die Prüfungen, die ich im Laufe meiner Karriere am Gymnasium geschrieben habe, sind gegen diesen Moment nichts Besonderes mehr.

Dabei fällt mir ein, dass ich eigentlich noch etwas lernen wollte. Das habe ich in diesen ersten zweieinhalb Tagen hier noch nicht geschafft. Aber ich habe ja noch über eine Woche vor mir. Was soll da schon schief gehen?

Das Schnauben von *Cassiopaya* holt mich auf den Boden der Tatsachen zurück. Oder soll ich sagen, auf den Rücken meines weißen Pferdes?

»Okay, der Platz hier ist perfekt! Halte dich an den Plan, ja? Komm erst raus, wenn ich Patrick das Zeichen gebe«, befiehlt Thea.

Ich nicke nur. Zu mehr bin ich gerade nicht in der Lage.

Mandy steht vor mir und berührt behutsam die Nüstern der weißen Stute. »Ihr habt doch vorhin von einer Bühne gesprochen, richtig?«

»Ja, wieso?«, fragt Patrick. »Es ging um Thea. Sie liebt Heavy Metal und kann selber spielen, traut sich aber nicht, mal zu einem Casting zu gehen.«

»Wenn sie nur halb so gut spielen kann, wie sie reitet, kommt sie bestimmt sofort unter Vertrag«, mutmaße ich und zupfe an meinem königlichen Gewand herum.

Mine wird Augen machen!

Trotzdem bin ich irgendwie froh, wenn ich gleich wieder aus diesem Kostüm raus darf. Es zwickt ganz schön.

»Also steht ihr eher auf Heavy Metal?«, fragt Mandy schließlich vorsichtig nach.

»Nur Thea und Patrick, wieso?«, frage ich neugierig und streiche dabei mit zitternden Händen über *Cassiopayas* Hals.

»In ein paar Tagen findet in Dublin ein Konzert von *Ed Sheeran* statt. Ich habe mir fünf Tickets gekauft, aber alle meine Freunde haben spontan abgesagt. Wegen familiärer Angelegenheiten und so.«

»Oh.« Ich halte vor Überraschung die Luft an.

»Ihr seid nicht zufällig vier Fans, die mich begleiten wollen?«

Ich mache einen Blickwechsel mit Patrick. Dieser grinst breiter als jedes Honigkuchenpferd. »Ich glaube, wenn wir das Mine sagen, wird sie uns mit Sicherheit wieder lieben.«

»Apropos, sollte ich nicht langsam losreiten?«, hebe ich angespannt an.

»Ach was, Adrian. Unpünktlichkeit ist in Irland kein Verbrechen. Wir leben im Moment. Das weiß Mine eigentlich auch. Außerdem müssen wir erst auf Theas Zeichen warten«, beruhigt Patrick mich. Er ist selbst sichtlich angespannt, was mich zum Grinsen bringt.

WILHELMINE

Mein ganzer Körper zittert, während ich auf den Strand zusteuere. Was wird Adrian sagen? Was soll *ich* ihm sagen?

Ich werde mich auf jeden Fall bei ihm entschuldigen. Schließlich war es auch meine Schuld. Ich hatte ja die ganze Zeit über den Verdacht, dass da etwas im Busch sein muss. Also bin ich nicht ganz unschuldig an dieser Situation.

Als ich Thea auf mich zukommen sehe, wird mir plötzlich etwas schwindelig. Was auch immer hier vorgeht, es hat zu hundert Prozent etwas mit ihr zu tun.

»Da bist du ja endlich! Los, geh runter zum Strand! Patrick und Adrian müssten auch bald da sein.«

»Woher weißt du das?«

»Jetzt geh schon! Keine Zeit für Fragen. Die kann ich dir nachher auch noch beantworten.«

Ich schnaube. »So viel zum Thema, keine Lügen mehr.«

»Das sind keine Lügen, nur Geheimnisse«, kontert meine beste Freundin und zwinkert mich lächelnd an.

223

»Na warte. Ich weiß mehr über deinen Freund, als du je erfahren wirst!«
Theas Lachanfall ist die Hintergrundmusik zu meinen Schritten, die ich auf dem Weg zum Wasser gehe.

Mit jedem Zentimeter, dem ich mich dem Ozean nähere, werde ich aufgeregter. Meine Hände zittern, meine Kehle wird trocken. Schade, dass der Atlantik aus Salzwasser besteht, sonst könnte ich schnell etwas trinken.

Der Wind weht durch meine offenen schwarzen Haare. Ich spüre, wie das Blut in meine Wangen steigt. Sofort muss ich natürlich wieder an Schneewittchen denken.

Bin ich vielleicht wirklich aus einem Märchen entsprungen?

Doch je näher ich dem Wasser komme, desto mehr stelle ich fest, dass Adrian gar nicht hier ist.

Wo ist er? Was soll das Ganze? Ich lasse mich nicht beirren, sondern gehe einfach weiter, zum vereinbarten Treffpunkt.

Dort angekommen, wirble ich erstmal mit meinen Schuhen durch den Sand. Leider ist es aktuell viel zu kalt, um barfuß über die Bucht zu laufen. Wenn wir im Sommer kommen, ist das eher möglich, wenn auch nicht unbedingt empfehlenswert.

Da stehe ich nun: Alleine am Strand.

Was soll ich machen? Es ist bereits ein paar Minuten nach Zwölf. Soll ich noch warten? Oder soll ich ihm schreiben?

Ich komme mir ein wenig hilflos vor. Ähnlich, als stünde ich an einer Bushaltestelle, ohne zu wissen, ob der Bus tatsächlich noch kommt. Und vor allem: Ob es der richtige Bus ist, auf den ich warte.

Ich zücke mein Handy.

Hermine1001: Wo bist du?

ArtusLöwenherz86: Bei meiner Prinzessin.

Hermine1001: Aber ich sehe dich nicht ...

Plötzlich nehme ich eine Bewegung in der Ferne wahr. Erst glaube ich zu träumen, aber als ich mir kurz die Augen reibe und noch einmal hinsehe, wird das Bild immer deutlicher: Ein Mann auf einem weißen Pferd reitet auf mich zu!

Ein Mann?

Auf einem weißen Pferd?

Waren das nicht immer Artus' Anspielungen, wenn er von seinem königlichen Blut erzählt hat? Von wegen Artus und seine Ritter der Tafelrunde? Vielleicht bin ich ja doch Schneewittchen, gefangen in einem falschen Märchen.

Ich bekomme auf jeden Fall meinen Mund vor Staunen nicht mehr zu. Ist das wirklich Adrian?

Doch je näher der Reiter kommt, desto sicherer bin ich mir: Er ist es tatsächlich!

Er trägt ein Oberteil, bestehend aus einer dunkelblauen Tunika, die mit goldenen Verzierungen bestückt ist. Seine Hose ist weiß mit ein paar verspielten Stoffapplikationen. Er sieht sehr königlich aus! Nur die Krone fehlt noch.

Ich gebe zu, so sehr ich ihn auch immer auf den Arm genommen habe, so überrascht und sprachlos bin ich nun.

Als der Reiter vor mir zum Stehen kommt und das Pferd stolz schnaubt, habe ich endlich meine Stimme wieder gefunden.

»Adrian! Du bist tatsächlich Artus!«

»Siehst du? Das habe ich doch die ganze Zeit schon gesagt.«

»Und ich wollte dir nie glauben.«

»Und mir nie zuhören.«

»Ja, das auch.«

»Dann bitte höre mich nun an, wenn ich dir sage, dass es mir aufrichtig Leid tut. Ich wollte dir nie das Herz brechen. Ich habe immer wieder versucht, dir die Wahrheit zu sagen, was ich zwar letztendlich auch geschafft habe, nur, dass es dafür schon zu spät war.«

»Es war nicht zu spät. Ich konnte mir nur einfach selbst nicht eingestehen, was schon die ganze Zeit über offensichtlich war. Sogar für unsere besten Freunde.«

Adrian lacht. Er strahlt bis über beide Ohren. Würde ich es nicht besser wissen, würde ich tatsächlich glauben, dass er von königlichem Blut ist.

225

»Aber mal ganz ehrlich, Mine, wer rechnet schon damit, dass zwei fremde Chatter in einer App für Fantasy-Begeisterte sich doch gar nicht so fremd sind, wie sie immer dachten?«

»Wer rechnet auch damit, dass diese beiden Fantasy-Begeisterten auch noch denselben kleinen Lebensmittelladen Münchens kennen und dort gleichzeitig einkaufen?«

»Das würde uns doch niemand glauben!«

»Da hast du Recht. Wäre das nicht eine ideale Handlung für deinen ersten Roman?«, schlage ich vor.

»Witzig, dass du fragst. Wäre eigentlich gar keine schlechte Idee. Was hältst du davon, wenn wir ihn gemeinsam schreiben?« Er streckt mir seine Hand entgegen. »Komm' rauf!«

Ich lächle ihn an. Ohne zu zögern greife ich danach.

Für Adrian ist es durch seinen trainierten Körper ein Leichtes, mich auf sein weißes Pferd zu ziehen. Es ist ganz brav und wehrt sich nicht, als es plötzlich zwei Reiter auf seinem Rücken trägt.

»Dann gibst du mir, ich meine, *uns*, eine Chance?«

Ich sehe Adrian in seine braunen Augen, die eine wohlige Wärme ausstrahlen. Wie könnte ich solchen Augen widersprechen? Wie könnte ich jemals wieder ohne Adrian leben? Meinem Prinz Artus? – Oder soll ich sagen, König Artus?

»Ja, ich gebe uns eine Chance. Was soll ich auch sonst tun, wenn du mein Herz im Sturm erobert hast? Ich wusste gar nicht, dass du reiten kannst!«

»Hehe. Es gibt vieles, was du noch nicht von mir weißt.«

»Ich kann's kaum erwarten, jedes noch so kleine Geheimnis über dich zu erfahren!«

Adrian lacht. Sein Lachen ist genau das, was mich die ganze Zeit über um den Verstand gebracht hat. Denn es war Artus' Lachen, das mir den Kopf verdrehte. Ein Lachen, das ich immer wieder erkennen würde.

»Aber weißt du, was ich ganz sicher schon weiß?«, hebe ich schließlich an.

»Nein, was denn?«

»Du bist jetzt definitiv ein königlicher Spinner!«

»Endlich hast du es verstanden. Ich dachte schon, dass du das nie lernen wirst!«

Zum Dank für diesen Satz, boxe ich ihm liebevoll in die Seite, während ich mich an seinen Rücken schmiege.

Wir reiten den Strand entlang. Jetzt fühle ich mich wirklich wie in einem Märchen. Das Einzige, was mich in der Wirklichkeit hält, sind meine Alltagsklamotten, durch die ich hinter diesem Prinzen und auf dem Pferd bestimmt etwas deplatziert wirke.

Doch was andere über uns denken, ist mir vollkommen egal. Ich bin genau dort, wo ich immer sein wollte: Bei Artus, meiner großen Liebe aus dem Internet, den ich eigentlich schon mein ganzes Leben über kannte.

»Wie sagte mal ein weiser Mensch, der in unserem Leben fest verankert ist?«

»Meinst du Patrick?«, kombiniere ich sofort und lache.

»Genau.«

»Keine Ahnung. Was sagte er denn?«

»Dass wir manchmal erst einige Umwege gehen müssen, bis wir erkennen, was uns schon immer wichtig war.«

»Ich bin so froh, dass wir eine Sprache sprechen, Adrian.«

»Dein Englisch ist aber besser als meins.«

Er bringt sein Pferd zum Stehen, dreht sich um und hält dabei den Zügel des Reittiers so fest umklammert, als würde es ihn so ganz sicher nicht abwerfen. Er sieht mir ein paar Sekunden lang in die Augen.

»Das können wir gerne ändern«, erwidere ich glucksend.

Doch ich höre seine Antwort nicht mehr, denn ich bin von dem Gefühl überwältigt, das mich durchströmt, als seine Lippen die meinen berühren. Sie fühlen sich zart und zerbrechlich an. Und gleichzeitig habe ich das Gefühl, beschützt zu werden.

»Ich liebe dich, Hermine1001.«

Ich lache vor Glück. »Und ich liebe dich, ArtusLöwenherz86.«

»Aber etwas musst du mir noch verraten.«

»Ja? Was denn?«

»Woher kommt die Zahl 1001?«

»Hast du zufällig einen fliegenden Teppich dabei?«

227

Adrian sieht mich etwas perplex an. »Einen Teppich?«

»Ja, ich wurde von vielen wegen meiner schwarzen langen Haare oft als Jasmin aus Aladdin bezeichnet. Daher die Zahl – Tausend und eine Nacht.«

»Das ist sehr kreativ.«

»Dankeschön!«

ADRIAN

Ich kann es gar nicht glauben, dass sie tatsächlich hinter mir sitzt. Auf einem weißen Pferd. An einem Strand in Irland.

Ich glaube, irgendjemand muss mich kneifen, damit ich das alles wirklich begreife. Nur werde ich Mine jetzt nicht darum bitten, denn es ist schon schlimm genug, dass mein Kostüm von oben bis unten kratzt. So sehr ich diese Gewandung genieße, bin ich doch froh, irgendwann wieder in meinen weniger königlicheren Klamotten zu sein, voller Pferdedreck und Angstschweiß.

Mine presst ihre Brust ganz fest an meinen Rücken, als ich Cassiopaya bedeute, wieder etwas an Tempo zuzulegen. Wir müssen zurück zu den anderen. Schließlich hat Mandy noch eine Überraschung für Mine.

Es ist ein berauschendes Gefühl, den Körper meiner Traumfrau so nah an meinem zu spüren. Ein Gefühl, das zunächst ein Wunsch war, den ich all die Zeit während unserer Chatgespräche als steten Begleiter hatte. Besonders dann, als ich wusste, wer sie in Wirklichkeit war.

Ich bin noch nie so froh gewesen, auf meinen besten Freund gehört zu haben, und tatsächlich nicht abgereist zu sein. Noch dazu ist unser Plan wunderbar aufgegangen! Ich wusste gar nicht, dass das Reiten so einfach sein kann, wenn man ein gutes Pferd und fantastische Freunde hat, die reiten können. Jetzt stehen uns noch schöne Osterfeiertage in Irland bevor. Und ich kann es kaum erwarten!

Ein paar Herzschläge später kommen wir vor Thea, Patrick und Mandy zum Stehen. Alle drei strahlen uns glücklich an.

»Warum habt ihr euch hier hinter dem Felsen versteckt?«, fragt Mine neugierig in die Runde.

»Wir wollten, dass ihr diesen Moment für euch alleine habt.« Thea lächelt überglücklich. »Wir hätten da doch nur gestört.«

Ich ergreife das Wort. »Mandy, darf ich vorstellen, das ist Wilhelmine, meine Prinzessin.«

»Mine, das ist Mandy, die Tochter des Pferdezüchters.«

»Freut mich, dich kennenzulernen, Mandy.«

»Die Freude ist ganz meinerseits, Wilhelmine! Ich habe schon sehr viel von dir gehört.«

Ich höre Mines Kichern. »Bitte nenne mich doch Mine! So nennen mich alle meine Freunde.«

»Bestimmt wirst du Mandy gleich noch mehr zu deinem Freundeskreis zählen«, sagt Patrick und hebt dabei verführerisch seine Augenbrauen. »Thea bekommt Konkurrenz.«

»Was? Wieso?«, fragt Mine sofort nach.

Mandy wedelt mit den Tickets in der Luft herum. »Weißt du, was das ist?«

Mines Augen werden groß. »NICHT EUER ERNST!«

»Doch!«, antworten wir gleichzeitig im Chor.

»Die Tickets waren doch restlos ausverkauft!« Mine ist völlig aus dem Häuschen.

»Aber ich hatte rechtzeitig zugeschlagen. Nur leider hatten meine Freunde keine Zeit für mich. Ihr müsstet die Tickets aber alle selbst bezahlen. Ich hoffe das macht nichts.«

»Einverstanden!«

Kapitel 27

ADRIAN

Noch nie in meinem Leben war ich so glücklich wie jetzt. Ich habe Mine, meine Traumfrau an meiner Seite, die mich zum glücklichsten Menschen der Welt macht.

Wir halten Händchen, während wir uns einen Weg durch die Menschen bahnen, die – wie wir – auf der Suche nach ihren Sitzplätzen sind.

Wir sind noch in Irland. Die Osterfeiertage sind vorbei und das Konzert von Mines Lieblingssänger beginnt in weniger als einer Stunde.

Mine war schon die ganze Zeit ein aufgeregtes Energiebündel und fieberte auf diesen Tag hin, wie keine andere. Ich durfte mir dafür jedes seiner Lieder schon einmal vorab anhören, damit nicht jeder angespielte Song unbekannt für mich ist. Ich konnte mit seinen Songs vorher nicht so viel anfangen. Außer den bekannten Singles, die täglich durch das Radio trällern, kannte ich so gut wie keinen Song. Aber jetzt sind die Wissenslücken gefüllt mit Noten und ich hatte auch schon den ersten Ohrwurm von *»Eraser«*. Insgeheim hoffe ich, dass es heute auch gespielt wird.

»Seht ihr unsere Plätze schon?«, fragt Patrick von weiter hinten.

»Mandy, welche Nummern haben wir nochmal?«, fragt Thea.

»Block 51, Reihe D, 10, 11, 12, 13, 14.«

»Danke!«, rufe ich nach hinten, denn ich bin der Anführer unserer fünfköpfigen Gruppe.

Mine ist so fasziniert von allem, was um uns herum passiert, dass sie ganz froh ist, dass ich die Führung übernommen habe.

»Ich nehme dann gleich die Nummer 14«, sage ich, als wir schließlich Reihe D erreicht haben.

Dann bahne ich mir unseren Weg an den anderen Konzertbesuchern vorbei und rufe laut *»Sorry!«* als ich aus Versehen mit jemandem

230

zusammenstoße. Hier und da liegen bereits ein paar Plastiktüten herum. Ich kann nicht sagen, ob sie noch von einem vorherigen Event stammen oder schon von diesem. Aber da auch hier alles nach jeder Veranstaltung gesäubert wird, glaube ich eher an Letzteres. Der Müll um uns herum, lässt unsere Plätze zwar etwas schmutzig wirken, aber das ändert nichts an der Stimmung und erst recht nichts an unserer Aussicht: Ich glaube, unsere Plätze versprechen die beste Sicht in der gesamten Arena.

»Ich kann's nicht glauben, dass wir tatsächlich hier sind!«, ruft mir Mine ganz begeistert entgegen, als sie neben mir auf der Nummer 13 Platz nimmt.

Thea hat sich die 12 geschnappt, neben ihr ist Patrick und nach ihm schließlich Mandy.

»Mine, du weißt schon, dass du mich dafür auch mal auf ein Konzert von *Nightwish* begleiten darfst?«, ruft Thea grinsend.

»Wieso? Bin ich dir etwa was schuldig? Mandy hatte doch die Karten. Du hättest das Angebot ja nicht annehmen müssen.«

»Aber hallo! Das lasse ich mir doch nicht entgehen! Aber ...«

Ich schneide Thea das Wort ab. »Nur unter einer Bedingung!«

»Und die wäre?«

»Dass du endlich zum Casting gehst! Mit deiner E-Gitarre!«

Thea schnaubt.

»Sonst werde ich meinen Neffen und Nichten nämlich ausrichten, dass ihre Mutter ein Rockstar hätte werden können, sie sich aber nicht getraut hat, mal jemandem etwas vorzuspielen.«

Thea schnaubt so laut, dass man ihren Seufzer trotz der zunehmenden Lautstärke klar und deutlich hören kann. Mines Anspielung, dass sie und Patrick mal Kinder zusammen kriegen werden, hat sie offenbar gar nicht registriert.

»Na schön. Ich mach's.«

»Patrick? Hast du das gehört!«, ruft Mine ihrem Bruder zu.

»Nein, was?«, erwidert dieser.

Mine wendet sich wieder an Thea. »Na los. Sag's nochmal lauter, damit es Patrick auch hört.«

»Warum?«

»Thea!«

»Was bringt euch das, wenn ich es nochmal sage?«

»Ich will es nicht nur als Versprechen, sondern als deine Zielsetzung. Und die wirkt nur, wenn wir sie alle hören«, beantwortet Mine Theas Frage.

Ihre beste Freundin schnaubt genervt. »Na schön.«

Ich halte mir schnell die Ohren zu. Wo habe ich überhaupt meine Ohrenstöpsel hingetan? Ich sollte sie mal suchen.

»Ich gehe zum Casting!«, ruft Thea.

»LAUTER!«, befiehlt Mine lachend.

»ICH GEHE ZUM CASTING!«

Unsere Clique lacht laut und voller Freude. Ich spüre bis hier her die Aufregung, die in Thea langsam zu wachsen scheint.

»Ich kann's kaum erwarten, die Konzerte von dir und deiner Band zu besuchen!«, lässt Mine nicht locker.

»Glaub mir, du wirst immer einen Platz in der ersten Reihe haben«, erwidert Thea.

»Ja, das will ich aber auch hoffen!«

Ich lache und nehme Mine in den Arm. Sie schmiegt sich eng an mich und schließt die Augen.

»Ist alles gut?«, frage ich sie etwas lauter, um die Klänge der Vorband, die aktuell noch durch die Lautsprecher schallen, zu übertönen.

»Ja! Wieso? Ich genieße einfach den Augenblick!«

Ohne etwas mündlich zu erwidern, küsse ich sie auf die Lippen. Unser Kuss schmeckt genauso gut wie die hundert Küsse davor. Es gibt Phasen, da kleben wir praktisch aneinander. Thea und Patrick haben deswegen selbstverständlich schon neue Sprüche auf Lager, um uns zu ärgern. Doch Mine und mir macht das gar nichts aus.

Als sich unsere Lippen voneinander lösen, betritt Mines Lieblingssänger höchstpersönlich die Bühne. Ich bin überrascht. So schnell und pünktlich habe ich bisher noch keinen Musiker bei seinem Konzert erlebt.

Mine strahlt mit den Scheinwerfern um die Wette und beobachtet ihr Idol wie hypnotisiert.

Ich weiß genau, wie sie sich gerade fühlt. Als ich bei meinem ersten Konzert war, ging es mir genauso. Ich war überwältigt von den vielen Eindrücken, die innerhalb kürzester Zeit auf mich einprasselten. Ich war wie im Rausch aus Lichtern, lauter Musik und Farben.

Nach dem ersten Song, den Mine laut und teilweise schief, neben mir mitsang, wendet sie sich wieder mir zu.

Der Glanz in ihren Augen ist dabei genauso stark wie vor ein paar Tagen, als ich mit ihr als Prinz auf einem weißen Pferd über den Strand geritten bin.

Sie geht mit ihren Lippen an mein Ohr und flüstert so leise, dass ich sie gerade noch verstehe: »Ich liebe dich.«

Meine Lippen formen ein ganz breites Lächeln und ermöglichen meinen Grübchen, wieder zum Vorschein zu kommen. »Ich liebe dich auch.«

Von diesem Augenblick an weiß ich, dass dieser Tag für uns beide unvergesslich bleiben wird.

EPILOG

ADRIAN

Ich wette, dass sie mich niemals finden wird!

Als ich auf dem geplanten Hügel im Olympiapark ankam, hatte ich erstmal einen krassen Lachanfall, weil genau an der Stelle – wie wir es damals im Chat scherzhaft angesprochen haben – eine Gruppe von Leuten sitzt und ein Picknick veranstaltet.

Weil ich nun mal bin wie ich bin, habe ich mich zu ihnen gesetzt. Ihre Blicke waren erst ein wenig überrascht, ja gar entsetzt, aber als ich ihnen von meinem Plan erzählt habe, lachten sie nur und ließen mich gewähren.

Jetzt warte ich hier auf meine Traumfrau. Eigentlich dürfte sie bald da sein. Aber was habe ich von der irischen Kultur gelernt? *Unpünktlichkeit ist kein Verbrechen.*

Ich bin gespannt, wie unser erstes richtiges Date zu zweit so laufen wird. Werden wir genauso viel Spaß haben, wie zu den Zeiten unserer Chat- und Telefongespräche? Wie in Irland? Oder wird es still zwischen uns? Aber strenggenommen, gibt es keinen Grund zur Sorge. Wir kennen uns inzwischen schon recht gut. Zumindest so gut, dass wir einen Hauch von Ahnung haben worauf wir uns hier einlassen.

Als ich sie plötzlich von der Ferne aus erkenne, drehe ich mich zur Seite und tu so, als würde ich zur Picknick-Gruppe gehören. Der frische Duft des Brotes kriecht in meine Nase. Warum habe ich die Leute nicht auch gleich gefragt, ob ich mir etwas davon schnappen darf?

WILHELMINE

Als ich auf dem Hügel ankomme, grinse ich erstmal breit. Ich weiß genau, dass der stattliche gelockte junge Mann, der da am Rande der

Picknickdecke sitzt, mein Prinz ist. Er hat sogar erfolgreich bei unserem Plan angebissen und sitzt nun bei der Picknickgruppe.

»So, da bin ich. Habe dich schon gefunden, Adrian. Und wie ich sehe, hast du unser Picknick auch bereits entdeckt.«

Ich sehe in sein verdutztes Gesicht, während die Leute um ihn herum – bestehend aus zwei Damen und zwei Herren – aufstehen, mir lachend zuwinken und schließlich die leckeren Sachen mit samt Picknickdecke zurücklassen.

»Was war das denn eben?«, fragt Adrian vollkommen perplex.

»Ach, Thea ist doch gleich nach unserer Ankunft zum Casting gegangen. Du weißt schon, wegen ihrer Karriere als E-Gitarristin. Die Leute dort waren so begeistert von ihr, dass Thea mir zum Dank ein Geschenk machen wollte. Das waren ihre Halbgeschwister, die ihr ebenfalls noch einen Gefallen schuldig waren.«

Das hat Adrian nicht wirklich beruhigt. »Was? Sie hat ihren Gefallen für dich eingefordert, nur damit du einen Witz aus unseren Chatgesprächen umsetzen kannst?«

»Tja. Mädchen tun verrückte Sachen, wenn sie jemanden lieben.«

»So wie du?«

»Aber natürlich«, antworte ich grinsend.

»Das ehrt mich aber«, erwidert Adrian.

»Na klar. Für den Prinzen doch nur das Beste, oder?«

»Und das Essen hier?«

»Das ist für uns.«

»*Alles?*«

Ich lache. »Ja, alles.«

Kaum habe ich seine Frage beantwortet, setzt er sich schon an einen der Teller und begutachtet das Essen. »Und ich wundere mich die ganze Zeit noch, dass sie so schnell nachgegeben haben. Warum ist mir nicht aufgefallen, dass hier nur zwei Teller gedeckt sind und niemand etwas gegessen hat?«

»Na ja, du hast eben nicht damit gerechnet«, beantworte ich seine Frage.

»Du bist wirklich eine Spinnerin.«

»Aber eine königliche Spinnerin, oder?«

235

»Mine?«

»Ja, Adrian?«

»Oh man, ich muss mich wirklich noch daran gewöhnen, dass du nicht mehr Artus zu mir sagst.«

»Haha. Also wenn du magst, kann ich gerne bei Artus bleiben, mein Prinz.«

»Nenne mich wie immer du willst, meine Prinzessin.« Dann hält er kurz inne. »Darf ich dich etwas fragen?«

Wir setzen uns auf den Knien gegenüber und Adrian nutzt die Länge seines Armes charmelos aus, um mir eine meiner schwarzen Haarsträhnen aus dem Gesicht zu streichen.

»Na klar, schieß los.«

Er räuspert sich, ehe er fortfährt. »Nachdem wir jetzt schon das zweite Date haben und uns vorab online wie offline gut kennengelernt haben ... Wäre da die holde Maid dazu bereit, meine Freundin zu werden?«

»*Ja!*«, rufe ich laut und springe ihm vor Freude um den Hals, ohne dabei auf unsere Picknickdecke zu achten.

»Ich liebe dich, ArtusLöwenherz86!«

»Ich liebe dich auch, Hermine1001!«

Wir besiegeln unsere Liebe schließlich mit einem innigen Kuss, der meinen kompletten Körper zum Kribbeln bringt.

»Und, weißt du was? Ich kann es kaum erwarten, mit dir offline einkaufen zu gehen«, sagt Adrian plötzlich.

Ich lache laut auf. »Wie wär's mit gleich morgen? Nach dem ich dir beim Lernen geholfen habe?«, schlage ich vor.

»Abgemacht!«

ENDE

Danksagung

Unglaublich, aber wahr: Ich habe meinen zweiten Liebesroman geschrieben! Ich kann gar nicht in Worte fassen, wie glücklich ich darüber bin, dass Adrian und Wilhelmine Dir ihre Geschichte erzählen durften!

Anders als bei Emilian und seinen Freunden (ChessPlanet) ist die Zeit hier mit den beiden Turteltauben sehr schnell vorbei gewesen – fast schon zu schnell. Wenn ich es dagegen mit Lukas und Melissa (LUME) vergleiche, sieht es schon wieder anders aus. Doch egal, wie viel Zeit ich mit meinen Charakteren und ihrer Geschichte verbringe: *Sie alle sind ein Teil von mir.* Und sie alle machen unser Leben etwas bunter.

Ich möchte mich bei ein paar wichtigen Menschen bedanken, die mir dabei geholfen haben, das Beste aus »Verch@ttet« herauszuholen.

Allen voran möchte ich meinem Ehemann und meinen Eltern danken. Ich danke euch von Herzen, dass ihr immer für mich da seid und ihr mich bei allem mit so viel Herzblut unterstützt!

Wo wäre ich nur ohne euch? Ich liebe euch so sehr.

Ich möchte mich bei meinen Probeleser*innen bedanken, die mich durch den Buchstabendschungel geführt und mir dabei geholfen haben, mein Buch noch besser zu machen!

Danke an Christoph, Jenny, Maria, Martina, Miriam und Myrjam. Ihr seid die besten Probeleser*innen der Welt! Ohne euch und eure wertvollen Ratschläge und Verbesserungen wäre Verch@ttet nur halb so schön geworden!

Und danke an Dich, dass Du Verch@ttet gelesen hast! Ich hoffe, Dir hat das Lesen genauso viel Freude bereitet, wie mir das schreiben! Ich würde mich sehr freuen, wenn Du eine Rezension zu Deinem Leseabenteuer in Irland schreiben könntest und Deinen Freund*innen davon erzählst!

Danke, dass es Dich gibt! :)

Deine *Gabriella*

Du willst mehr über mich und meine Bücher erfahren?
Ich freue mich auf Dich!

Website: www.gabriellagruberautorin.com
Instagram: ellagruberautorin
Twitter: EllaGAutorin

Entdecke weitere Bücher von Gabriella Gruber!

LUME – Wo das Licht den Schnee berührt

*LUME – ein Wort, zwei
Bedeutungen, zwei Liebende*

Melissa ist die Neue an der Fachoberschule in Flussberg, die den älteren
Lukas aus der 13. Klasse total in ihren Bann zieht. Obwohl sie voneinander keine Namen kennen und noch
nie ein Wort miteinander gewechselt
haben, wissen sie bei ihrer ersten
richtigen Begegnung auf Anhieb,
dass sie füreinander bestimmt sind.
Alles könnte so einfach sein, wäre da
nicht Lukas' gutaussehender Klassenkamerad Leon, der eifersüchtig
auf den Hobbyschlagzeuger ist und
ihm Melissa wegnehmen will. Auch
mit allen Mitteln, wenn es sein muss
... Ein Liebesroman für alle, die gerne
an ihre Schulzeit zurückdenken und
Spannung bis zum Schluss lieben!

Die Sonderausgabe mit exklusiver Illustration!

Überall erhältlich, wo es Bücher gibt!

ChessPlanet – Edahcor's Geheimnis

»Schach ist so viel mehr als nur ein Brettspiel.«

Edahcor, August 2025

Der 16-jährige Emilian führt ein ganz normales Leben, bis er einen geheimnisvollen Karton auf dem Dachboden entdeckt. Darin befindet sich ein Schachspiel, das ihm Visionen aus einer unbekannten Welt schickt. Der Direktor von Edahcor verhält sich zunehmend seltsam und am See trifft Emilian eine Unbekannte, die Teil seiner wiederkehrenden Visionen wird - Layla. Als beim alljährlichen Sommerfest auch noch furchterregende Schachmutanten auftauchen, Layla entführt wird und schwarze Wächter Edahcor kontrollieren, beginnt für Emilian und seine Freunde ein Abenteuer, das nicht nur seine Welt auf den Kopf stellt.

Tauche ein in eine neue Welt und lerne das Schachspiel von einer ganz anderen Seite kennen - über 350 Seiten Science-Fantasy!

Band 1 des neuen Science-Fantasy-Vierteilers von Gabriella Gruber!

Als eBook, Taschenbuch und gebundene Ausgabe überall erhältlich, wo es Bücher gibt!